Meet Me in Another Life

無限的我們

Catriona Silvey
卡翠歐娜・希爾維
徐立妍——譯

獻給這一生的爸爸和媽媽

第一部

歡迎來到永恆

索菈希望她能重新開始。

她希望自己沒有把頭髮染成藍色，或者穿上這件不搭嘎的橙色無袖連身裙，看起來簡直是在嚷嚷著她太努力想表現出有趣的樣子。最重要的是，她希望自己沒有來這裡，來參加這場音樂轟轟作響的國際學生迎新派對。音樂又更大聲了一點，掩蓋了她面前那個男孩叫喊的聲音。

「什麼？」她大叫。

他湊近她的耳朵說：「我說，我真的覺得我們見過！」

她勉強對他微微一笑，然後仰頭把手上剩下一半的紅酒一飲而盡，搖了搖酒杯示意自己要走了，接著便從他身側溜走，進入那片燈光頻閃的黑暗空間，壓下逃生門上的把手，出去，她心裡突然升起一股迫切感，讓我出去，身影就這樣消失在外頭寒冷的風中。

「是誰想出來的？」她詢問著那座鋪著鵝卵石的廣場，這是科隆這座古老城鎮中重新建造出的門面，「誰會舉辦一場『認識彼此』的活動，結果都沒有人能聽到別人在說什麼？」

城市沒有回答，不過索菈知道其實問題不在於吵鬧聲，問題在她身上。自從她三天前走出科隆中央車站之後，就覺得自己和其他人之間出現了一堵穿透不了的牆，又像玻璃一樣看不見。她來到這場派對，希望音樂和飲料能夠擊碎這堵牆，結果卻感覺整個晚上都在對著自己的倒影尖叫，什麼東西都無法從牆的另一頭傳過來。妳念什麼？物理學，不會吧！妳是哪裡人？同樣的問題一遍又一遍迴盪著，每一次都讓她比先前更感孤獨。

她走著，不知道自己要走去哪裡。微風吹拂著她的頭髮往後飄，冷卻了她發熱的臉。她右邊的廣場延伸鑽入了窄巷裡，一路蔓延到萊茵河平坦如絲綢的河面旁；左邊則經過一處青草茂盛的庭院，一座破敗的鐘樓直指天空，指針則凍結在十一點五十三分。

索菈並不相信命運，不過她認為有些路還是比其他的路好一些。就這樣，在她上大學的第一週，在這麼多種未來可能性即將展開的當口，她感到一股令人作嘔的暈眩感。這本應是她人生的起點，可是她卻已經拐錯了彎。為什麼她不能因為身處在一場派對、一座城市、一顆星球上而開心？她總會有意無意看見過往的幽魂，為什麼她會變成這樣？

她在庭院門口停下腳步，沒理會門上的鎖頭和鎖鏈，一跳翻過了柵欄落到草地上，跟著自己身前的影子一直走到影子消失。十步的距離便帶她走進了一個一片寂靜、頂著繁星的新世界。索菈深深吸了一口氣，就像潛水好一段時間才破出水面的泳者。她正想躺在草地上時卻發現已經有人捷足先登了：一個男孩呈大字形仰躺著，抬起下巴，看起來就像是要深吸一口氣，納入整個宇宙。

換成別人可能會對於發現心靈相通的人而興奮不已，索菈卻只感到厭惡：這塊地方是她的，如今讓他奪走了。她在草地上徘徊著，繞行在兩個可能的世界之間——她身邊沒有別人，天色又暗了：她應該保持距離；他喝醉了，或許昏倒了：她應該過去看看他。她深吸一口氣，決定把賭注押在第二個世界。「哈囉？」她用蹩腳的德文說，「呃嗯——你還好嗎？」

男孩一翻身站了起來，索菈這才看清楚他的樣子，一雙大眼和黑色捲髮，長得滿帥的，要是他知道自己覺得他帥，她肯定會緊張起來。身材算矮，雖說從索菈一百八十公分的身高看來，大多數人都很矮，但他仍是偏矮。

「說英文嗎？」他抱著期待說。

「喔，好啊，太好了。」她笑著，「你大概也注意到了，我的德文基本上就是用德文口音講英文而已。」

他轉過頭去看看自己本來躺著的地方，感覺自己似乎應該解釋一下。「我只是——」結果話沒說完就放棄了，「桑提亞哥．洛佩茲，叫我桑提就好。」他的口音就跟名字一樣帶著拉丁味道，索菈傻了一下才發現他還真的伸出手來要跟她握手。

她跟他握了握手：「我以為你昏倒了，想過來看看你。」

「妳開玩笑嗎？那個俱樂部裡的啤酒一瓶要五歐元，我可不能喝一點就醉到昏倒。」他看起來像是在嘲笑她，「妳的名字呢？」

「對了，自我介紹，本來就是為了這件事。」她裝模作樣地繼續握了握他的手，「索菈．利許科瓦。」

他放開她的手之後指著她說：「妳聽起來像是英國來的，但名字卻不像。」音樂震耳欲聾的派對倒是有個好處，讓這樣的對話不必發生。說說妳的背景！

索菈嘆了口氣，希望能長話短說。「我爸爸是捷克人，媽媽是冰島人，但我在英國長大。」她聳了聳肩，「他們做的是學術研究，你知道怎麼回事吧。」

他刻意伸手爬過自己的頭髮：「喔，我爸爸是公車司機，我媽媽在一家商店裡工作，所以——我不知道。」

「喔，對不起，我是說，我不是因為他們才……」每說一個字，她這條路就越走越歪。他有什麼權利這樣對她？她低聲笑了笑：「靠，你知道嗎，從今以後我都要自我介紹說我的名字是珍．史密斯。」

桑提舉起雙手，好像在道歉的樣子：「對不起，我只是想開個頭聊天而已。」

「我又不想聊天。」她雙臂環抱著自己，抬頭看星星，「我只是想要出來外面自己一個人待著。」

「當然。對不起，我闖入妳私人的城市了。」他裝出一臉抱歉的樣子鞠躬走開。

索菈覺得很不好意思：「等等。」

桑提轉過身來。

「對不起，」她說，「今天整個晚上，我一直都沒辦法跟誰好好聊天，還以為是噪音或者是其他人的問題，但我想其實是我的問題，然後……」

他盯著她，看起來既覺得有趣又有點不高興：「然後呢？」

索菈彈一下手指：「我知道了。你可以再躺回去嗎？就是你剛剛躺的地方，假裝我從來沒來過。」

她以為他會走開，但他卻聳聳肩笑了，又躺回去，而她對他便有了一點了解。

「好，在這裡等著。」索菈按原路走回去，黑夜中站在欄杆旁數到三，原本盤算著要離開，想說天啊我在幹嘛，然後又邁步走到草地上，對著驚訝的桑提伸出手，他握住她的手，讓她拉自己站起來。

你。」

「嗨，」她的語氣輕快，「我叫索菈．利許科瓦，很高興在這裡完全是第一次見到

空氣凝結了一會兒，然後他咧開嘴開心笑了。「桑提亞哥．洛佩茲．羅梅洛，」他熱情地握著她的手說，「請叫我桑提就好。」

「非常樂意。」索菈放開他的手，現在沒有東西可抓了，她就刻意抬起手撐在臀部上，「那，嗯，既然你不是昏倒，那是在做什麼？」

「觀星。」他說，好像坦白說出這件事情再正常不過。

索菈的興致都來了，抬頭瞇著眼睛想看到城市燈光以外的那片模糊光影：「在這裡看不到什麼。」

「看不到，不過或許上去那裡就可以。」桑提指著鐘樓的樓頂。

索菈眨眨眼：「你是說我們應該爬上去？」

桑提聳聳肩：「除非妳手邊剛好有噴射背包。」

索菈抬頭看著鐘樓，磚牆上滿布坑洞，看到這景象似乎喚醒了她心中的什麼，鐘聲響起的方式終於對了。她感覺到了：她心中有一股搔癢，只有當她出現在自己不該出現的地方時才會消失，而那樣的地方都是腦袋正常的人不會想去的。她希望是她自己提議爬上鐘樓的，現在看起來就好像她只是為了給他留下深刻印象才這麼做。「我才不要跟

你一起爬一座半是毀壞的鐘樓，我根本不認識你。」

他已經走到草地的另一頭了：「又有誰能真正認識另外一個人呢？」

「比這樣好。」她追趕上他的腳步時說。

「真的嗎？」他說，「我覺得我們對彼此來說永遠都會是一個謎。」

索菈很好奇他怎麼能夠耍這麼一套，將一個笑話變成了認真的討論。一部分的她並不在意。今天晚上第一次有什麼穿透了那堵牆。「證據呢？」她要求道。

「我父母，他們已經結婚三十年了，但我父親還是能夠在我母親身上發現讓他意外的事情。」

「真的啊，」索菈拉長了聲音回應，「那你媽對你爸也說一樣的話嗎？」

他看起來一頭霧水，然後又小心翼翼問：「怎麼了？」

「因為男人老是說這種話，他們不想把女人當人一樣互動的時候就會說：喔，她好神祕喔，但其實她過去三十年來一直都在告訴你她想要什麼，而你只是沒在聽。」

桑提揚起微笑，不過笑容中帶著點怒氣：「或許妳的父母是那樣。」

「才不是，我父母早就知道彼此身上的一切，」索菈將圍巾攏緊了些，以對抗冷風，「別說什麼接下對方沒說完的話，這些日子以來他們可以跳過整段對話，因為他們已經知道會怎麼結束。」

桑提跳過欄杆朝她伸出手。「但那不代表他們知道彼此的一切。當然啦，他們知道他們的關係如何，但是對彼此的了解仍然只有，嗯我不知道該怎麼說，只有一個面向。」

索菈沒理會他的手，自己爬過了欄杆。「你想說什麼？」

「我是說，他們只是以夫妻的身分認識彼此，或許有些話只會對他們的朋友說、有些事只會找朋友做，甚至是對妳，卻永遠不會讓對方知道。」他聳聳肩，「妳永遠都無法完全認識某個人，那樣的話妳會變成那人的一切，而那是不可能的。」

他們站在鐘樓底下，石頭上布滿了塗鴉：色筆和顏料畫出一層又一層文字，用十幾種語言寫成了無法閱讀辨認的重複書寫作品。索菈抬頭一看，發現鐘樓比她所想的還要高。桑提看了她一眼，彷彿已經預料到她會退縮。就是那一眼，比什麼都有用，她一腳踩進牆面上一條裂開的空隙，鑽進鐘樓。

遁出一個世界而進入另一個。她以為自己把桑提甩在了後頭，不過他緊跟著她，整個宇宙中只聽得見他的呼吸聲。他們抬頭看著綴著點點光明的漆黑夜空，透過頭頂那個窟窿，剩下的屋頂房瓦遮蔽了窺見星空的視野。

索菈踏上沿著內牆蜿蜒而上的半朽樓梯，回頭看著桑提：「我們真的要上去囉。」

他咧嘴一笑：「怎麼不走？走啊！」

索菈一邊思索著他的話一邊走到了樓梯的第一處空隙。怎不為了滿足好奇心而冒上生命危險？對她來說，這樣的問題從來就不需要答案。她跳了過去，一陣雞皮疙瘩從她頭頂蔓延到腳趾頭，她越爬越高，空隙也隨之越來越大，她在牆面上尋找手腳的抓握踩踏處，將磚牆中的破洞當成了讓自己往上爬的墊腳石。要不了多久，她已經投入其中，派對、桑提對她糟糕的第一印象、她對走錯路的恐懼，全都消散無蹤。現在，唯一一條路就是垂直向上，帶著她直上樓頂追尋躲在雲層中的星星。她沒有去想掉落這件事，即使透過牆上的空隙就能看見外面輕掩著縷縷雲霧的夜空，她還是沒想到這件事。呼嘯的風吹了進來，揚起她的頭髮遮住眼睛。她的腳再次找到踏階的時候，她轉頭看著桑提跟在她身後爬了上來。看著別人做比自己親身去做要恐怖多了。耳邊突然響起悠揚樂聲，她不知道是哪裡傳來的歌曲，結果發現桑提的嘴脣在掀動。

「你在唱歌嗎？」她不敢置信地問道。

他跳到空隙的另一端，拍掉手上的灰塵：「對啊。」他越過她身邊繼續走，踏上了螺旋梯最後一道轉角。索菈思考其意義：他不害怕，不怕掉落、不怕做錯決定。有那麼一瞬間，她徹頭徹尾嫉妒他。

她跟著他上去，穿過一個開口之後踏上一塊木造平台，三面牆上修建的拱頂讓人能夠飽覽城市美景，而第四面牆上則是一座大鐘的背面，生鏽的齒輪已經卡死。一路爬上來讓索菈的體溫升高，她解開圍巾並將之掛在一根生鏽的釘子上。她在平台邊緣坐了下來，頭往後仰。清除了城市的燈光後，散落在夜空中的繁星就像某位神明慘死之後潑濺出的血點。「真奇怪，有時候真實的東西看起來卻很不真實，對不對？」她讚嘆道，「應該不可能才對，我是說，我們要拿什麼來比較？」

「某件我們記不得、更加真實的東西。」桑提一邊說一邊在她身旁坐下。他學著她的動作往上看：「我小時候覺得星星是我們跟天堂之間那堵牆上的洞。」

索菈微笑著：「我以為星星是卡在天空裡面了，就像我以前房間天花板上貼的那種夜光星星。」

「我也貼過！」桑提彎起嘴角笑著說，「妳有沒有把妳的帶來？」

索菈謹慎地看著他，想著他是不是想戲弄她，她姑且大膽回答：「沒有，不過我在奧德賽買了新的。」她指著河岸對面燈火通明的探險博物館。「那裡很讚，禮品店裡還有歐洲太空總署的徽章，你應該去看看。」她笑著，「如果你不介意變成館內年紀最大的人，大概大——十歲吧。」

「我們長大了就應該都不在意了，」桑提開口時的語氣平緩，「小孩子都喜歡星星，都想要當太空人，去探索宇宙、看看沒有人看過的東西，然後我們都長大了就……就不再抬頭望，我們的眼睛只看著地上，決定要踏實一點。」

「我從來都沒有。」索菈不敢相信自己居然說出這個最大的祕密，對這個她才剛認識的男孩吐露內心深處的話。她暗暗對他可能的回應思考了一圈：大笑、假裝有興趣、好心建議她放棄永遠不可能實現的想法。

「我也沒有。」他偏著頭看星星，「我想要飛上天去，這是我一直以來的願望。」自索菈到這座城市以來，她第一次放鬆心情露出真心的笑容：「你為什麼想上去？」

他看著她，彷彿答案再明顯不過：「我想看見上帝。」

索菈笑了，他當然是在開玩笑。他平靜地看著她，並沒有受到冒犯的樣子，不過也沒有跟著笑。

她皺起眉頭：「你覺得上帝住在外太空嗎？」他露出微笑，她又接著說：「你知道那些說天堂在上方什麼的，那一切的一切——或許就是個比喻。」

「太空裡沒有什麼上面。」他認真回答。

「那麼在太空裡你也不矮囉？倒是很方便。」她想也不想就說了。

他看起來很受傷，她想要回頭去再試一次，但是在這個宇宙裡的時間只能單向前進，還拉著她一起跑。「至於我呢，」她說，「我想要上太空是因為在太空裡，沒有人會聽到我想到就說的第一句蠢話。」

他並沒有因此而微笑：「說真的，妳為什麼想上太空？」

她嘆了口氣：「我想要離得越遠越好，遠離這一切。」她隨意指著鐘樓、城市、這顆星球。

「這一切？」他站起來的時候搖搖晃晃的，她伸手想幫忙，不過他自己抓住了拱頂。「這一切有什麼不好？」

「沒什麼不好，」她聳聳肩，「很好，就在這裡，我只是一直都想要——去別的地方。」

「我知道妳的意思。」桑提看著外頭的城市光景，「不過，這裡已經很棒了。」

索菈爬上來之後第一次往下看，桑提說得對：夜晚的城市風景令人讚嘆，整顆星球裂出了明亮的縫隙。在他們正下方，那片鵝卵石廣場正閃爍著，中央的噴泉湧出一股銀白水霧。在她左邊，大教堂的雙尖塔就像兩枚哥德式火箭直指天際，而從它腳下的廣場延伸出去往河流的方向，排列著不甚搭調的建築物。索菈呼出一口白煙又吸入這城市的氣息，戰爭轟炸過後的千瘡百孔經過重建，總是不斷有工程在進行當中。她的視線沿著橫跨在萊茵河上的霍亨索倫橋往前，映照在河面上的燈光就像另一個版本的城市正沉溺在水中。

她往下指著那座橋：「你知道那整座橋上都是鎖頭嗎？」

「知道啊，我走過，很壯觀。」

索菈冷哼一聲：「有夠蠢，就是這樣，那些情侶就是在說嘿，我們來慶祝一下我們的愛情有多特別，不如就跟其他幾千對情侶做完全相同的事情？」

「不只是情侶，」桑提說，「我看過上面寫的字，那裡有些鎖頭上寫著父母、小孩和朋友的名字。」

「那樣更糟！太好了，我們就把人類的所有關係都變得完全一樣平庸吧！」

他看了她一眼，眼神帶著嘲諷：「妳不覺得這樣很棒嗎？普世都是如此？」

「兩公噸，每個人的普世之舉在這座橋上加了這麼多額外的重量。」她搖搖頭，「總有一天，整座橋都會掉進河裡。」

「可是要想想這象徵的意義，」桑提說話的語氣充滿敬畏，「這是工程學上的奇蹟，卻讓人類愛情的重量壓垮了。」

他絕對是在取笑她。「等到那座橋象徵性地倒塌了，壓在橋下象徵性死亡的那些人肯定會很感激。」

他笑了，聲音高亢而樂不可支：男孩子這樣笑可能就會招人嘲弄，不過他還是繼續這樣笑著，讓她對他有了更重要的認識。

索菈坐著不動太久了，這裡還有更多可以探索的地方、更多可以挖掘的東西，於是她站起來踏步逡巡著地板上的空處，檢視著大鐘已經生鏽的機件。

桑提站起來：「需要燈光嗎？」

「不用，我有。」她拿出打火機點著。

「妳會抽菸？」桑提聽起來很意外。

「天啊，不是啦。我小時候就看著我媽抽菸抽個不停，都有陰影了。」

桑提走近的時候，她舉起打火機照亮齒輪。「妳覺得我們修得好嗎？」

索菈把全身重量壓在其中一副齒輪上，想要將它往後推。「不行，」過了幾秒鐘之後她說，「看來時間是動不了了。」

桑提試著往另一個方向推動齒輪，最後也放棄了，他往後退。「看起來是這樣，」他在跳躍的火光中側著身對她微笑，「歡迎來到永恆。」

這種說法很做作，不過索菈必須承認感覺起來正是如此：脫離了時間流動的一刻，沒有開始也沒有結束。

「我們得紀念這件事，對吧？」桑提說。

索菈眨眨眼：「什麼意思？」

他伸手到外套裡拿出某個暗色木製品，然後拉開一把錐形金屬刀片，索菈才發現那是一把刀。

她盯著看：「你是想來個什麼血祭的儀式嗎？」

「不是！哇喔，你們捷克冰島英國人好瘋喔。」

索菈仰頭大笑：「恭喜你記得全部的國家，大部分的人都要聽我講幾百次才會記得正確的名字。」

他直直看了她一眼：「我認真聽了。」

她伸出手來想拿刀，他遞給她，她仔細看著，對著火光轉動刀身：「哇喔，這把刀可以捅死人的。」

「妳為什麼想到的第一件事就是這個？」桑提搖搖頭，「這是我祖父的。」

索菈滿懷疑心看著他：「要是你不想捅人，為什麼要帶刀？」

「要是妳不抽菸，為什麼要帶打火機？」

索菈聳聳肩：「你又不知道什麼時候可能需要放火燒東西。」

「妳也不知道什麼時候可能需要在牆上刻東西。」他從她手上拿回刀子，走到拱頂之間的一根柱子前。

她站在他背後看著他在石柱上刻著字。「桑提亞哥．洛佩茲．羅梅洛。」她念出來。

他把刀子交給她：「我不知道怎麼寫妳的名字。」他俯身靠近她的肩膀看著她動作：「我實在不想這樣說，但那個不是字母。」

她撥掉Þ上的磚頭碎屑，這是她名字的第一個字母。「這就是，這代表荊棘，冰島文裡還在使用，以前英文字母裡也有。」

「所以妳要說的是，我真的不知道怎麼寫。」

兩人的名字清清楚楚刻在牆上：中間沒有&符號、沒有愛心，只共享了一小塊空間將兩個名字連結在一起。這樣就對了，索菈認定了。「很高興我離開了派對。」她告訴他。

「當然，」桑提說，「我是說，這就是命中注定對吧？」

索菈眨眨眼：「說啥？」

「命中注定我們要遇到彼此，爬上鐘樓。」

她笑了：「真的嗎？你相信決定論那套？自由意志只是假象，整個宇宙就是一顆滾下山坡的球，這類的？」

他搖搖頭：「我不是在說決定論，而是在說命運。」

「有什麼不一樣？」

他又在平台邊緣坐下來：「決定論是說萬事皆無意義而我們也無法改變，命運則是說上帝自有一套透過我們而運作的計畫。」

「是喔，」索菈慢慢開口，「我們之所以爬上這座鐘樓，就只是因為上帝想要我們這麼做？」

桑提仍然十分平靜，令人有些惱怒。「不是這樣運作，上帝並不是直接要我們這麼做，而是讓我們成為會選擇爬上一座廢棄鐘樓，只為了觀星的人。」

索菈把頭髮往後撥。「要從哪裡開始說才好，是什麼讓我變成這樣的人？」她心裡迴盪著自己離開俱樂部時的想法，皺起眉頭，「或許跟基因有點關係，天曉得我父母都很奇怪，不過跟我的童年、跟我人生中經歷過的一切事情也很有關係。」各種論點在她腦中嗡嗡作響，即使她只喝了一杯紅酒，而且也已經是一小時以前的事，但現在她還是覺得像酒醉了。「想想看，如果你父母在你出生之前就搬到科隆了會如何？如果你在這裡長大會如何？如果我的父母一直留在他們相遇的荷蘭會是如何？如果——我不知道，如果我們小時候發生了什麼悲劇會如何？我們就會是完全不一樣的人。」

桑提搖搖頭。「我不能接受，我們就是這樣的人，不管發生了什麼，我們都會是一樣的人。」

「好吧，我們來做個思考實驗。今天晚上你是不是做了一連串的決定，才會躺在草地上看星星？」

他猶豫了一下。「感覺起來是這樣。」他讓步了，「不過我做了那些決定是因為我是這樣的人。」

「而你完全不可能做出其他決定嗎？」她現在激動起來了，轉身面對他，完全忘了城市和星星，「我可以告訴你我有可能，我差一點就要走到河邊去了，差一點就要回去俱樂部了，幸好沒有。如果我的決定是其中之一，我們就不會在這裡討論這件事。」

他咧開嘴笑：「所以妳認為這段對話會徹底改變妳和我？」

「不要一直扭曲我的論點！」她很生氣，氣他對自身的認同如此堅定，而她卻覺得自己像是一大堆互相矛盾的點子歪七扭八縫合而成的一個人。「不是，或許不是這段對話，但是如果我們——再見到彼此，成為彼此人生的一部分——」

他的笑容又更大了一點：「妳想要成為我人生的一部分？索菈，我甚至不認識妳。」

她捶了他的肩膀。「朋友一直都可以改變彼此的人生。」她捲起袖子露出自己兩天前剛在比利時區刺染的刺青，手腕上的皮膚刺著一串小小的星星，周圍仍紅腫著。「看看這個，我朋友莉莉說我們應該去刺青，紀念大學生活的開始。要是我十年前沒有認識莉莉，那麼我現在的身體基本上就會不一樣了。」

桑提握住她的手臂轉向燈光：「這是什麼？」

「是一個星座，叫狐狸座，我的姓氏就是這個意思。」她抓了抓開始發癢的邊緣，

「我猜……聽起來很蠢，不過我刺這個是要提醒自己是誰，我是屬於上面的。」

桑提拿起一片葉子往平台邊緣彈出去，看著葉片胡亂飄下。「為什麼妳需要刺青才會記住這個？」

他這麼說可能沒有羞辱她的意思，不過索菈卻覺得很不舒服，彷彿他已經看穿了她的裝模作樣，直盯著她內心深處的口是心非。

大教堂敲響了大鐘，已經凌晨兩點了，索菈覺得自己的決心逐漸減弱，這是她唯一能夠指出桑提錯了的證據：她確實是自己選擇爬上來這裡的，而且她現在也能選擇爬下去。「我該走了。」她說。

桑提朝她笑了笑：「我就知道妳要說這個。」

她對他翻了個白眼：「好，就為了證明你跟上帝是錯的，我留下。」

「好吧，妳玩得開心點，我要走了。」他說完就穿過地板上的洞消失了。

索菈原本打算要留下，貪得多一些和星星獨處的時間，不過孤獨的感覺來得比她所預期的還要快。她俯身往下踩到樓梯上時犯了個錯，她低頭看了，鐘樓墜入了一片黑暗當中，猛然射來幾片光亮，就像桑提對天堂的幼稚想法，只是在前方的可是堅實的地面，索菈想著，要是自己今晚摔落而死亡，她不相信自己還會到其他什麼地方。她手掌冒出汗來，把腳塞進磚牆上的凹陷處，摸索著下一個落腳處時，手也開始滑動。她奮力一跳，抓住一塊突出的磚頭，將自己靠向牆上。

她掛在牆上，從磚牆上的縫隙看出去，她知道自己應該看見什麼：城市頂上的燦爛星空。但是她卻看見了自己無限折射出的影像，無數個索菈同樣盯著她看，眼神裡充滿恐懼。

她差一點就要鬆手了，接著緊閉著雙眼，將自己身體甩向安全的階梯上，便倒了下去。

「索菈？」桑提又爬上來找她，「妳還好嗎？怎麼了？」

「沒什麼，我只是……我以為我看到……」她話說到一半就不再說了，她很清楚自己看見什麼，那是她的夢魘成真了：從她做的每個決定衍生出無數個版本的她，所有版本都永遠消失了，只剩下一個。

「什麼？」

她的雙眼對上桑提憂慮的眼神。「上帝。」她的回答有些挖苦的味道。

桑提搖搖頭，微笑著說：「我猜我們所在的地方還滿高的。」

等到索菈踏到地面上時，手腳都在發抖：「真不敢相信我們剛剛居然爬上去了。」

桑提咧著嘴笑：「我相信。」

「我們已經確認過這點了，你什麼都會相信。」似乎有什麼東西不見了，索菈的手摸向脖子，「幹！我把圍巾忘在上面了。」

桑提已經穿過那道空隙往回走：「我去拿。」

「不用！別管了，那個——很便宜，沒關係。」那是她父親織的，是祝福她人生的新開始能順利的禮物，索菈想起他們分別時的場景：他們對彼此叫罵出的憤怒之語，就因為他實在忍不住要最後一次批評她的選擇。她把肩膀往後挺，反正她也不想要那條圍巾，乾脆就想成是她的旗幟，立在了她自行收服的這座城市頂端。

「妳確定嗎？」

「確定。」

「好吧。」他往後看，「妳要走回林登索爾嗎？」

索菈回答之前先權衡了自己的選擇，她不想讓兩人的對話就此結束，但是走回家的這條路很長，有太多出錯的可能性了：她可能會再說出冒犯他的話，或者他可能希望她親吻他道別。最好趁著一切還很完美的時候先走開。「不是，我——我朋友莉莉還在俱樂部裡。」她隨便編了個藉口，「我應該去看看她有沒有事。」

「好吧，」他猶豫了一下，「我可以跟妳要電話嗎？」

「好啊。」

他看著自己手機螢幕上她打來的未接來電，然後退後一步，好像不知道該怎麼結束似的。「好吧，晚安。」

「晚安。」她說。

兩人往不同的方向走去，索菈並未回頭看。

她沒有馬上打電話給他，擔心他會認為自己想尋求什麼浪漫關係，但她幾乎可以確定自己對他沒有那種意思，她暗戀的人是茱爾絲，是跟她同住宿舍的女孩，而且她也開始認為對方或許會有所回應，她現在最不需要就是跟一個像桑提那樣積極又難以預測的男孩牽扯不清。不過，她還是抬頭看著天花板上發亮的光芒，想著折斷的磁鐵、聯星之間共同的軌道，她熱切希望著這個世界上有什麼方法，讓一個女孩能夠告訴一個男孩自己想當他最好的朋友，她願意以任何形式出現：與他同年齡的男孩、老婦人、養在缸子裡的大腦，只要能夠確保他可以忽略表象，與最真實的她交流。

幾週後，她正在細細考慮這件事的時候走過宿舍一面告示板前，看見了他的臉，周圍擺滿了花。

她馬上停下腳步，牆上寫著四個字，醒目得就像噴漆塗鴉一樣：**願你安息**。那張照片和文字就像兩種不相容的語言被塞進了同一句子中。

茱爾絲在她身邊停下腳步。「妳聽說了嗎？真慘，他們在舊城區的鐘樓底下發現他，大家都說他是跳下來的。」

「他沒有跳。」索菈腦中浮現的畫面比自己所能承受的更加鮮明：她的圍巾掛在鐘樓頂上飄動著，桑提往上爬，眼神向上看著圍巾之上的星空，他對自己太有自信，太相信自己走在這世上有上帝引導的路徑，大概從來都沒想過自己有可能會掉下去。

她想要贏得那次爭論，不想要這個，這是她這場勝利最黑暗的證明：她確實影響了他的生命，這是最糟糕、最永不可逆的影響。她突然想起自己那天手滑差點跌落，為什麼感覺像是命運的交換？彷彿桑提拿走了她的死亡，代替她掉落？

她渾身氣得發抖，氣幾週前的自己。最好趁著一切還很完美的時候先走開。這是什麼白癡想法？誰會選擇尚不存在的完美而不顧眼前的混亂與複雜？

「妳認識他嗎？」茱爾絲問。

她張開口，沒有人能真正認識某個人，她想這樣說，就像他的鬼魂占據了她的嘴唇。「認識。」結果她只說了這句。因為他整個人都在她體內，透過在鐘樓頂的那一夜散射出來：想要觸到星星的桑提，如此他就能看見上帝的樣貌。

茱爾絲抱住她，頭靠在索菈的肩膀上。茱爾絲只有十七歲，比班上其他同學都小一歲，但是她身上的某種氣質卻讓索菈覺得自己有人照顧、很安心。索菈在她的懷抱裡放鬆身體，清楚看見未來，彷彿桑提的鬼魂正在她耳邊訴說她的命運，她會跟茱爾絲一起去酒吧喝一杯撫慰的酒，兩人聊聊天之後就會接吻，她會跟著茱爾絲回房間，距離她自己的宿舍只隔了三間。那會是她所想要的一切，但是她整個人會因悲傷而麻木很長一段時間，根本感覺不到。

隔天早上，她沒有吵醒茱爾絲就離開房間，走到樓下的宿舍門廳，那裡擺滿了紀念桑提的鮮花和卡片。她讀著卡片上的訊息，想找出任何了解他的人。老兄，很想念你。你是個好人。上帝祝福你。每一張看起來都像是機器寫出來的，其中蘊含的迫切寂寞感觸動了她：在大學剛開學幾週時就死了，其他人對你的認識就只是你在圖書館對他們微笑，或者在酒吧裡請他們喝了一杯，但是她更認識他。

她把自己在奧德賽探險博物館裡買的歐洲太空總署徽章留給他，他們認識的那天晚上她沒有戴上，因為她擔心別人看到可能會對自己有什麼看法。她把徽章放在桌子後方，面朝向他的臉。現在，她很確定自己永遠到不了星星，如果她仍走在正確的道路上，桑提還會在這裡，而他會跟她一起去。

「希望你找到自己在尋找的東西。」她說。

兩天後的晚上，她買了一罐噴漆在凌晨三點走到舊城區，在鐘樓地基那些淡去的字跡上，她為他寫上：**歡迎來到永恆**。

睜開眼睛

桑提遲到了。

這也不算奇怪：他天性就愛遲到，就像他頭髮的捲度一樣改變不了。不過，畢竟這是新學期開始的第一天，要展現天性還有其他更好的時機，假如他還只是個學生也夠糟糕的，而身為教書二十五年的教師就更不可饒恕了。他急急忙忙走過鵝卵石廣場中央的噴泉旁，避開人群，經過毀壞的鐘樓時抬頭確認時間，卻忘記大鐘上的指針一如往常卡死在十一點八分。

這天早上他醒來時是呈大字形躺在床上，好像是從不可量測的高度掉落到此處。這是他先前做過的夢，這一次他花了三十分鐘在公寓裡走來走去，檢視著自己人生的證明：他的貓小費莉喵喵叫著要吃早餐、他母親編織的桌布、愛洛伊絲站在陽台上的照片，她若有所思看著即將來到的雨——就這樣看到他感覺這一切又是他自己的了。現在他從人聲鼎沸的市場走進國際學校安靜的庭院中，努力整理自己的思緒好融入身邊的一切。他的手下意識伸進外套，觸摸著祖父那把小刀滑順的木質刀柄。

他走進教室時，全班三十個七歲小孩的眼睛都集中在他身上，每張臉各有不同，但其他一切都是一樣的，身為教師才會感到這種孤獨的似曾相識：一次又一次過著同樣一年，而對身邊的孩童來說，唯有這個版本才是最重要的。

「大家好，」他說，「我是洛佩茲老師，是你們的科學老師。你們在這間教室會學習到有關於這個世界的知識、認識世界如何運作，關於我們已經知道的知識，以及我們仍在探索的事物。」他掃視過教室，對上每個人的眼睛。「如果說我希望你們在今年能夠學到一件事情，那就是專心注意身邊的一切事物，不要把什麼當成理所當然，這就是所謂的科學。」他準備這篇演講已經好幾年了，這邊刪一個字、那邊改一句話，不過他很懷疑小孩們是否在聽，他們正從其他方面打量他：他的口音、姿勢、衣服，就像動物一樣的潛在本能，藉此決定他是不是屬於他們這個群體。「我想我們應該從認識彼此開始，」他說，「舉起手來，我叫到你的名字時告訴我你的名字，還有你長大了想要做什麼，我會寫在黑板上，這樣我們都會知道彼此的一些事情。」有幾隻手馬上舉了起來，大多數人都沒有動作。「如果你現在不舉手，我等一下也會叫你的名字，但是這樣黑板上的空間就比較少了，你們的位置就會比較小，如果不想變小的話就舉手。」

舉手的人數稍微增加了，他微笑著點了右手邊一個男生。「你是第一個，你叫什麼名字？」

「小班。」男孩說。

「那小班，你長大了想要做什麼？」

「踢足球。」

果不其然的開始。「很好，你支持哪一隊？」正當男孩要回答時，桑提打斷了他，「皇家馬德里，跟我一樣！酷喔。」其他小孩都笑了。桑提轉身面向黑板，畫出男孩頂著足球的卡通畫。他往後退時，幾個小孩咯咯笑了，畫得實在不怎麼樣。他一直打算要多花點時間磨練畫功，將畫技從還可以提升到很厲害，但是他的塗鴉已經足以抓住小孩的注意力了。

「下一位。」他望向一整片舉起的手，視線落到了一個棕褐色頭髮的女孩身上，她比同年齡的孩子高，一雙眼睛藍得驚人，看起來比身上其他部分都老成。「妳，」他說，「妳叫什麼名字？」

她放下手。「索菈．利許科瓦。」

「利許—科—瓦。」他重複一次，模仿她將重音放在第一個音節，「怎麼寫呢？」

她告訴他。「意思是狐狸。」語氣中隱隱帶著自豪。

「真的？我的名字意思是狼。」

她也跟著微笑，露出有點呆呆的笑容，讓她隔壁的男生偷笑了。桑提覺得心痛，在這些孩子當中有一個人的世界尚未封閉起來，而她的喜悅就像在背上畫了標靶一樣。索菈．利許科瓦，保持妳現在的樣子。他暗自祈禱著，只是他知道這樣沒有用，他預估最多一年，她就會開始更關心別人對自己的看法而非什麼讓自己開心。「那妳想要做什麼呢？」他問。

她毫無猶豫：「太空人。」

桑提還是微笑了，他並不覺得那些想要成為足球選手、獸醫或賽車選手的人有什麼問題，去吧，他會告訴他們，追尋你們的夢想，只是從數據上來看，他們最後都會在客服中心工作，不過想要成為太空人的那些就更難了。

他吞下了自己半輩子的後悔。「這個選擇不容易，」他說，「但是很值得。」他用藍色粉筆畫她：一個努力不懈的小小人戴著太空頭盔，在一顆迷你星球上插旗子。他轉頭回來，她的臉漲成粉紅色，不敢直視他。

他問了全班一輪，黑板上畫滿了饒舌歌手、蛋糕裝飾師、醫生等等。索菈在邊緣飄浮著，彷彿就要一腳踏入前方那無拘無束的世界。「好了，」桑提一邊說著，一邊發下橫線筆記紙，「我想要你們用文字和圖畫描述出未來的自己，想像你就是你告訴我想要成為的人，讓我看看那是什麼樣子。」他坐下來，準備好迎接十五分鐘相對比較寧靜的時光。

他眼角餘光看見有人在揮手。

「什麼事？」

「洛佩茲老師，那你呢？」索菈的臉閃閃發亮，「你以後想要做什麼？」

他毫不猶豫就說謊了，他不能讓她看見一個活生生的例子示範一個人想要做同樣的事情而失敗了。「很明顯吧，我想要當科學老師，」他說，「所以我才會在這裡。」

教室裡響起零零落落的笑聲和抱怨聲，他畫在黑板上的小孩沒有一個是老師。

她又舉起手。

他嘆口氣：「什麼事，索菈？」

「你應該畫你自己。」

其他人也出聲贊同。「對啊。」「老師畫啊。」唯一剩下的空間就在邊邊，在索菈隔壁，他在那裡畫下自己，比其他人都小，頭髮就像瘋狂科學家那樣一團爆炸，像行過剪髮禮的僧侶那樣禿了一塊。跟小孩打交道的第一條守則：在小孩找到你的弱點之前，先捅自己一刀。洛佩茲老師，他寫在圖畫下面，聽到學生滿意的歡笑聲。

他一鞠躬之後坐下，不用看就知道索菈的手還舉著。「最後一個問題了，然後我希望妳繼續寫作。」

「你應該幫自己畫一頂太空頭盔，」她說，「不然你就不能呼吸了。」

他回頭看看黑板，他想像的是把每個人畫在個別分開的宇宙裡，現在她卻把他拉進自己的宇宙，進入她正在探索的小小星球軌道。

「妳說的完全正確，」他很快在自己頭上畫了一個泡泡，「好了，我是認真的，安靜寫作。」

他坐下來，莫名對索菈的慷慨有些感動。一直到了一天結束時，他穿過空盪盪的遊樂場走到鵝卵石街道上都還在想這件事，科隆舊城區的建築物在低垂的雲層下漸漸往他身上擠來。

桑提希望自己的人生能夠有意義。多數時候，這個世界給予他的除了靜電和噪音之外一無所有，他便是靠著信念支撐過去；不過這樣的時刻，就像對著他耳邊訴說的聲音一樣清楚，這就是他生存的目的。如果他辦不到，或許索菈可以，而自己也許可以成為她通往星星那條路上的第一步。

他知道這個主意糟透了，這也是他一直沒有自己孩子的一個原因，這樣他就不會將自己苦惱而不得的期望投射在孩子身上。（另一個原因是愛洛伊絲跟他離婚了，搬回法國。）但是這個不一樣，他經過金色的人馬標誌並在酒吧裡坐下，這樣跟自己爭論著。索菈已經告訴他自己的願望，他的工作是要讓她知道她有可能達成。

酒吧女侍布莉姬塔在他面前放下裝在窖杯裡的本地釀造窖藏啤酒，桑提朝她舉杯喝酒，從酒杯裡看見酒吧後頭那面鏡子裡映照出的半人馬座，他身邊迴盪著六、七種不同語言的對話：濃重的科隆方言、標準德文、英文、俄文、西班牙文等等，他聽得懂的那些，幾乎可以跟著對嘴：抱怨環城路交通的老生常談、新來的一批大學生擠爆了舊城區的酒吧。他還記得自己是這些新生之一的時候，誤打誤撞跑進人馬酒吧，完全不知道自己惹來酒吧老顧客多少厭惡，現在他好像也不可能成為那樣的老顧客。

通常他會在這裡跟朋友傑米碰面一起喝幾杯，不過傑米已經回去西班牙探望家人了，獨自一人的桑提喝完一杯啤酒之後就離開。習慣使然，他抬頭看看天空，不過城市的燈光掩去了星光。他走在夜色照明的諾伊馬克特商店街上哼著歌，哼著沒有歌詞、熟悉的曲調。到了此時，他在這裡應該要感覺像在家鄉一般，這座城市有許多名字，當地人用德文念起來叫科恩，國際學校的教師則用英文念成科隆，他說西班牙文的家人則念科隆尼亞，他們總會打電話來問他什麼時候回家。只有西班牙文還保留了這個地名過去代表殖民地的意義[1]，這是由外來者命名並建立的地方。他抬步跨過了舊羅馬城牆所在的那條隱形線：又是一個外來之人，並非為了征服而只是路過。

他的電話響了，是他妹妹奧瑞麗雅。「小麗。」他一邊說一邊穿過了兩旁種滿樹木的寬闊環城路，走進比利時區。

「現在方便講話嗎？」她問，從遠方傳來的聲音經過壓縮，兩人之間隔著幾千公里，感覺就像是好幾光年那麼遠。

「可以啊，我剛下班走回家。」一個男人經過桑提身邊，瞪了他一眼之後就往水溝裡吐口口水，是因為他說西班牙文，或者是其他原因，又或者毫無來由？他的腦海裡打起漩渦，心智跳著令人筋疲力盡的舞蹈，述說著自己的無所歸屬。

「新來的小孩怎麼樣？」奧瑞麗雅問。

「就跟以前一樣。」他想到其中的異類索菈，便更正了自己的話，「有一個想要當太空人。」

他妹妹發出某種聲響，深表同情：「那你要怎麼告訴她？」

「要她盡全力。」

奧瑞麗雅安靜了一下子：「這樣好嗎？」

桑提忖著該怎麼回答。我希望自己以前就聽過這樣的話。「她是來讀國際學校的有錢小孩，」結果他說，「比我以前擁有更多機會。」在奧瑞麗雅能夠反駁之前，他先改變了話題：「我外甥女怎麼樣了？」

奧瑞麗雅的聲音帶著怒氣：「天曉得，她每六個禮拜會打給我一次，讓我知道她沒

1 譯註：西班牙文中稱此地為Colonia，讀音最接近殖民地（colony）一字。

死。」

桑提轉進自己住的那條街時微笑了：「叫她有空來找我。」

「要是你住得近一點，她就不用過去看你了。媽媽問你有沒有去申請那份阿爾穆涅卡爾的工作。」

他早該知道奧瑞麗雅會抓準機會回到她最喜歡的話題，他嘆口氣說：「我正在考慮。」

「那就是沒有。」他沒有馬上回答，讓她能繼續說。「桑提，你老是跟我說你在那裡覺得不太對。」

「我知道。」他說。但事實是，他沒有告訴他們全部的實情，待在這裡將近三十年了，他居然有時仍會想家想到無法呼吸；在這裡生活在一群冷漠而來去匆匆的陌生人當中，日常的光景都是如此疏離，總將他排拒在邊緣。他改用左手拿手機，右手摸索著公寓大門的鑰匙：「我只是——我還沒準備好離開。」

這話不全是真的，不過真相是他不知道該如何告訴她：回家感覺是錯誤的方向。

奧瑞麗雅嘆口氣：「我知道你的問題是什麼，你不想住在這顆星球上。」

他一邊笑著一邊走上樓梯：「妳太了解我了。」

「聽著，我得掛電話了，但是考慮一下那份工作好嗎？」

他答應之後就掛了電話，打開門又開燈，幫愛洛伊絲留下來的那盆灌木盆栽澆水，如今已經過度茂盛得歪七扭八，原本她想養成日式觀賞盆栽，結果還是失敗了。最後他重重坐在沙發上。他很累，卻已經精疲力竭到無法休息。小費莉慢慢踱步走過他面前，消失在廚房裡，然後又突然出現在他肩膀旁邊。他搔搔她的下巴，幫自己又倒了一杯啤酒，然後開始批改學生的作文，改到索菈的作文時他把這張塞到最下面，要留到最後獎賞自己。

終於，他改完了一整疊作文，將這些紙推到旁邊後便俯首看起索菈的文章。她畫下了他幫她畫的小星球，加上了自己的創意：紫色的湖、奇形怪狀的樹木、腳趾上長著眼睛的外星人。她的想像力已經滿溢到紙張之外，桑提都快看不出來到底發生了什麼事，他瞇眼努力看著星球邊邊冒出的一個小人。

「我猜是利許科瓦博士吧。」他喃喃道。

在索菈自己的眼中看來，她的身形瘦高而笨拙，從太空頭盔中冒出幾撮頭髮，她手中抓著一個瓶子，瓶中的戰利品是某種紅色物質，桑提從文字敘述中得知那是「樣本」。以她的年紀來說，她的文筆很好，只是有點喜歡使用自己不完全了解意思的長字。

他正要開始寫評語的時候發現了自己，在星球另一面的一個小人，大概就比蠟筆畫個點再大一些，如果她沒有在旁邊標記他的名字，他根本認不出那是自己，字母的大小是他那迷你身形的兩倍大。

「這個最好不要是因為我的身高。」他咕噥著又仰頭喝了一口啤酒。

寫得很好，他寫道，謝謝妳也邀請了我。

他把她的作文也放進那疊作業裡，然後往後靠，欣賞的情緒中現在也混雜著憂鬱。他很羨慕索菈——不是她這個年紀的生活中會遇到的小小疑難，而是對於無限可能性的幻想。他再次列出了讓他裹足不前的因素：沒錢、體力測驗沒過、他的家人叫他找份可靠的工作安定下來。他問問自己，這些因素中有多少只是藉口，或許是他阻礙了自己：先解決了自己所害怕的失敗，這樣就不必再等待失敗。又或者，上帝對他另有安排。

他坐在沙發上一邊想著奇蹟、一邊打著瞌睡，想著關於他曾經看過的那個男人，飄浮在距離鵝卵石地面十幾公分高的地方，完全靜止不動而面無表情，只是敞開了雙臂。

在舉行家長日的晚上，桑提第一次見到他們：索菈的母親是一位比較神話學家，父親則是哲學家，體格卻像職業拳擊手般壯碩。

「利許科瓦先生，利許科瓦太太。」他一邊說，一邊伸出手。

「應該稱呼我利許卡博士。」父親說，他握手的力道有點太強了，「我女兒的姓氏是陰性名詞。」

「拉斯穆多提爾博士。」母親說。

「我太太希望不要以任何形式冠上我的姓氏。」父親說話時帶著太過刻意的大笑。母親說起英文聽不出有什麼口音，桑提猜想她也是就讀昂貴的國際學校，就像他教書的這所學校。他在父親身上嗅出一絲酗酒成癮的味道——發抖的手、熱忱過頭的態度、有如炸彈外殼般的脆弱。

「你們的女兒非常聰明。」他說。

「我們知道。」她父親說著又笑了。

「她的問題是沒有盡全力。」她母親說。

「她把心力都放在自己有興趣的地方。」桑提指出，他不知道為什麼自己要幫索菈說話，他應該要站在另一邊。這件事的一切都顛倒過來了，他感覺自己就像是個被彈射進一個中年男子身體的小孩，似乎還期待著知道自己在做什麼。

「我懂了，」利許卡博士說，「你是科學老師，對吧？」

「沒錯。」

「對，我們知道索菈真正的強項更多是在人文領域，像是寫作、歷史之類的。」

「她的作文很優秀，」桑提也同意，「不過在許多情況下她都能持續發展這項技能，而學習科學能夠讓她追求自己的興趣，同時還能開啟其他機會。」

這對父母交換了一個眼神，拉斯穆多提爾博士又回頭看著桑提：「你是說她對太空荒謬的著迷。」

桑提因為不敢置信而顫抖了一下。那樣帶著責備的語氣、翻著白眼的樣子，好像卡通一樣，七歲小孩所描述的不了解自己的父母，就是如此。索菈跟他講起他們時，他還以為她講得太誇張了。

「一點也不荒謬。」他不應該直接質疑父母，於是他修正了自己的話，「我是說，那樣的興趣是非常重要的激勵動機，我會建議父母鼓勵她，或者至少不要主動潑冷水。」

他看得出來他們並沒有聽進去，不過他們還是點點頭並謝謝他之後才離開。桑提看著他們走遠，提醒自己：如果上帝的試驗太簡單就沒有意義了。

隔天早上的休息時間，桑提帶著咖啡回到教室，發現索菈坐在自己的位置上畫畫。他看著她停下動作，在自己手腕內側勾勒出一串淡淡的點。

「索菈，現在是休息時間。」

她沒有抬頭。

他又試了一次：「妳應該去外面玩。」

「我想要留在這裡。」

就職責而言，他應該叫她出去玩。他不能庇護孩童不受萬事萬物的自然規則影響，獅子會獵捕羚羊，讓羚羊倒地不停抽搐、遭到開膛破肚，不過他還正因為她的父母而滿懷怒氣，於是決定不管了。他在她身邊坐下時，她驚訝地瑟縮一下，接著便低下頭開始用力塗畫色彩。

「妳在畫什麼？」桑提問。

她抬頭，霎時露出一抹藍色，就像一條害羞的熱帶魚。「冥王黑帝斯。」

「哇喔。」桑提看著她的圖畫：塗了大量黑色，散落著幾處建築物爆炸後的碎片，還有一隻看起來長了嬰兒頭部的兔子，「妳喜歡希臘神話嗎？」

她的表情看起來很淡然：「我爸媽買了一本希臘神話的書給我。」

首先是她父母以及古典教育的血親。「這些故事很好，」桑提說，「可以看看古代的人，在還沒有科學方法能夠說明到底發生了什麼的時候，是怎麼解釋這個世界的。」再來則是桑提及星星的血親。

「對啊，」索菈說，「就像在古希臘的時候，他們認為人死了之後還有死後的日子。」

桑提皺眉：「妳覺得沒有嗎？」

她看著他的樣子明顯有責備之意：「你是科學老師吧。」她說完又回頭去畫自己的地獄景象。

桑提挺直身子，仔細衡量著自己該怎麼說：「科學對於人死後會發生什麼也沒有太多解釋。」

她抬頭看著他，意圖挑戰他的說法：「當然有，我們會腐壞分解，就像上禮拜做的麵包實驗那樣，然後就只剩骨頭了。」

「妳說的對，」他認同道，「不過那只是我們能夠觀察到的現象，我們怎麼知道人身上會不會有某個部分繼續留存下來？某個我們觀察不到的部分？」

索菈咬咬鉛筆：「我想是不知道的。」她說話時的表情有些困擾。「除非我們可以跟死過的人聊一聊，問問看。」

「這個嘛，我大概會比妳先死，」桑提說，「我保證，如果死後還有什麼，我就會想辦法回來跟妳說。」

「謝謝。」她咧嘴一笑，看不出一點害羞的樣子。在這個年紀，她似乎無時無刻都在轉變，但這只是假象：索菈未來會成為的人就在那裡，而他所要做的就只有幫助她展露出來。

他站起來：「另外呢，我打算要帶全班一起去奧德賽進行校外教學。」

索菈抬頭看著他，喘不過氣來：「探險博物館？」

他點點頭：「妳覺得怎麼樣？」

她臉上的歡欣幾乎就足以作為解答。

奧德賽探險博物館就在河的對岸，位於會議中心林立的商業區及高速公路的匯合地。桑提帶領著學生，形成一長串零零落落的隊伍，走過了霍亨索倫橋，迎向教堂大鐘的洪亮鐘聲。他提醒自己為什麼要做這件事，是為了索菈，他下定決心般想著，同時看著想要撬開圍籬上一個鎖頭的兩個小孩，還有一個則落在隊伍後面，戳著一隻死掉的鴿子。

「跟上來！」他拍著手大喊著。上天保佑，他總算是安全護送著孩子們走下台階，穿過散放著玻璃纖維行星模型的遊樂廣場，然後走進博物館中人聲鼎沸的大廳。桑提付了入場費用，趕著學生一個個通過驗票閘門。「三點在餐廳集合。」在學生像散落的彈珠一樣四處跑之前，他還是這樣交代了一聲，他看見人群中戴著一條芥末黃圍巾的索菈自己一個人跑走了。他心裡有一部分想要跟在她後面逛遍博物館，能陪在她旁邊回答她的問題，但是他知道如此最有可能讓她裹足不前，他必須讓她自己找出自己的道路。

於是，他只是自己繞著彎路走過各個展廳，他已經來過這裡許多次了，即使炸彈把博物館炸毀了，他都能將一個個展廳重建起來：假天文館的曲面牆上綴著點點燈光，完全沒有對應到地球上能看到的星座；無人穿著的太空裝排列展示，就像天上的騎士。他發現太空人頭盔的鏡面上映出了自己扭曲的倒影，想起索菈畫的圖便微笑了。在他身後出現了一個沒在這裡看過的身影，襯著周圍塗上金漆的塑膠曲面顯得很嬌小。

「哈囉，索菈。」他轉過身，「我喜歡妳的圍巾。」

「很癢，」她不滿地拉拉圍巾，「我爸織的。」

桑提試著想像那位肌肉壯碩抖動的哲學家在編織的樣子，他眨眨眼後主動說：「我母親會用鉤針編織。」

索菈一臉目瞪口呆的樣子。

「啊，對了，我應該解釋清楚。就科學上而言，就算是像我這麼老的人也必須有母親的。」他對著她勉強微笑，「妳不想在博物館裡探索一下嗎？」

「我已經看過了。」

他驚訝地看著她：「妳沒花多久時間呢。」

她聳聳肩：「希望還有更多東西可看。」

她的好奇心已經快要衝破自身世界的極限了，這點讓他心痛。「妳有什麼想問的嗎？」

她盯著兩人倒映在太空頭盔上的身影，眉毛皺成一團：「如果你穿著的太空服破了個洞，你的血液會沸騰、肺部會爆炸，是真的嗎？」

桑提看著她焦慮的神情沉思，想著該怎麼回答。「看情況，」他說，「如果是個小洞，太空裝會慢慢減壓，你就只是會用光空氣後陷入沉睡。」他對著她微笑，讓她安心。「還有其他問題嗎？」

「還真的有，我想要問你窗戶的事。」

「窗戶？」

她熱切地點點頭。

桑提不知道事情會怎麼發展下去，至少在她想清楚要問什麼之前，他可以讓她再一次逛逛這座博物館。他帶著她穿過展示太空裝的廊道往天文館走去。

「就是啊，我的閣樓上有一扇窗戶可以看到外面的花園，」她開始說，「或者說應該可以看到花園，因為它就在房子的那一側，可是看不到，反而是看到其他地方。」

「其他地方？」他的心思一半在聽著，一半則專注在天文館一樓廳堂中四處擺放的展品，努力猜測著哪個可能會引起她的興趣。他的腳步停在一件展品前，標題是「比鄰星B：離地球最近的系外行星」，他自嘲地想著「最近」這樣的詞彙會不會讓索菈覺得無趣。

「對啊，」索菈說著，沒有理會他並繼續往前走，「我知道，因為我看不到應該在窗戶下面的草叢，就是長著白色花朵的那片草叢，反而是看到一棟建築物，可是看起來又不像真正的建築物，比較像……夢境裡的建築物。」

「聽起來非常奇怪。」他們走出天文館之後前面就沒有路了，桑提慢下腳步，前方是一間關閉的展館，掛著一塊黃色招牌，用德文及英文寫著「維護中」。桑提走到障礙物之前想要窺探展館裡面，但是前方的空間一片黑暗。

「不好意思。」有人以英文說。

桑提轉過身，對方是一個留著長髮的高大男人，穿著明亮藍色外套，這身衣服表示他是博物館的工作人員，有點像是為兒童而設的解說員，寓教於樂，但是他的表情卻不太符合身分：他看起來很焦慮，就好像有話必須說卻不知道如何開口。就像愛洛伊絲離開前也經常是這個表情。

「恐怕這個展廳還沒準備好，」男人說，「不過你們或許會想看看我們的另一個展廳。」他指著右邊，桑提記得那裡有面牆的壁紙圖案是克卜勒望遠鏡拍攝的影像，如今有一扇門敞開著。

男人來回看著這兩人，臉上掛著緊張的微笑，他或許以為索菈是桑提的女兒。桑提的胃部緊抽了一下，想起他和愛洛伊絲從來未能得到的孩子，他微笑：「好啊，我們會去看看。」

那個展廳很小，又空盪盪的，擺放著切割紙板成型的月球，還有按按鈕就能玩的遊戲，叫做「火箭任務」。桑提走到遊戲面前，手插在口袋裡：「哇，他們還真是花錢不手軟。」

索菈走到他身旁，還想著她自己要說的事：「我在想要不要從我的窗戶爬出去，看看外面是什麼樣子。」她一邊說著，一邊按下發射程序的按鈕，帶著年輕人才有的那種自信不羈。

「最好不要。」桑提說，想著自己是否曾經做過這麼生動的夢，而若是他做過，也從不曾告訴過自己的老師。「還記得我們上禮拜學過的地心引力嗎？」

索菈翻了個白眼，看著他們想像中的火箭飛上中氣層，堅固的火箭推進器脫離掉落，就像用過的蠟燭一樣。「我不會掉下去，」她說，「但我想要是我掉下去了，就能發現那裡是不是真的是其他地方。」

打從心底是個科學家。桑提想像索菈的父母發現她仰躺在花園裡的樣子，洛佩茲先生告訴我不要認為什麼事情都是理所當然的。

「所以，我想問的是，」索菈說，「窗戶可以帶你到其他地方嗎？」

他皺著眉：「我不知道自己有沒有聽懂，我猜妳說的不是像妳家花園那樣的地方吧？」

「不是，」她的口氣堅定，「我是說好像——其他地方。」

桑提看著代表他們火箭的光點在螢幕上劃過一道弧線：「妳是說其他世界嗎？」

她整張臉都亮了起來：「對，其他世界。」

桑提微笑了，這就是他想像中身為科學老師應該要有的那種對話。「或許不，至少不是在地球上。在太空中或許會有些洞口能夠帶著妳，從宇宙的一個地方移動到另一個不同的遙遠之地。」

她皺起眉頭：「但是我的窗戶不能變成這種洞口嗎？」

「不行。妳看到的景象可能只是光影形成的把戲。」她看起來十分失望的樣子，於是他又說，「不是說這樣很無聊，其實非常有趣，想想我們所看到的如何轉變成我們認為自己看到的樣子。」

「我知道我看到什麼。」索菈仍然堅持。

機器發出一聲沉悶的嗶嗶聲，螢幕閃了閃，催促著他們繼續按按鈕。

「妳看，」桑提說，很高興有了分心的理由，「我們必須決定是要穿過廢墟區域或者是重新設定路線繞路避開。」

索菈突然集中精神，踮腳尖站著瞇起眼睛認真看著螢幕。「我認為重新設定路線會比較安全，不過上面說如果這樣的話就要花更久時間才會到達。」

桑提謹慎思考著該說什麼，他知道正確答案是什麼，或者至少是機器想要的答案，不過他不想教索菈如何謹慎、一定要選擇比較安全的路徑。

「我們有防護罩，」他指出，「或許沒辦法什麼都接住，但是多少可以保護我們，而且走比較長的路會消耗更多燃料。不過——妳是艦長，應該由妳來決定。」

索菈沉思著，皺著眉頭讓她看起來比實際年齡更大一些。「我想我們應該穿過廢墟區域。」她的手指懸在按鈕上方，桑提感覺到她尚未下定決心，似乎在空氣中引起一陣振動。「反正如果失敗了，我們再玩一次就好了。」她說完緊張地笑了笑。

「我覺得這樣有點像作弊，」桑提說，「我想我們應該做出選擇然後就看結果如何。」

索菈一臉震驚地抬頭看著他：「可是如果我們選錯了呢？」

「沒有什麼錯誤的選擇，」桑提說，「事情就只是這樣發生而已。」

「我敢打賭，要是我們死了你就不會這樣說。」她喃喃低語，然後按下相應的按鈕，太空船就猛然往前衝刺，接著螢幕變得一片黑。

桑提敲敲螢幕，捶了捶控制台，完全沒有反應。索菈跪下來拉了拉電線。「我想機器壞掉了。」她站起來尋找那個穿著藍外套的男人，「哈囉？嗯——博物館先生？」但是等他們回到走廊上時，已經找不到那個男人了。

桑提看看手錶：「走吧，我們沒時間了。」

學年的最後一天，索菈到桑提的教室來找他，她的父母要讓她轉學到另一所強調人文學科的學校，桑提試過跟他們討論，希望他們改變主意，憑一己之力想對抗這個世界的運作機制，但他們不為所動。他放棄了，保持自己的風度，接受自己在索菈人生中的時間已經結束了。

她將一張卡片推向書桌另一邊的他：「這是給你的。」

「謝謝。」他沒有打開，他不相信自己能夠保證情緒不失控，那樣一來就不符合索菈需要他表現的形象。

「我不想要去新學校。」她說。

桑提難得體驗到這樣的時刻，一隻手就能數出有幾次，他竟能夠看見索菈將來有一天將成為的模樣：高挑、格格不入、滿腔憤懣但專心致志，能夠達成任何事。「妳沒問題的。」他給了她所值得的：一臉毫無懷疑的微笑。「總有一天妳會成為了不起的太空人。」

她的雙手絞在了一起。「我覺得我已經不想當太空人了。」

他感覺就像心臟受到了重擊：「是嗎？」

「我想要當像你這樣的老師。」

她不會去追尋他所放棄的夢想了，這都是他的錯，上帝之手讓他親手造成了這樣的敗局。我該好好學學教訓，他想著，但是又不確定是什麼教訓。

「拜拜。」索菈說話時就像掐緊了喉嚨一樣，然後快步走開了。

他打開卡片，以為會看到最後一幅圖畫，結果卻只有文字。

野狼先生：

謝謝你當我最喜歡的老師。

希望還能再見到你。

致上愛，

索菈。

桑提將卡片塞進書桌抽屜。這樣的模式他反覆進行了太多次：學生和他們的道別，就像在無線電靜默中插入了一陣滋滋的靜電干擾。現在索菈或許會想念他，但是他很快就會消失在她人生的背景中，就像她也會從曾經現身在這間教室的那幾百名無人想起的學生當中消失。如果十年後她在街上看見他，她會轉頭就走好避開他，而不會面對這一段早已變質許久的關係，避免這樣尷尬的重遇。希望我還能再見到妳。他已經知道他再也見不到她了。

回不了頭

索菈坐在人馬酒吧角落的一張桌子邊等著布莉姬塔將她的酒送來，桌上攤開著幾張布線圖，是她帶來應付社會上對於大白天獨自喝酒這件事的接受程度，但是她知道自己根本不會多看一眼。這段日子以來，她大部分心思都迷失在太空中，剩下的則在科隆忙碌著，在她埃倫費爾德的公寓以及在河對岸的工程公司這份工作之間來回運動——這段距離實在短小，從宇宙的觀點看來她可能就像靜止不動一般。

索菈看著一道日光中映著落下的塵埃，不斷回想著自己的藉口，就是她說給父母聽的：不切實際、不夠聰明，而真正的藉口是：她面對重要抉擇時的麻痺感。每一次生命將她推到了十字路口時，她總會退縮，一想到可能將自己困在單一的道路上就害怕，這想法趕跑了每一個她曾經想要發展關係的人，而且也讓她無法追逐野心，效果強大得就像橫跨天際的一道牆。

布莉姬塔磅一聲把玻璃杯放在桌上。

「謝謝。」索菈用德文回答，也沒抬頭看一下。她伸手卻觸到一陣冰涼，覺得很意外，這是本地釀造窖藏的科隆啤酒，都是裝在窄杯裡，不是她點的。

「不好意思。」酒吧另一頭有人開口。

對方是一個跟她一樣差不多二十多歲的男人，一頭深色鬈髮，舉起了一杯紅酒。索菈謹慎地點點頭，接著他便揚起嘴角走過來，她感到一股像是害怕的顫動。

他說話的口音不像德國人，於是她謹慎考慮之後決定賭一把，轉而用英文開口：「我不必只是因為你拿到我的酒就跟你聊天吧？」

「不如說是因為妳拿到*我的*酒？」是西班牙人，她猜想道，不過他說起英文來很有自信。

「給你。」索菈將那杯科隆啤酒推到桌子另一邊，「互動結束了。」

他把她的紅酒放在一塊杯墊上推得更靠近她一些，坐到了桌子的另一邊。「真的嗎？不如把錯誤化為機會吧？」

「布莉姬塔不會犯錯。」索菈舉起酒杯透過杯子打量著酒吧女侍，但是她剛好在服務另一桌的客人。

「嗯，那麼就不是錯誤了，」男人沉思著，輕敲著自己的下巴，「妳還有什麼其他理論？」

該死。這一直都是索菈人生中的一個弱點，她無法拒絕科學家。「或許她想要毀掉

我這一天。」

「我們需要更多資料。」他往前傾，目光偏斜掃視著酒吧並壓低聲音說，「妳有沒有曾經感覺到布莉姬塔不喜歡妳？」

他的喃喃聲竟真的讓索菈有些顫動。太荒謬了。「沒有，她一直都對我很友善。」

他一臉得意洋洋地往後靠坐。「那麼為什麼不認為她想讓妳這一天過得更好，而是要毀掉？」

索菈用盡全力不露出微笑。「你對自己很有信心。」

他的微笑足以分給兩個人用了。「妳是工程師嗎？」

索菈臉上沒有一絲表情。

他疑惑地皺起眉頭：「不是嗎？」

「喔，對不起，我以為你想說什麼搭訕的台詞，妳是工程師嗎？因為……」索菈的聲音越來越小，「靠，我不知道啦，跟搞螺絲什麼的有關係。」

他突然就大聲笑了起來：「不是啦，我只是──看到布線圖。」他敲敲她用手肘壓著的那幾張紙。「不過這滿好笑的，我以後一定會用到。」

雖然索菈不想這麼做，但她還是微笑了，兩人眼神交會，他們之間似乎有什麼在交流，某種她認為自己並不相信的東西。「那你到底是誰？」她質問著，幾乎有點生氣了。

「桑提。」他說著就伸出手。

她握住他的手：「我就給你喝完這杯酒的時間，然後我就要回到我原本的計畫去，獨自喝悶酒，同意嗎？」

他舉起雙手投降：「看來我也沒有選擇了。」

他們聊起天，就從自己在科隆住了多久開始。桑提是來這裡攻讀碩士學位，索菈則是十歲就跟著父母從英國搬來這裡，只過不到一小時，兩人的對話就從自己從何處來深入到他們渴望著要去哪裡。「外面還有那麼多東西，」桑提宣示般說著，還拍打桌子強調語氣，「真不懂大家怎麼能看著這些——」他隨意指著酒吧、其他顧客和外頭的廣場：「好像這樣就是全部了。」

索菈的內心已經決定了，她握著他的手站起來。

桑提抬頭看著她，就像她將自己從這個世界拉到了另一個世界一樣。「妳在做什麼？」

「走了，」她說，「跟你一起。」

他站起身，雖然驚訝卻很開心，他試著堅持要付帳，但索菈要他出去在廣場上等她。索菈等著布莉姬塔到櫃檯去找零時，看著在吧檯後面的鏡子上自己的倒影，她看起來臉頰泛紅又自覺尷尬，不想對上自己的雙眼。她轉過身，沿著吧檯轉角不斷挪動身體讓自己站在看不到鏡子的那邊。此時鏡子裡忽然有什麼閃爍著。索菈轉過身去看了一眼就僵住了，努力想理解自己看到了什麼：那是外面廣場的鳥瞰景象，噴泉就像是一縷輕煙，大理石則像是巨龍身上的閃亮鱗片，她甚至能看到桑提正在等她，那個深色頭髮的小小身影正等待著有心人去研究。

「不好意思？」

索菈嚇了一跳，視線重新聚焦，布莉姬塔站在她面前，眼神直盯著索菈站在吧檯內側的腳。

索菈退後說：「抱歉。」布莉姬塔把零錢交給她的時候，她又看向鏡子，這次只能看見自己的倒影。

她把零錢收進口袋後便慢慢走到外面，桑提就站在她從高處看到他的那個地方，一道陽光照著他，就像一根手指指著他一般，她感到雙肩一陣戰慄。

「怎麼了？」他問。

「沒事。」她不能告訴他自己認為看到了什麼，他只會想要解釋那幅景象代表什麼意思。她讓他牽起手：「我們要去哪裡？」

「天曉得。」他微笑著說。

結果老天招來了一輛路面電車，將他們載到了比利時區，然後又引領他們漫步穿過一道未上鎖的綠色門戶，踏上一道水泥階梯。

「你為什麼得住在該死的頂樓啊？」索菈爬上第三道階梯後抗議說。

桑提回頭對她咧嘴笑著：「從上面看東西比較清楚。」

他家的門鑲嵌著綠色玻璃，四周纏繞著生長過於茂盛雜亂的植物。索菈仍有一點手足無措，感覺這扇門不只是一道門戶，更像是通往另一個世界的通道，正嗡嗡作響。索菈直盯著通道深處，回溯著將自己帶到這一步的一連串無意之舉。她到了人馬酒吧點了一杯紅酒，布莉姬塔把酒送到了別人的桌上，現在她沿著軌道運行走到了桑提的客廳，一張藍色沙發和一張咖啡桌，牆上掛著一張星象圖。一道黑影飛也似的撇了過去，索菈驚呼：「天啊！」

「是小費莉，她實在不太管什麼物理法則。」桑提伸手自覺地耙過自己的頭髮，「我現在的理論是她住在一個口袋大的空間，開口恰巧落在我的公寓裡。」

「小費莉，」索菈說，「第一隻上太空的貓。」

桑提露齒一笑：「妳是第一個猜到取名原因的人。」

索菈仔細看著他，他看來既熟悉又完全新鮮，她怎麼活到現在才遇見他？

他看著她的眼神中，帶著她能夠理解的謹慎。「妳，嗯——妳要喝咖啡嗎？」

她搖搖頭，她很確定，索菈過去並不會這樣確定，總是忍不住去質疑自己的感覺，懷疑那樣的感覺是從何而來。

「實在很尷尬，」桑提說，「但是——我還不知道妳的名字。」

索菈回想起自兩人見面起那一連串明快而緊湊的各個時刻，她知道他的名字，他怎麼會不知道她的呢？突然，她能夠從他的角度看待自己：一個沒有名字的女人，留著一頭紫髮還穿著皮夾克，簡直就代表著一團謎。「猜吧。」她說。

他皺著眉，就像參加一場他不想被當掉的測驗。「妳說妳是在英國出生的？」

她點點頭，忍住微笑。

「珍．史密斯。」他說。

她爆出一陣大笑：「以數據統計來說，猜這個答案很好，但錯了，我叫索菈，索菈．利許科瓦。桑提是不是簡略後的名字？」

「桑提亞哥．洛佩茲．羅梅洛，」他說，每個音節都清清楚楚，「很高興認識妳。」他伸出手想跟她握手。

索菈沒有握住他的手，而是往前站近他並親吻他。

他沒有後退，但也確實沒回應。索菈開始覺得自己好像只是在做口對口人工呼吸，便停止了動作。「你是不是——這樣是不是——」

「索菈．利許科瓦。」他喘著氣說完便回吻了她。

他們飢渴地索求彼此的吻，索菈引領著他後退走進臥室，一邊抖掉自己的夾克，而他已經開始解開她的襯衫釦子。他將注意力轉到她脖子上時，索菈仰起頭笑著，不斷笑了又笑。

事後她躺在桑提的床上，這時是下午，沒有黑暗能夠掩護她逃跑。他真是該死，他應該要睡著的，就像她過去每一任前男友一樣，但他還是從另一側看著她，臉上掛著討人厭的微笑。他伸手握住她的手翻過來，手指觸摸著她手腕上點狀的刺青圖騰。「這是什麼意思？」

「是星座，叫狐狸座。」她瞥了他一眼，「對了，我不會這樣的。」

「什麼？」

「跟一個剛認識的男人滾上床。」

桑提聳聳肩。「沒關係，我也不會。」

「跟男人？」

「男人女人都不會。」他看起來有點猶豫，「怎麼，如果是跟女人妳就不一樣嗎？」

「對。」

他直盯著她，要確認她是不是在開玩笑。

「我沒有開玩笑。」她開口幫他一把。

他看來有些意外，但並沒有批判之意。「很榮幸我是例外。」

「你只是運氣好，我剛好在懂事的年紀看過那部有性感墨西哥街頭樂隊的電影，」索菈說話時臉上掛著挑逗的微笑，「若是身處我沒看過那部電影的宇宙，我大概根本不會有興趣。」

桑提靠近她說：「請不要為了我等一下要說的話把我踢下自己的床。」他伸出手指捻起一綹她的紫色頭髮。

「我沒辦法保證。」她說。

他誠懇地看著她：「我真的不覺得自己才剛認識妳。」

他跌到地板上砰一下那個聲響聽來令人無比滿足。

「給你一點跟女性約會的建議，」索菈說，「我可了解了，你說那樣的屁話應該是為了要把我弄上床。」

他那一頭凌亂的頭髮從床鋪地平線上出現，接著整個人也冒出來，她欣賞著他爬到自己身上的那番景色，看著他將手臂撐在自己頭部的兩側。「如果說我想再把妳弄上床呢？」

她左右看看，假裝是第一次注意到枕頭、床頭板以及床邊桌，桌上堆著波赫士作品及科幻小說。

「這個嘛……」她說，抬頭看著他饒富興味的棕眼，「你應該是成功了。」

隔天早上，索菈醒來時陷入一陣存在恐慌，她並非不知道自己在哪裡，她很清楚自己所在：在桑提的公寓裡。

她這一生一直在逃離任何她覺得很重大的東西，而現在，一切都是如此重大，重大到讓人生疼：從蜷縮在兩人之間的黑貓、散落著她衣服的那塊編織地毯，乃至於桑提在睡夢中忽大忽小的呼吸聲。實在太嚇人了，彷彿仰望星空時發現自己的名字就寫在那裡。

她的呼吸變得急促紊亂。她必須離開，於是溜下床想要安靜地穿上衣服，但是桑提很淺眠，他張開眼睛就伸手往床鋪另一側摸去，結果把小費莉嚇跑了。「妳要去哪裡？」

「出去買咖啡。」她說，「你喝什麼？」

「黑咖啡就好。」

「好，馬上回來。」她語氣輕快地說。她套上靴子走出門，走下樓梯，穿過綠色大門踏上兩側樹木茂盛的比利時區街道。她一直走著，穿過公園，陽光斜斜照耀在公園裡的樹梢上，野鸚鵡在樹林間穿梭飛舞著；走過了清真寺，走進自己住的埃倫費爾德區，一直走到經過了燈塔才停下腳步，這座燈塔是一家電力公司突發奇想的遺跡，就這樣鶴立雞群矗立在距離最近海洋有兩百公里的都市建築中。索菈順利走進自己在對街的公寓之後，關上門，便背靠著門滑坐下去，大口喘著氣，彷彿才剛從火場中逃出來。她的眼神掃視過那一片熟悉的狼藉：她只會用來重看電影《接觸未來》的電視，她爸爸送的圍巾捲成了一球塞在窗戶用來擋漏風，還有茱爾絲留下來的香氛蠟燭，她一直沒有點燃也沒有送人。她想起在半小時路程之外的桑提，在自己的公寓裡清醒地躺著，等著她回去。

「沒關係，」她悄聲對自己說，「我永遠都不會再見到他了。」

她不再去人馬酒吧了，這個決定並不好受，她喜歡那裡的酒，而且布莉姬塔把她當成本地人一樣看待，但是一想到可能會在那裡再見到他，等著她落入宇宙的計畫之中，她就無法接受，操他的什麼宇宙計畫。她在舊城區的另一頭找到一家新酒吧獨自坐著喝紅酒。

過了三週，她和莉莉坐在與公寓同一條街上不遠處的土耳其咖啡館裡，看來她是盯著窗外太久了，莉莉伸出手指彈了彈她的耳朵，讓她嚇得回到了現實當下。

「女孩子的問題嗎？」莉莉故意問。

索菈嘆口氣：「這次不是。」

莉莉皺起眉：「男孩子的問題？好一段時間了呢。」

索菈思考著要不要告訴她桑提的事，說說自己為什麼離開。他很完美，那才是問題。莉莉則會相當合理地告訴她，這麼想才是瘋了。

莉莉往自己的薄荷茶裡倒的蜂蜜分量多到很不合理。「茱爾絲之後還有誰嗎？」聽到這個名字還是令她心痛，提醒著她茱爾絲對自己有多麼好，而她又是如何辜負她。「不算有。」

莉莉銳利的目光盯著她：「好，看來妳就是想玩保密那一套吧，但我可不想玩偵探遊戲，等妳想要談的時候打電話給我。現在，我們可以來計劃一下科幻節的事情嗎？如果不趕快訂票，整個活動的票都要賣光了。」

時間一天天過去，索菈等待著，一開始還緊張兮兮，接著就懷抱著像是渴望的感覺，希望宇宙能夠將桑提再丟回她人生的路徑上。她在埃倫費爾德與比利時區之間的公園穿梭來去，等待著某人奔跑的步伐以及一隻搭到她肩上的手。在科幻節上，她記得他床鋪邊桌上擺的書，便轉身在光線暗淡的電影院中找尋他的臉。最後在一個週末下午，她做好全副武裝的準備走進人馬酒吧，完全認為他會坐在自己第一次見到他的那張桌子邊，但是酒吧裡只有霍格這個孤僻的當地人，他總是坐在吧檯前，另外還有兩人坐在窗邊，正低聲交談。

她坐在自己常坐的桌子旁，點了一杯紅酒，在等待時便拿出幾張布線圖，小心壓在自己手肘底下。她努力讓一切看起來都一樣，但是她無法控制的差異處卻不斷來干擾：低聲交談的兩人、經過重新排列的酒吧桌子，每個小細節無不打破了她小心編就的瘋狂魔法。

布莉姬塔送來她的酒時，索菈看著酒的表情十分絕望，讓這位酒吧女侍有些遲疑：「妳點的是紅酒對吧？」

索菈點點頭並啜飲一口。「布莉姬塔，」她說，「妳還記得上次妳送錯酒之後，結果來跟我聊天的那個男人嗎？深色頭髮、西班牙裔，有點矮。」

「記得啊，桑提。」布莉姬塔聳聳肩，「他很久沒來了，差不多跟妳一樣的時間就開始不來了。」

布莉姬塔回到吧檯後面時，索菈洩了氣地癱坐在椅子上，虧她還這麼努力想重新開始，打算這一次要做出不同的選擇。她之所以逃走是因為覺得宇宙推著她往某個方向走，如今又推著她往相反的方向，而她更討厭後者。

「管他的。」她說著，一口喝光剩下的酒，搭上往比利時區的路面電車，走上通往桑提公寓的階梯後敲了敲他家的門。

門打開一條縫。「小費莉，不行。」她聽到他說，然後她的心臟就像超新星一樣爆炸開來。他終於打開門看見她，不發一語，只是吐了一口氣，聲音聽來可能是慶幸也可能是失望，然後他讓她進去。「要喝咖啡嗎？」

「茶，如果你有的話。」索菈跟著他進了廚房。

桑提打開櫥櫃，眼睛在排列整齊的盒子、罐子之間搜尋。「我想愛洛伊絲搬出去之前應該留下了一些。」

索菈記下了這個名字，室友？還是前女友？她拉出一張高腳凳坐下。「那個，你大概很想知道為什麼我出門去買咖啡後就沒回來了。」

桑提雙臂在胸前交叉，往後靠在流理台上。「要我說，我有個想法，但那個想法無法解釋為什麼妳現在在這裡。」

「你是怎麼想的？」

他聳聳肩：「妳不夠喜歡我。」

「不是，不是那樣。」

桑提的眉頭聚攏起來：「那我就要有第二個想法，咖啡館被吸入了另一個空間裡，而妳現在才想到辦法逃出來回到這裡。」

「接近了，」她微笑著，「但不是。問題是我太喜歡你了。」

茶壺裡的水滾了，桑提去倒水。「妳得好好解釋給我聽。」

索菈咬咬嘴唇，想找出合適的話來說。「你有沒有曾經感覺整個宇宙好像試圖要推著你進入某種狀態？好像事情應該就是要這樣發生，而你就是要任其發生？」

桑提拿出茶包，露出微笑：「經驗還不夠多。」

「我感覺到了，我一遇見你就幾乎馬上感覺到了。」她也把雙臂叉在胸前，「所以我才會離開，因為我不信任那種感覺，一點也不相信，我討厭別人告訴我該怎麼做。」

他穿過廚房靠近她，遞給她一杯茶。「就算是命運也討厭？」

「尤其是命運。」因為她坐著，他就比她還高，讓她仰頭看著他的眼睛，「可是現在我決定了，不是宇宙推著我到這裡來，是我選擇這麼做。」

桑提一臉困惑，索菈清楚這是什麼意思，感覺自己腳下的地板整個陷落無底。「喔靠，我真是白癡，我完全以為你還有興趣。你現在大概有女朋友了，或者去當和尚了，或者——」

他搖搖頭，仍然很認真的樣子。「沒關係，我隨時可以停止僧侶的訓練課程。」

索菈緩慢地點點頭，拿起茶啜飲一口，然後她把茶杯放在流理台上，伸手抱攬住他。

她馬上就搬進他家，這也是第一次。她在晚餐時告訴父母這件事，她父親什麼都沒說，母親則問她有沒有想清楚。

「沒有，」她滿心雀躍地說，「完全沒有。這樣很棒吧？妳知道，人生中總要有一次，或許妳也該試試看遇到某件事不要想清楚，不要從許多角度來質疑這件事，不要去理解更深層的意義，只要──任其發生，怎麼樣？」

沒有回答。有那麼一秒，索菈真心希望自己能有個手足來承受一部分這樣有耐心、令人瓦解的關注。

她眨眨眼。「好吧，」她一邊說一邊站起來收盤子，「很高興跟你們聊。」

「晚餐如何？」她回家時桑提問道，她進門時還被小費莉絆了一下。

她重重吐出一口氣，嘴脣跟著不斷掀動，然後在沙發上坐下。「要想跟我父母說什麼事情，感覺就像──我不知道，對著一堵懷疑的高牆坦承一切。」

桑提微笑著遞給她一杯紅酒：「我感覺自己已經認識他們了。」

索菈傾近靠在他身上，頭枕靠著他的頭。「永遠都行不通的，你知道吧。」她的口氣就像日常對話一般。

桑提看著她皺起眉頭。「誰說的？」

「我全部的前任，最近一個是我前女友茱爾絲，我們分手時她跟我說了我的問題。」

「妳的問題是什麼？」

「我總是想要別的地方，永遠都不能——滿足於當下身處的地方。」

他聳聳肩：「我也不能滿足。」

她瞥他一眼：「你是什麼意思？你這個人不就是……最安定的男子。」

他臉上露出微笑。「外表看起來或許是這樣，但我內心一直在尋找。」他摩娑她的臉頰，替她將一綹頭髮收到耳後，「在這方面看來，我們都是一樣的。」

索菈想起自己的孤寂感、想起了茱爾絲以及在她之前的男友和女友，最後所有人感覺都像是鬼魂一樣。她這時也看著桑提，想找出同樣的虛無飄渺，但他是存在的實體：擋住了光線以證明其存在。「那你打算怎麼辦？」她半開玩笑地問，「我們就這樣一起不滿足嗎？」

他微笑著：「總比自己一個人不滿足好。」

他向她求婚時，她生氣了。

他不懂。「我以為妳想要這樣。」他一邊說一邊從下跪的姿勢站起來。

她開口說：「是沒錯。」

「那妳為什麼一副我甩妳巴掌的樣子？」

「我不知道，」她的雙臂交叉胸前，「只是覺得——很奇怪。」

「奇怪。」他說話時聲音因為要維持耐心而顯得緊繃，手裡還拿著戒指。

「拿走吧，」索菈說，「你看起來好像跳蚤馬戲團的團長。」

他垂眸一看還有些困惑，接著就笑了。他把戒指收進口袋走向她，牽起她的手。

「拜託，」他說，「解釋給我聽吧。」

索菈嘆了口氣：「我們是怎麼認識的？」

「妳是說妳不記得了？」

「桑提，不是每個問題都需要直接的答案。」

他皺眉：「妳是說我們認識的方式有什麼問題嗎？」

「不是，我是說，對。如果布莉姬塔沒有把我的紅酒送到別人的桌上呢？如果她把你的飲料跟別人的搞混了，而不是跟我的呢？」

「那我現在就會跟霍格求婚了。」索菈沒有笑，桑提盯著她看，眼裡開始湧現慌張：「但是她沒有啊。」

「沒錯！」索菈大聲回答，彷彿他證實了自己的論點。「然後我們整個人生就這樣發展到——現在，」她一邊說一邊雙手瘋狂揮舞指著那枚戒指，「就走到了這一步，這麼愚蠢、這麼隨意決斷的一步。」

桑提把手臂叉在胸前：「妳知道我不認為這是隨意決斷。」

索菈把眼睛往上抬：「所以你跟我求婚是因為你認為上帝要你這麼做？那樣只是更糟，你怎麼會不知道這樣更糟糕？」

他一派鎮定而不屈不撓，就像一片能容下每一顆石頭的湖泊。「我覺得自己這一輩子都在等一個徵兆，」他說，「等著某件我能夠確定的東西。」

「拜託不要。」索菈開口，但他繼續說。

「原本一切都毫無道理，直到妳出現了，然後妳又消失了，我就——」他笑了，聲音中帶著被逼到極限的急迫，「我覺得自己瘋了一樣，這麼確信一件事是對的，然後卻錯了，我——我覺得上帝耍著我玩。」他眼中的恐懼正是索菈一直想逃離的。「妳害怕是因為妳沒有相同的感覺。」他說。

「不對，我害怕是因為我也有這種感覺。」她看見他一臉吃驚的樣子又說，「但是我覺得這應該不可能，所以我才不相信。」

「我——」桑提停住不說了，「我們先暫時不要管命運了，好嗎？」

她點點頭：「好。」

他走向她，有時兩人在爭執時，她已經什麼話都聽不進去了，她需要的是他的雙手和注意力，要他的雙眼和她的眼神交會。這麼做能夠讓時間慢下來，慢到可以掌握的步調，讓她感覺不會那麼像是在即將墜落之際，處在搖搖晃晃的頂端。

「我會求婚，」他說，「是因為我愛妳，我愛妳的想法、愛妳的身體，我愛妳那股令人憤怒的懷疑論調，還愛妳需要空間，我喜歡妳大笑時把頭往後仰的樣子，而且我再也不想過沒有妳的日子。」

她眨眨眼。「是喔，」她說，「好吧，我應該可以同意你說的話。」

他們在大聖瑪爾定教堂結婚，這座教堂看起來就像童話故事中的城堡，身擠在河岸邊那一排粉彩色的平房後。桑提在工作上認識的朋友傑米擔任伴郎，而莉莉則是索菈的伴娘。他們從教堂中走出來的時候，塔樓裡的大鐘敲響了，索菈覺得自己也在鳴響著，感應到一股振動並隨之低鳴，這股力量似乎就快要將她震碎了，她爆出一陣大笑讓力量從體內溢流出去。

他們在奧德賽探險博物館舉辦婚宴，賓客在偽裝的天文館裡四處走動，在鬼魅般太空人隔著玻璃罩的注視下享用冷凍乾燥過的小巧餐點。一切正如索菈希望的那樣有趣，尤其是開始跳舞的時候，她和莉莉一起旋轉著，仰起頭開心大笑。在一個角落，她父親正試著跟桑提的父親以拉丁文交談；然後在另一個角落，奧瑞麗雅正笑著那兩人；再另一個角落裡，桑提正看著她，整顆心都倒映在他雙眼裡。

隔天，索菈一大早沒吵醒桑提就溜出了公寓，他還是很淺眠，不過宿醉讓他熟睡到連翻身都沒有。她往上次離開他時的相反方向走，走進城市中心。在那座廢棄的鐘樓，對面就是他們第一次見面的地方，她從自己口袋裡拿出一支油性麥克筆在牆上寫下「**永不回頭**」。她做了決定，她仍然害怕。

她從來沒想過幸福快樂會對時間造成什麼影響，時間變快了，從她指縫間溜走而變幻成為奇妙的形狀。她想要抓緊每一刻：從科幻節回到家後，兩人針對最後一部電影的結局激烈爭執，聲音大到讓鄰居報警；桑提在廚房裡自顧自唱歌，在桌上塗鴉畫下兩人的迷你版本，最後成為兩人生活的不完美紀錄；她的西班牙文也勉強算有進步，終於能夠說出一個讓他父親笑了半小時的笑話；耶誕節時，桑提為她拿了餅乾來，她則坐著看下雪，懷著孕的她懶洋洋的。

「我的愛。」他說。

她只是盯著他看，他實在太不可思議。「不應該容納得下這些。」她說。

「什麼？」

「從我們認識的這段時間以來，不應該是這樣——應該不可能。」

「什麼？」他又帶著微笑問了一次。

*讓我這麼愛你。*這種感覺讓她很苦惱，就像他的求婚令她苦惱一樣，引發了自己內心深處一種無法理解的感覺，索菈喜歡有所理解，但是她不能說。他知道，他一定知道。

「沒什麼。」她拿起一塊餅乾塞進嘴裡。

愛絲特拉在一月一個漫長的夜裡出生，疼痛似乎要這樣不斷持續下去，桑提對醫生吼著：你們沒看見她很痛嗎？你們不是應該幫她止痛嗎？索菈扯開喉嚨罵出自己能記得的每一句髒話，包括捷克語、冰島語和英語，最後所有字句都消失了，只剩下她拱起拉長的痛苦磨難。那時即使他正握著她的手，她也已經看不見他，然後他們將嬰兒帶去清理乾淨時，就看見他一波一波回到她身邊，先是他的雙手然後是他的雙眼，充滿溫暖又如此害怕。

「不公平。」她喃喃說。

他傾身靠近：「什麼不公平？」

「讓你看到我那個樣子，我永遠都不會看到你受這麼多疼痛。」

他微微一笑，眼裡還帶著憂慮。「沒試過就要放棄，這可不像妳。」

她有氣無力地搭上他的手，然後他們把愛絲特拉帶回來給她，從此一切就再也不同了。

索菈從來不覺得自己是做母親的料，擔心自己無法對孩子付出應有的愛，但是令她意外的是，那份愛竟然如此輕易就出現了。困難的是其他事情：要讓愛絲特拉活著、開心，在餵奶和換尿布之間抓緊時間小憩片刻，還要擔心著她發出的每一個聲音。

事情並不會越來越輕鬆，原本的困難只是變得稀鬆平常。桑提的妹妹奧瑞麗雅來看他們，愛絲特拉就迷上她了，跟在她屁股後面滿屋跑，咿咿呀呀地跟她吐露心聲。然後一眨眼，愛絲特拉就五歲了，一開口就是一半英文、一半西班牙文組成的破碎句子，索菈這一生中從來沒有這麼愛過什麼東西，然後他們接到了醫院的電話。

這只是例行性的血液檢查，他們一直考慮再生一個，所以兩人都到醫院做了身體檢查。現在他們坐在醫院的等候室裡，桑提握著索菈的手，彷彿有問題的是她的檢查結果，大拇指不斷摩挲著她的指關節，最後她終於受不了這樣重複的動作，將手抽開。

「索菈。」他開口。

「不要，」她說，「我不必再聽你說一次什麼接受上帝安排的話，我沒辦法——」

「桑提亞哥．洛佩茲？」護理師喊道。

索菈跟著他走進小小的診間，護理師在他們進去後就關上門。

後來她把他留在醫院大廳，假裝自己要去上廁所。有點感覺吧，她在內心尖聲吶喊著，爬上樓梯時感覺怎麼也走不完，但是她只能感覺到一種正當感，她的恐懼終於回頭來咬她一口了。她在九樓找到了一個防火逃生出口就抽起菸來，她已經六年沒抽菸了，那一包象徵性的香菸躺在她手提包底部，已經受潮。透過建築物之間的空隙，就在那座永遠指著十點四十五分的大鐘下方，她可以看到自己過去在廢棄塔樓上的塗鴉：**永不回頭**。她打破了她的規則：她做了決定，現在落入這個局面，正是她不想要的情況。桑提會比她早死，而她的世界中唯一穩固的東西也會消失。城市將要倒塌、高塔蒸發無形，聚攏一切事物的織布將裂出一個大洞，將她往裡面拖去。

不知道什麼時候，桑提已經站在她下方那一片毛毛細雨中，手裡擺弄著他祖父留下的小刀。他真該死，一臉平靜的樣子。這就是他終其一生所想要的——對信仰的真正試驗。

她走下樓到他身邊時，他聞到了她頭髮上的香菸味。「喔，親愛的。」他說完，伸手將她攬進懷裡。

生活慢了下來，從閃亮燦爛的片段拉長成了待在癌症病房的無數個下午，似乎怎麼也過不完。一天晚上，她在他的床邊醒來，脖子扭了一下，產生一股完全不知自己身在何處的感覺。*愛絲特拉*，她驚慌地想著，但沒事，她跟桑提的母親在一起很安全。

他醒了，看著她的眼神中帶著關愛的疲憊。「妳還好嗎？」

她差一點要對著他笑出來。不好，我要崩潰了，我想要站起來跑出醫院、跑出這座城市、跑出這個世界。但有些事她不能對他說，這些話愛絲特拉可以說、他母親可以說、傑米可以說，但從她口中說出來就是往他心臟捅一刀，這是他們在婚禮上說出誓言時所作的無言約定，索菈根本不知道自己同意了這一串小字。她坐在他床邊握著他的手，為了這樣的限制而憤怒不已，她不想做他的妻子，想要當別的、其他更強大而更無拘無束的東西。又是一件她不能說出口的事。

她捏捏他的手：「沒事，我愛你，繼續睡吧。」

* * *

桑提的治療並沒有收到效果，索菈並不意外，她已經預料到這一切的到來，整件事朝著令人遺憾的方向發展。她希望自己在他過來她的桌旁坐下時就馬上走開，她打破了規則告訴桑提這件事，他笑了，而她愛他，他怎麼敢繼續讓事情越來越糟？

愛絲特拉的六歲生日那一天，他死了。

索菈不知道自己對他那堅定不移的信仰有多麼依賴，只是一直到了最後，仍然動搖了，他抓緊她的手，彷彿並不想去上帝正等著他的地方。後來她既是瘋狂又是誠懇地等了大半年，等著他回來。她沒有告訴其他人，他們已經在盯著她了，包括莉莉、她父母，還有已經搬到科隆來幫忙照顧愛絲特拉的奧瑞麗雅，如果他們知道，每次她聽見樓梯響起腳步聲就會以為是桑提回家來，他們就會搬進來把他的鬼魂嚇跑，於是她咬牙吞下自己的哀悼，保持沉默。

他們一起過了十年，即使有時候感覺就像落入永恆，即使時間就像星系伸出螺旋臂轉動時會擴張一樣，還是不夠。

她想過要離開，有一次甚至帶著愛絲特拉到了火車總站，站在長長的拱廊中看著螢幕上閃現前往其他地方的列車資訊，結果她沒有買票就走出去了，她在認識他以前就該離開，如今有太多東西將她綁在這裡：她的工作、愛絲特拉的學校，奧瑞麗雅更是將自己的過往生活連根拔起，來到這裡幫助她。她並非是自認這一切都不重要，真正讓她留下來的是一個瘋狂的念頭：如果她離開了，桑提就不知道去哪裡找她了。

愛絲特拉變了，彷彿隨著桑提死去，她內心身為桑提女兒的那一部分也死了。她慢慢成為了另一個人，不像他也不像索菈，像是從他們身上各自取出部分組合而成，就像瘋狂的發明家那樣，她似乎從來沒有覺得這麼神奇，或者說如此殘酷。索菈哄著女兒睡覺、親吻她的額頭，不知道自己什麼時候竟同意了這樣的事，讓一柄利矛刺進自己的胸膛，對這道傷口會永遠裂開而心知肚明。在整個過程中，她的生命力竟還能旺盛到令人難以置信。

「爸爸在哪裡？」愛絲特拉問。

傷口又流失了一些血。「寶貝，爸爸死了。」索菈說。

「我知道，」愛絲特拉的語氣認真，「但他去哪裡了？」

索菈在腦海中打起轉，不知道愛絲特拉有沒有跟祖父母和外祖父母談過這件事，一方會告訴她桑提在天堂，另一方則會說出索菈在這個年紀時他們說過的話，那時是她的叔叔過世了：他就是不存在了。

「妳覺得在哪裡呢？」她問。

愛絲特拉望著天花板，她還沒出生時，房間天花板上就貼滿了夜光星星。一段回憶就像鐵絲網一樣刺痛了索菈——桑提站在梯子上為女兒布置出整個宇宙。

「我覺得他在其他地方，」愛絲特拉說，「等待著。」

索菈抽了一口氣，感覺好奇怪，聽到自己無法解釋清楚的信念從女兒口中說出來，讓她害怕開口問女兒是什麼意思。「等什麼？」她終於說。

但是愛絲特拉沒有回答，只是翻了個身。於是索菈只能自己去倒一杯紅酒，和小費莉一起坐在沙發上，小費莉如今年紀大了，幾乎看不見，發出刺耳的呼嚕聲幾乎就像是哀悼的輓歌。

索菈繼續過著日子，既是為了怨憤和習慣，也是為了對女兒的愛。愛絲特拉長大了，身上那一切古怪和傻氣都轉化成了索菈所認識最優秀的人，她永遠也無法理解這是什麼樣的煉金術。索菈仍然住在比利時區的頂樓公寓，不管愛絲特拉說太多階樓梯要爬，也不管自己已經長成了腳步虛浮的老嫗，得花十五分鐘才爬得上去。莉莉過來探望時告訴她，自己覺得時間越走越快，時光如沙在指縫間流逝的速度實在太快了。索菈卻不以為然，對她而言，時間就如同宇宙一般擴張開來，倒入了一方漏斗，留下了大片空白。

莉莉對著她會心一笑。「妳覺得妳還會再見到他。」

「不是！」她自然而然就說出口了，她是懷疑論者，從她知道有這個詞彙能夠形容前就一直是，她只是原子組成的意外結果，等到生命結束時就會消散。但莉莉是對的，在比她思緒更深層的地方、比她心底最深處的原則更深層的地方，存在著那股令人惱怒的信念，他的信仰有如病毒一般，已經悄悄在她體內孵化。要說她再也不能見到他，這樣的事她想都不會想。

她噘起上唇，不是因為難過而是因為氣憤，他怎麼能這樣對她？若是沒有他，她的一切可能都不一樣了，她會是完整的人，正如她原本應該如此，而不是可悲地等待著一個死人回來。這一切只需要一個選擇。「我大可以一走了之。」她不服氣地說。

莉莉捏了她的肩膀，起身再去泡茶。

最後終於發生了，肺炎不斷摧殘著她的肺部，到最後每一次咳嗽都像要讓她崩毀，感覺之前也發生過，她想大概是大腦已經失去功能，死亡將近的意識中便不時會出現似曾相識的感覺。她希望桑提在這裡，就能跟他好好爭辯一番。

愛絲特拉陪著她，就在她意識逐漸消逝的模糊區塊中，她在哭，而那股悲傷刺痛了她，淚水中的鹽分刺激著尚未奪去她性命的傷口。她拚著最後一分力氣，捏了捏女兒的手。

「我做錯了選擇，」她對女兒說，「我收回，我想要重新開始。」

愛便是戰爭

桑提第一次見到自己的女兒時，她十一歲，以這個年齡的女孩來說她很高，留著平平的一字眉，稀疏的直髮攏梳成了高高的馬尾，兩手都藏在長長的袖子裡。

「她叫索菈，」社工說，「索菈，這是洛佩茲夫婦。」

「我叫桑提。」他伸出手說，索菈握住了他的手卻沒看他。

「我叫愛洛伊絲。」他的妻子說，她的打扮是為了社工而不是為了索菈，原本要穿的花裙換成了灰色套裝，髮辮往後纏成了包頭，讓她看起來有些僵硬、緊張，一點都不像她自己。然後她微笑了，溫暖的個性才像陽光般照耀出來，她並沒有跟索菈握手，而是揮揮手，索菈很是意外，抬頭露出微笑，幾乎像是要大笑出聲。

他們在育幼院外面的一張桌子邊坐下，那裡不太算是花園，只有一片乾枯的草地和淺淺的池塘，栽種著一排參差不齊的樹木，根本遮擋不了能夠回到市中心的那條主要道路。索菈坐下時把手夾在雙膝之間，回答問題時眼神也沒有與他們接觸。桑提跟小孩相處的經驗不多，總忍不住把她當成到自己辦公室來的客戶般解讀，而不是自己未來的孩子。既聰明又害羞，在她努力和外界溝通時又有一番刻骨的疼痛，帶著一種刺痛人心的幽默感。

「妳在這裡最喜歡做什麼？」愛洛伊絲往前傾，想要讓索菈卸下防備。

索菈看著她的眼睛。「看草長大，」她面無表情地說，「滿有趣的。」

桑提忍不住就笑了出來，索菈的嘴角揚起了回應的微笑，但很快就消失了。

拜訪結束後，社工陪他們走回停車的地方，他們透過擋風玻璃看著一個男孩拿著生鏽的鐵釘，正慢慢挖掉育幼院的一根欄杆。

「你覺得呢？」愛洛伊絲問。

桑提看著另一邊的她。「她是我們的。」只這樣回答了一句。

愛洛伊絲點點頭，眼裡閃爍著淚光。「對，」她的聲音很輕，「對，我也是這麼想。」

他們填妥了上百張表格、出席十幾次面談，回答各種問題，包括他們的婚姻、日常生活習慣、在科隆住了多久等等。他們全都撐過來了，就算不是有耐心，也是因為他們懷著決心。最後他們得到了獎賞：一份收集了索菈過往資料的檔案，一年年依序排列還搭配了相應的照片，首先是有著她雙眼的嬰兒，藍色的眼睛滿是絕望，彷彿他們見到的那個憂鬱女孩正困在那裡頭。桑提翻過一頁就見到她的父母：母親在她兩歲時就離開，父親因為經費縮減而丟了大學的職位之後便慢慢習慣依賴酒精，最後社工人員破門而入，看見地上一排的空酒瓶，嗷嗷待哺的索菈正尖叫發脾氣。他讀著她被交給一位態度散漫的叔伯照顧，照片中的她穿著為體型更小的孩子所編織的套頭毛衣，毛衣上的圖案是獾，看起來就跟她差不多一樣憤怒；後來她又陸續待過好幾個寄養家庭，最後才落入了育幼院，若是桑提和愛洛伊絲沒有出現，帶著他們空盪盪的育兒房及早已流乾的眼淚，索菈究竟會流落何方，注定是得不到解答了。

桑提讀完檔案時已經淚流滿面，他把平板電腦遞給愛洛伊絲。「妳會需要喝一杯。」他起身去幫她準備，讓她去面對女兒的人生過往。

他們已經開始把那間育兒房叫做索菈的房間，並且將牆壁從原本的淺綠色重漆成了紫色，桑提還買了夜光漆，在天花板上仿照真正的星座排列仔細畫上星星。

等到他們終於能將她帶回家時已經是春天的尾聲了，桑提一打開門，小費莉就嚇得落荒而逃，索菈則在門口停下腳步，仍然有所猶豫。

「妳的房間在樓上，」愛洛伊絲說，「門是開著的，想去看看嗎？」

索菈點點頭，小心翼翼踏上嘎吱響的樓梯，兩人則跟在後面，既期待又怕受傷害。

「不會吧！」索菈開心地叫喊出來，「星星！」

以前還在西班牙時有一次，桑提的姐姐奧瑞麗雅帶了一隻耳朵裂傷的流浪貓回家，頭幾個禮拜，小貓幾乎沒有離開奧瑞麗雅安置牠的樓上房間，就怕會遇到在屋子裡走來走去的陌生巨人。索菈也一直待在自己滿天星星的房間裡，只有吃飯才會出現，吃飯時也保持沉默。桑提努力想讓她敞開心胸，講些冷笑話還讓她看自己笨拙的塗鴉，但是她沒什麼反應，只有愛洛伊絲偶爾能得到她的一抹微笑。

「她是怎麼了？」索菈溜回樓上後，桑提問愛洛伊絲，「那個有趣的女孩呢？那個喜歡房間喜歡到大叫的女孩呢？」

「她不是來討好我們的，」愛洛伊絲收拾碗盤時說明這點，「她甚至還沒決定是不是喜歡我們。」

「她喜歡妳啊，」桑提說，「她只對我有意見。」

愛洛伊絲聳聳肩：「因為我比你好。」

她想逗他笑，幾乎就要成功了，但是他知道索菈的冷漠是有針對性的，還是針對他，他仍然覺得很傷心。

桑提嘆口氣，伸手抱住妻子，撥開她的髮辮親吻她的後頸。

愛洛伊絲在他的懷抱裡轉過身，摸摸他的臉。「要有耐心，」她說，「我們要先讓她覺得有意義，她才會對我們有所回應。」

她走了之後桑提還留在廚房裡思索著她說的話，他以為他們領養索菈是要提供她所需要的安定生活，但或許重點其實並不是她需要什麼，或許這個陷入困境的女孩只是為了讓他分心，是他自己拋棄夢想之後所得到的安慰獎。

那天晚上他夢見自己躺在醫院病床上要溺死了，他醒來時心臟猛烈跳動，盯著空白的天花板，感覺就像有誰奪走了整個宇宙。他去了一趟廁所，回房間的途中經過索菈的房間，聽見她的聲音。

他走近了一點：「索菈？是妳在說話嗎？」

過了一會兒她才伸腳把門拉開，她躺在床上，小費莉在她身邊呼嚕叫。索菈盯著她房間的天花板，手指緊抓著手腕。「星星，」她說，「跟天空上的星星位置一樣。」

桑提心裡亮起了贊同的光芒：他女兒是科學家呢。「沒錯！我想要讓這些星星排出真實的星座。」

她歪著頭：「從太空中看星星也是這個樣子嗎？」

「不是，不是，看起來會完全不一樣。不同行星上的人大概甚至不會用同樣的星星組成星座。」

索菈皺起眉頭：「這些星星不是應該在一起的嗎？」

「其實不是，古代的人只是因為這些星星能組成圖案就覺得是這樣。」他聳聳肩，

「人類就是會這樣吧，我想，抬頭看著天空然後看見他們自己的倒影。」

「他們自己？」她從鼻子哼了哼說，「你是說我們自己吧？還是說你不是人類？」

「餔囉格法納嘎。」他怪聲怪氣地回答。

索菈開懷大笑，根本壓不住自己的聲音，桑提則突然感覺到一股強烈的興奮感。

「就跟我們一樣。」她說。

「什麼？」他微笑著問。

「你跟我還有愛洛伊絲，遠遠看我們看起來就像一個家庭，但是其實我們彼此之間沒有關係。」

那股興奮感崩毀了，桑提想著他們三人，他和愛洛伊絲就像聯星一樣緊緊綁在一起，索菈則懸浮在好幾光年以外的地方。

「真正的重點是觀點造就了一切，」他終於說，「我們會選擇自己想要如何看待事物的方式。」他敲了敲門框，然後在她能夠發現自己正哭之前離開。

季節更迭，愛洛伊絲一直想要修剪好的日式盆栽長得茂盛，都溢出了花盆，完全失控，雜亂不已。索菈身上也出現了相應的改變。或者說出現改變、盆栽生長，這兩件事彼此之間毫無關聯。桑提一直都是用這樣的方式掃視著整個世界，想從中讀出些意味，也就是說，那天他回家發現他母親那條鉤針編織毯扔在客廳地板上，中間還燒出一個黑色大洞時，並未感到意外。

愛洛伊絲還沒回家，今天在舊城區有兩列路面電車發生碰撞意外，急診室的職員都得超時工作。桑提撿起毯子，慢慢走上樓，冷靜，他對自己說，想起社工告訴過他的話，一定要努力冷靜面對她。他的思緒漸漸飄遠而偏離了原本的理路，她是一片海，需要有礁岩破浪。

他敲敲索菈的房門，她沒有開口讓他進去，只是伸腳推了推門，然後看著他把整扇門推開。

桑提在她書桌前的椅子上坐下，兩手捧著那條毯子，想起母親是如何耐心編織，每一公分裡都是她的愛，怒火陡然升起，但他控制住了。「這是我母親編的。」他說。

索菈沒有看他的眼睛。「我知道，」她說，「所以我才燒了。」

他瞪著她，實在無法理解，想要放聲大吼著問她為什麼，誰會收下別人給予的愛然後燒掉？他腦裡又響起社工的聲音：她會試圖測試你們的界線。

「沒把房子燒掉算妳運氣好。」他說。

「或者是運氣不好，」她回嘴說，「觀點造就了一切。」

一定要有後果，不然她會覺得自己做什麼都沒關係，而那樣不會讓她長成她需要成為的樣子。他又深呼吸了一口氣：「妳要學會鉤針編織然後把毯子補好，我不管要花多久時間，明天等妳放學回家後我們就開始。」

她冷哼一聲：「我做不出那種東西。」

「所以妳才要燒掉嗎？因為妳覺得自己做不出漂亮的東西？」

「不是，我跟你說過為什麼了。」

桑提覺得自己要溺死了，彷彿他肺裡吸不到足夠的空氣。「妳要學，從明天開始。」他往門口走，他絕對不能跟她撂下最後一句狠話。

「我討厭你。」她說，話中的惡毒超越她這個年紀好幾輩子。

他實在沒辦法還裝作若無其事的樣子。「這樣，太可惜了，因為我愛妳。」

「為什麼？你怎麼會愛我？」她的臉皺成一團，「你根本不了解我，我才剛剛——住進你家，然後現在你的工作就是假裝是我的爸爸，沒關係，我懂，你大概以為你會得到一個可愛的小女孩，很容易就能愛上，但是你不用說謊。」

「我不是在說謊。」他沒辦法控制聲音不透露出情緒，冷靜，他想著，但沒有用，就像努力要壓制住颶風一樣。「我不會口是心非，我見到妳之前就已經愛妳了。」

她瞪著他：「不可能。」

他聳聳肩：「沒關係，是真的。」

她努力想找什麼話來說，手指都陷入床單裡。「愛不是這樣的，你不會毫無理由就愛上某個人，而是因為他們是誰、做了什麼或者他們的樣貌才愛他們，他們必須要值得你愛才行。」

他小有領悟：這就是她想要的，要爭論一番。「那麼，如果他們不再具備那個條件，你就不愛他們了？如果他們不值得就不愛了？」

索菈看來彷彿終於踩到了穩固的土地上。「對。」她挑釁地說。

桑提搖搖頭：「不對，索菈，如果愛是我們要值得才能得到的東西，那我們都不會得到愛。不對，愛是這個世界本該給予我們的。」他露出一個充滿歉意的笑容：「只是有時候沒有兌現這樣。」

她看著他的眼神充滿極端的憤怒，有那麼燙手的一瞬間，桑提感覺她的怒火往他身上移動，變成了他自己的。他相信上帝賦予他這個目的：在某個程度上，他是來拯救她的。但如果說他的目的是建立在索菈的悲慘上，那又是什麼意思？如果她所欠缺的是愛，磅秤的一邊已經壓著全世界的重量，他要如何才能補足另一邊的虧欠？

他選擇在那一刻撤退到廚房裡，並不覺得自己贏了，而是跛著腳逃出了一場前哨戰，還能活命就已經算幸運了。

愛洛伊絲到家的時候依然穿著醫院的制服，她手裡還拿著鑰匙便停下腳步。「你又在咬指甲了。」桑提低頭看著自己的手指，他以為自己三十年前就已經戒掉的這個習慣，卻又陰魂不散地冒出來了。愛洛伊絲進門後順手將門關上：「你不應該在索菈面前這樣。」

他低聲笑出來：「妳真的以為我可以影響她做什麼嗎？」

愛洛伊絲脫掉外套，走向餐桌時順便打開冰箱，在桑提面前放了一瓶啤酒。

他打開啤酒仰頭灌了一大口。「妳怎麼知道？」他問。

「因為我了解你。你這一輩子都過得像是在接受什麼考驗，而且你想要漂亮過關。」她親了親他的額頭，撫平他的一頭亂髮，「但這不是考試，沒有及格分數，我們所能做的就只有不要像過去那些辜負她的人一樣，別做得那麼糟。」

隔天，他開始教索菈用鉤針編織，她刻意顯得笨手笨腳的，過了十分鐘之後就拒絕繼續編織。桑提數了數他們的進度，不是以她編了幾塊來算，因為它慢慢一公分、一公分增加，然後在她拆掉鉤錯的針數時又幾乎以相等速率縮減，於是他只好用這段時間噴了多少惡毒的話、拿了多少分來計算。即使他們所編織起來的只是一場戰爭，至少是一起完成。

在她根本還談不上能夠修補好毯子之前，她便開始從廚房偷拿食物。愛洛伊絲和桑提站在索菈的房間裡，就像犯罪現場的警探一樣，低頭看著塞在床底下錫罐裡的證物，餅乾、幾包薯片、皺掉的蘋果，還有一條已經分成好幾塊、個別包裝起來的巧克力，桑提忍不住覺得這些像是軍隊配給的糧食。窗台上排著好幾個水杯，他數了數有十三個，裡面裝著不等量、半滿的水，他依序敲著水杯，彈奏出一段古怪的曲調。

「她的日子過得像是遭遇獵捕的動物。」愛洛伊絲輕聲說著，不過他們不用怕什麼——索菈跟莉莉出門了，那是她到目前為止唯一交到的朋友。「我們應該把這些都收走嗎？」

桑提關上錫罐，將它推回床底下。「不用，我們要讓她知道她是安全的。」他小心地把自己在錫罐旁邊發現的幾張紙放回去——描繪著奇異世界的手繪地圖。

愛洛伊絲咬著嘴唇，最近幾週這個老習慣越來越惡化了。「也許她永遠不會覺得安全，不會是完全安全。也許她經歷過的一切事情已經奪去了她心中那個部分。」

在這世上，桑提最討厭的就是絕望感。「時間，」他說，「她需要的只是時間。」

他打電話給他母親，坐在花園最遠那一頭的一塊樹樁上，因為索菈不喜歡聽到他說西班牙文。

「為什麼？」她第一次發脾氣的時候他問。

「你可能是在說我，但我根本不會知道。」

他翻了個白眼：「索菈，我不是隨時隨地都在講妳的事。」

這時，夏夜裡的黑暗正濃，一隻他認不出來的夜行性鳥兒在樹梢間發出輕柔的啁啾聲。

「帶她過來，」他母親說，「為什麼你不帶她來？我想要見見我孫女。」

桑提揉了揉額頭，自從他搬到科隆後就沒有回過家了，而是等著他的家人來找他，這裡總是有太多事情發生：愛洛伊絲、他的工作，現在又有索菈。「我們會去的，等這隻小喜鵲更安定一點。」這個暱稱只有在這些電話交談中才會使用，若是讓索菈聽到有人用她聽不懂的語言對話，其中又不時穿插著她的名字，絕對會讓她的妄想症雪上加霜。

他母親沒有告訴他自己在想什麼，但是他還是聽見了，他的小喜鵲永遠安定不下來，她會在他為了保護她而建造的牢籠裡，猛力撞擊欄杆，撞得自己滿身是血。

那週過了幾天後，桑提從人馬酒吧回到家裡，把鑰匙放在廚房桌上，小費莉跳上來磨蹭著他的手。「索菈？」他往樓上喊。

房子裡迴盪著不尋常的安靜，他上樓去敲了敲她的房門。「我要進來囉。」他說完就推開門。她的房間裡一如往常地雜亂無章，窗台上的水杯排成了排簫、鉤針編織的毯子扔在了床上。他看看廁所，沒有人，最後查看他和愛洛伊絲的房間，只是他壓根兒不認為會在那裡找到她。桑提解讀著這個世界要給他的訊息，此時此刻透露出來的就是災難兩個字。他決定報警。

然後他聽見天花板上有什麼東西傳出移動聲。

他打開閣樓的門，看見她爬上去之後把樓梯拉了上去，就像個匪徒要保護巢穴的安全。他拉下梯子，急忙踏上嘎吱作響的梯階，擔心她已經傷害了自己，擔心他搞砸了自己這輩子第一次試圖想達成的唯一一件重要的事。

她沒有受傷，而是盤腿坐在那張愛洛伊絲不忍心丟掉也不願送給別人的嬰兒床旁邊。她伸出手指在嬰兒床的欄杆間撥動，就像在跟嬰兒的鬼魂玩耍一樣。

「你們想要自己生的孩子。」他實在希望她不要說出這樣的話，這句話從她嘴邊有如糾結的藤蔓一樣蔓生而出。

他應該要說：妳就是我們的孩子，除了妳我們誰都不想要。但是他現在比較了解她了，知道什麼時候說出她想聽的話才能達到目的，以及什麼時候她會挾著致命的力道將這些話往回彈向他的心臟。

「我們試過，沒錯，」他說，「但是本來就不會成功的。」

「本來？」這句話讓索菈抽了抽嘴角，「我父母本來應該照顧我的，我本來應該能在學校表現出色、上大學、研究物理和生物學，然後成為太空人。」桑提瑟縮一下，索拉並沒有看見自己的攻擊落了下來。「但這些都沒有發生，你和愛洛伊絲也沒有得到自己的孩子，而是得到我。」她憤怒地搖搖頭，將袖子往下拉，蓋住手腕，「我們都沒能選擇，唯一的差別在於你想讓這件事有點意義，好像這一直就是上帝的意思，其實我們只是不得不接受罷了。」

桑提已經沒有什麼論點可用了，沒辦法用平靜的聲音進行理性討論，他不能坦白說出她這些話是多麼驚險，差點就命中他深埋心中的恐懼：他就是最糟糕的那種騙子，接受了自己不必花太多力氣就能完成的事物，還稱之為命運。

不知道什麼東西敲打在閣樓窗戶上，桑提嚇了一跳大驚失色，那是上帝揮拳敲打在玻璃上嗎？索菈已經走到窗戶邊，小心描繪出看似翅膀的形狀。

「喔。」她低聲吐了一口氣，在鳥兒死去的這短短時間之內她已經變了個樣子，她快步經過桑提身邊，迅速將梯子往下推，這麼快的速度肯定傷到了她的手。

他跟著她下去並走到外面的花園。「妳找到了嗎？」他問，走近她身邊，彷彿她就是那隻鳥，墜落之後徘徊於生死之間。

索菈張開手，那隻鳥的羽毛是明亮而令人驚豔的綠色，正是攻占了這座城市的那種野生長尾鸚鵡，就像虛擬的物象一般完美無瑕地躺著，收起了翅膀、閉著眼睛。

「真可惜。」桑提說。

「她沒有死。」索菈強硬地說，她輕輕朝著鳥兒吹氣，弄亂了羽毛，鳥兒扭動了一下，睜開眼睛又閉上。

桑提感覺心中湧起一股希望，就像紅酒一樣令人陶醉。「把鳥帶進屋裡，我們要讓小鳥保持溫暖才行。」

他們在愛洛伊絲的書房裡布置了一個鋪著軟墊的箱子，把門關上防止小費莉跑進來。桑提教索菈如何用吸量管餵鳥兒喝水，看見她伸出手指撫弄小鳥的羽毛，以前他幾乎不會看到她把手指伸出衣袖外或者鬆開握緊的拳頭，他從來不知道她可以如此安靜、如此專心。

經過了幾天，小鳥沒有死掉。桑提不再到索菈房間裡找她，他回到家就會直接去書房，索菈一定會在那裡，彎腰看顧箱子，餵小鳥吃東西或者看著小鳥睡覺。有時她整個人的心思都在鳥兒身上，讓他能夠在那一瞬間窺見當自己沒有關注她時，她會是什麼樣子，他將這些瞬間當做珠寶一樣收集起來，珍惜著那個心地柔軟而好奇的女孩模樣。他大感驚奇，像他女兒這樣憤怒而獨立自主的人也可以這樣溫柔照顧著無助的生物，他正看著她照顧她自己，他和愛洛伊絲總是只能保持著距離、抱持著好心，卻從來無法這樣照顧她。

「我已經想好她的名字了。」她宣布道。

「是嗎？」

她小心用小指指尖搓了搓小鳥羽毛。「烏拉姫塔。」她說。意思是小喜鵲，那是他幫她取的西班牙文暱稱，他不能告訴她那是什麼意思，說那已經是另一種鳥的名稱。他早就該知道，她那麼聰明總能猜出來的。

索菈曲起雙腳膝蓋看著他：「如果她死了是我們的錯嗎？」

桑提深吸了一口氣：「妳覺得呢？」

索菈想了很久才開始回答，而她開口時，他假裝沒有聽出她聲音中的壓抑。「不是，我們沒有傷害她，只是盡全力要讓她更舒服。」

「沒錯。」桑提希望這代表她願意原諒他們，只要她首先願意原諒自己。

小鳥恢復了健康，幾天後就已經開始跳來跳去，然後可以在書房裡振翅飛一小段距離，讓索菈開心地發出桑提從前沒有聽過的笑聲。

「妳知道嗎，鸚鵡很擅長模仿聲音，」他說著，蹲下躲過頭頂掠來的翅膀，「妳或許可以教她說幾句話。」

她朝他看了一眼：「真的嗎？」語氣中有些懷疑。

他點點頭，很開心終於吸引了她的興趣。「要很認真教才行，而且也不保證成功。」

她根本沒聽進去，全副注意力都在鳥兒身上，忙碌的小腦袋已經開始想著要教她說什麼。桑提微笑著，讓她自己一個人去努力。

他開始習慣回到家看見書房的門是關上的，有時候會聽見索菈一次又一次重複著什麼話，但是他聽不出來在講什麼。直到有一天，書房的門敞開了，他停下腳步，不知道該不該進去。

「桑提。」索菈呼喊著。

她叫他的名字實在不尋常，更別提是要求他去陪她，他猶豫了。「什麼事？」

「過來。」她不耐煩地說。

他進到書房裡時，看見索菈坐在沙發上，鸚鵡就待在她的手指上，她的表情一派輕鬆卻又緊張不已，十分生動，她不斷變換著表情，快到讓他跟不上她的每種模樣。

「嘿，烏拉，」她輕聲說，「妳想說什麼嗎？」

「救命，」鸚鵡說，「我困在這隻鳥裡了。」

索菈抬頭看著他，咧嘴揚起勝利的笑容，桑提就那樣盯著看了好一會兒，然後開始大笑，既是開懷又是驚訝，最後兩人都放聲大笑，笑到無法呼吸。

「我得一再重複又重複，但最後還是成功了。」她在沙發上跳動著，把鳥嚇得飛到書架上。「我想教她點別的。」

桑提微笑著又坐下去，讚嘆著上帝的成就：他的一切努力在這隻從天而降的受傷鳥兒之前竟都不算什麼。謝謝，他無聲地說，謝謝祢送來的禮物。

賞賜的是上帝，收取的也是上帝。隔天晚上桑提回家時發現書房空盪盪的，他害怕得心臟怦怦狂跳，在屋子裡四處尋找，結果從索菈房間的窗戶往外一看，看見她在花園裡，坐在他和母親講電話時坐著的樹樁上。

他走到她身邊站著，她沒有哭，但不知為何這樣卻是最糟糕的情況：那般深沉的悲傷，卻沒有看見眼淚，彷彿她內心有什麼已然破裂。

「我帶她出來，」她喃喃說道，「我想她可能想呼吸一點新鮮空氣。」

「喔糟糕，」桑提彎下腰和她平視，「什麼時候？」

「今天早上，她還沒回來。」她聲音緊繃，「我何必呢？既然她只是想要飛走又何必？」

這是試驗，桑提明白了：不是養育的過程，而是放手，要拿出所有愛和努力之後再將之抽離自身，不管過程中會扯出什麼與性命攸關的器官。他拉起索菈的手：「我們總是要冒著她會飛走的風險，但這就表示不值得嗎？」

索菈抽回自己的手。「不要，少給我來這套，你想問我問題然後搞得好像是我自己在做決定，但其實你只是在告訴我答案。來啊，告訴我啊。」

桑提忍不住說話大聲了點：「妳要對自己所做的事感到自豪，若不是妳她就不會活著。」

「那我希望我就讓她死了。」

他沒有對她說她不是真的這樣認為，他很確信在她盛怒的內心中，她是這麼認為的。他望向花園外遠方的森林，想像那隻鳥從索菈的手中飛出去——得到自由之後便倉皇衝了出去，然後在籬笆上稍停一會兒，正要從某處飛往另外某個地方。桑提一直試圖從周邊世界中讀出象徵的意義，但這一次，這隻野東西放棄了給予的愛而逃走，他不願去讀，他的女兒不是小鳥，她是索菈，而且他也不會這麼輕易放她走。「或許她會回來探望一下。」他說。

索菈奮力搖搖頭：「她不會回來了，就算她回來也不會記得我，好像我從來不存在一樣。」

「但是妳會記得她。」他很想知道為什麼這句話感覺如此沉重，彷彿他們在談論的是像銀河那般浩瀚無垠的東西。

「那樣只是更糟。」她抬頭看著他，睜大的雙眼中沒有淚水，「我再也不想看到她了。」

桑提面對索菈慢慢培養出一種直覺，就像植物對陽光的盲目感知一樣，他必須讓她獨自面對這件事。他捏了捏她的肩膀，然後開始往屋裡走。

他的直覺錯了，這場爭論還沒結束。「為什麼你總是以為自己比我懂？」

桑提停下腳步轉過身，腦中浮現各種答案：因為我是妳爸爸、因為我年紀比較大，一切似乎都和謊言一樣空泛。「我沒有，」他說，「這時候我的工作就是要假裝這樣。」這答案夠出乎意料了，讓她安靜了下來。他嘆口氣，好累，他已經累到忍不住問出那個他不能問的問題。「為什麼妳這麼氣我？」

她的表情沒有變化，他現在已經很了解她，能夠察覺到她表面之下的情緒，他懷疑或許連她自己都不清楚這樣的情緒。

他踏步離開了自己熟悉的領域，跟著探險家的直覺，知道在那一片野外有什麼值得發現的東西。「索菈，離開妳的人不是我。」

她盯著他看，眼神中帶著一些詭異。「但是你會離開。」

他在她面前蹲下，拉起她不情願的手。「我永遠不會離開妳。」

他不應該對她說謊，必須表現出可靠、可以預測的樣子，而不是做出不可能的承諾，但是在他說出這句話的那一刻，他相信確是如此。他看著索菈的時候，發現她也相信。

「騙人。」她啐了一口，推開他的手之後就跑進屋裡，把門重重甩上。

桑提揉了揉疲憊的雙眼，抬頭看見雲層遮掩住了他複製在她房間天花板上的星星，心裡充滿了一股久遠的渴望，想要上去那裡，想要從一個能夠理解這片景象的角度觀察這一切。

太遲了，他如今已經走不上這條路了，只能勉強接受這個有限、有如瞎子摸象的觀察角度：希望有個看得更遠的人能夠為他引路。他垂下肩膀，跟著女兒進屋。

命中注定

索菈感覺輕飄飄的。

她在水底漂浮著，水壓讓她的耳朵嗡嗡作響，一綹海草綠的髮尾就漂蕩在眼前。她眼前是一整片朦朧灰藍的寬闊湖泊：等待著她去探險的無垠世界。水中迴盪著各種回音，汽船引擎的轟隆聲、在岸邊玩耍的孩子發出尖叫聲。索菈可以憋氣很長一段時間，她用手當槳划著水，轉過身又往下潛，朝向那一排標示游泳區域邊界的浮標而去，再過幾秒她的距離就夠近了，可以從下面游過去，逃往開放水域那一片無拘無束的自由中。

有什麼抓住了她的腳跟，她踢了幾下，不斷踢蹬著想逃脫，但是那股緊抓的力量仍跟著她，握住她的腳踝。就像一場拔河，她輸掉了這場小型戰役，還沒來得及逃脫就被頭下腳上地拉出了水面，湖水湧進她的鼻子，她嗆了水，感覺要溺斃了。

她破水呼吸了幾口空氣。「你真是混蛋。」她大口喘氣對哥哥說，他正踩著水笑著。

桑提露齒笑著，水面反射的陽光讓他瞇起眼睛。「妳要從界線底下游出去，」他說著往她潑水，「以為我沒看到妳嗎？」

索菈也潑回去：「那又怎樣？」

「這邊的水有什麼問題？」

她皺起鼻子。「除了大概有一千個人都在裡面尿尿嗎？」

桑提歪著頭，擺出誇張的放鬆表情。「一千零一個。」

「噁！你好噁心。」索菈腳一踢，以最快的速度游走。他跟在她後面游上來時，她便換成了自由式，輕輕鬆鬆就擺脫了他游上岸。她爬上岸，全身滴水，還滴到沙子裡。夏季的這一天，弗林格湖的岸邊擠滿了躲避城市熱浪的家庭，索菈踩著重重的腳步走上沙灘，朝著樹林那頭露出的科隆天際線而去。她找到他們的海灘巾，她那本《銀河便車指南》翻開朝下擺著，她拿起書時桑提便一屁股坐到她身旁的海灘巾上躺下，閉上眼睛。索菈想要讀書，但是沙灘上跟水底下全然不同：吵雜、安全、充滿了熟悉的人類噪音。她的眼睛在書本上方冒出來看著她哥哥，他跟一具屍體一樣靜止不動，也一樣不好玩。

「我想要去刺青。」她說。

「嗯。」他從鼻孔哼了口氣。

索菈嘆口氣，有一半時候她真希望可以把哥哥發射到太空，另一半時候又希望他不要這麼疏遠。若是要讓他根本不在這裡，其實只需要改變一點點，想想還真是奇怪：八年前在那條濕滑道路上的兩秒鐘，那場車禍害死了桑提的原生家庭，也終結了索菈身為獨生女的生活。她還記得自己以前的模樣：是很寂寞，但是能夠自得其樂，她很擅長獨處，如今她卻要依賴這塊不懂溝通的傢伙找樂子。

「好無聊。」她抱怨道。

「感到無聊代表一個人的心智狹隘。」桑提說話時連眼睛都沒睜開。

她朝著他彈了幾把沙子，彈到他瑟縮為止。「要玩海盜遊戲嗎？」

他睜開眼，但只是翻了個白眼又閉上。「我們已經不是十二歲了。」

真刺人，她一點都不想要長大之後就不玩舊遊戲了，她其實不太相信他不想玩了，他只是知道十四歲的男孩應該是什麼樣子，熱衷於汽車、女孩和打架，而不是跟妹妹假裝在公海上探險。他今天甚至不想跟她來，之所以同意只是因為不想留在家裡聽他們父母吵架。

索菈回頭盯著湖水，想起了底下那片湛藍的世界，靜謐的聲音和粼粼波光，還有那種底下似乎隱藏著真相的感覺，如果她尋找夠久就可能挖掘出來。「為什麼你不讓我游過去界線另一邊？」

「很危險。」桑提喃喃說，「那裡有標示，妳認得字吧，對嗎？」

「不認得。」索菈頂嘴說。

桑提睜開一隻眼睛瞄了瞄她手裡的書，她偷偷摸摸把書上下顛倒地轉過來，他扯扯嘴角又搖搖頭。

索菈不肯放棄：「你什麼時候開始在乎標示了？埃倫費爾德的燈塔上到處貼滿了標示，你還不是照爬不誤。」

桑提坐起身，拍掉自己背上的沙子。「那不一樣。」

「怎麼不一樣？」

「燈塔是真的很值得去探險。」

索菈冷哼一聲。「你跟我說那裡什麼都沒有，就是一副空殼子。」

「還是可能有什麼，但我現在就可以告訴妳，這個湖裡除了尿尿和罐頭垃圾，什麼都沒有。」

「沒有探索過的話就不知道。」她討厭他這麼做，假裝自己比較懂，「為什麼你要這樣——擺出哥哥的樣子？」

「我是妳的哥哥。」

「只早了半小時，根本不算。」他們兩人幾乎在同一時間出生，桑提認為這有所意義：命運從未來往過去伸出手，將他們綁在了一起。索菈只是覺得這樣很好玩，可以告訴別人他們是雙胞胎，但其實他們一點都不像。她的雙臂交叉在胸前：「你知道我是什麼意思，好像我是什麼小孩子會害自己受傷一樣，我才不是。」索菈從來不覺得自己是小孩，即使是她六歲那年坐在父親車裡，搖搖晃晃行駛在那條濕滑的道路上，也沒有這種感覺。現在也沒有，十四歲的她滿腔憤怒卻從來無法表達，因為只有桑提才有生氣的理由，那是她永遠也比不上的。「為什麼你不乾脆承認因為我是女生——」

「不是因為妳是女生，是因為我不會讓妳為了某個愚蠢的理由而去冒險。」

有時候索菈很難記得這件事，他這一生已經失去太多東西，失去她這件事肯定非常瘋狂，就像他所相信的神一再考驗他，將他摧毀到不能再摧毀。

「桑提，只是一個湖，」她說話的語氣比自己知道所能夠的還要溫和，「沒有鯊魚、沒有海嘯，我不會出什麼事。」她沒有告訴他自己想要出點什麼事，想要那種未知以及所有隨之而來的東西，這股欲望強烈到她無法以言語形容。

「反正不要去。」他發了脾氣。

她啟脣想要抗議，然後又閉上嘴，她本性不喜歡忍耐，但是會為了桑提而忍。不知道自己是跟誰學的。

「嘿。」她蹲下到他能看見的高度，等到他看她為止。「我哪裡也不去。」她說。

「我的原生家庭也以為自己哪裡都不會去。」他伸手抹了抹臉，「沒有人這樣想，等到發生了才知道。」

桑提向來不提自己的原生家庭，坐著的索菈挺直了身體，感覺自己是在偷聽他的自言自語。

「我父親話說到一半就死了，」他皺起眉頭咬著指甲，「我總是不斷在想這件事，為什麼上帝就連讓他說完自己在想什麼都不肯？」

因為上帝跟這個沒關係，索菈把這個想法歸類在「說了也沒用」的類別，然後又試著接話：「他在說什麼？」

「不是什麼重要的事情，就是跟我媽爭論下一個轉彎處。」他打了個冷顫，「我一想到他可能要說的話，如果說他已經準備好——」

「我覺得……」索菈猶豫了一下，不太確定她應不應該談這件事，「我不知道自己會不會想要有準備，我覺得我會比較想要就這樣——走了，就在我事情做到一半的時候，在活著的時候死掉，你懂吧？」

桑提抬起眼睛看著她。「妳怕死嗎？」

「怕，」她毫不猶豫就回答，「怕極了，但那是因為我覺得死後什麼都沒有。」她聳聳肩：「對你來說不一樣，你覺得你會見到你的父母和你的——你的妹妹。」

他點點頭，眼神又飄到沙灘另一頭。索菈想像著他們兩人死去的樣子，在此時此地，一顆燃燒的彗星從天而降，將他們兩人各自送到自己相信要去的地方，她感到一股陌生的寂寞在心中抽痛著，想像著桑提和自己真正的家人待在某個完美的死後世界，而她……她打斷了自己的思緒，她根本就不會存在了，還怎麼想念他？

桑提往沙灘裡挖掘，彷彿想要挖出什麼自己不記得埋下的東西。索菈抱著雙膝，想著那場意外是如何用桑提的痛苦換走了她的寂寞，她已經下了一百遍決心，如果放棄他能夠換回他的家人，她就會這麼做，而現在她又決定了一次，她閉上眼想像自己獨自一人在沙灘上，想像桑提回到他真正的妹妹和父親母親身邊。索菈喜歡反覆咀嚼著會刺痛她的事情，在心理上就相當於捏著自己直到指甲留下一對半月形傷痕一樣，但是桑提不讓她再這麼做了。

「我沒有跟妳說過這件事，」他說，「可是——在他們死後有一段時間，我很肯定我也應該要死的。」他笑了，嘲笑著還是小孩的自己。「我以為上帝犯了個錯誤，祂隨時會發現這件事，然後就會來帶走我。」他伸手在沙灘上戳出不規則的心跳節奏，「我待在我們房間的前幾天晚上都沒有睡著，只是躺在那邊等著。」

索菈想起來了，她也沒有睡，而是躺在自己熟悉的房間那張熟悉的床上，瞪著天花板上閃閃發光的星座，思索著為什麼一切都改變了：房間另一頭那塊空間突然就塞滿了他黑暗的身形，傳來他淺淺的、謹慎的呼吸聲。

「要想像那是什麼樣子也不難，我是說死亡，幾乎就像是我還記得。」不知從哪裡來的一陣冷風讓索菈顫抖，一股暈眩感湧起後又消逝，桑提的聲音變弱了：「但是我就一直想著我永遠做不了的那些事，我永遠都無法學會飛行、永遠無法看看這個世界，更不用說是星星了。」這時他哭了起來，索菈無法去看，而且也不習慣這樣子，她想要潛入湖水躲在那片湛藍世界中，一切都是寂靜的，沒有這麼沉重的東西。

桑提伸手抹了抹臉，留下一條沙子痕跡。「我想再見到我的家人，很想很想，但是我不想死，而且我——我不知道他們到底會不會原諒我。」

他抽泣起來全身發抖，但是閉口不言，什麼話都忍住了。索菈癱坐在原地，幫幫忙，她心想著，卻不知道自己在向誰求助，或許是桑提真正妹妹的鬼魂吧，她應該要在這裡安慰他，撫平她造成的傷痛。她該怎麼做？答案出現在索菈腦海中，不是言語、甚至不是個念頭，而是像附身一般的行動，她張開雙臂把桑提攬進懷裡。她抱著他，他靠著她、攀附著她，彷彿她能夠修復他內心破損的地方。在他背後，冷漠的世界一切如常：一個小孩在堆沙堡、一個男人把書蓋在臉上睡覺、一個穿著藍色外套的長髮男子沿著沙灘邊奔跑。索菈從來沒有感到這麼生氣，氣桑提的家人死了、氣他的上帝捨棄了他、氣這個無心的宇宙，將他從他應該成為的樣子變成了這樣。她不知道這股怒氣從何而來，如果桑提的家人沒死，她對桑提的清晰形象就會存在，那是她永遠不會遇見的版本。那個版本的他比較平靜、沒那麼生氣、更常大笑：桑提原本應該有的樣子；而沒有他的她：更孤單、更難搞、沒那麼容易原諒他人。或許他們仍然會同時出現在這片沙灘上，坐在不同的地方，甚至他不會注意到這個海草綠頭髮的憂鬱女孩，她不會注意到那個跟三五好友一起大笑的男孩。索菈想像著他們在水底擦身而過，只是兩個隱身在湛藍中的模糊身形。

桑提離開她的懷抱，他現在比較冷靜了，呼吸比較順暢，臉上因為羞恥而發燙。

「對不起，」他說，「靠，好丟臉喔。」

索菈將手指插入冰涼的沙地裡。「我不會跟別人說。」她說。

兩人這一刻還看著彼此，桑提眼睛紅紅的，嘴角彎起害羞的笑，索菈則半是慶幸、半是得意，感覺就像通過了一場自己不知道要來臨的測驗。然後，穿著藍色外套的男人在他們旁邊跪倒了。

「不好意思，要來了，」他說著，一下看桑提、一下又看向索菈，「抱歉，我盡力了——」

索菈不知道接下來發生了什麼，她注意到一陣像是撕扯、碎裂的聲音，接著有一股震動，維持了一會兒卻又似乎一直持續下去。時間交疊而顛倒：她只有六歲，濕滑的道路上反射出燈光，隨之而來的撞擊震盪了她整個人生，從她出生的那一刻一直到她久遠的死亡之後，改變了一切。她和桑提都倒下了，他的頭埋在她肩窩裡，她伸手緊緊環抱住他，彷彿這樣世界終結時就能解救他們。還沒，在一切停止下來之前，她忍不住只想了這件事。

她睜開眼睛，推開了桑提，桑提的手臂便鬆開了，他們還在弗林格湖畔的沙灘上，有小孩在淺水區遊玩，其他一切也如常。

並非一切。在沙灘上這群渾然不察的遊客吱喳聲以及水花濺起的聲音之外，索菈還聽見某個聲音：一陣輕柔而久久不斷的鐘聲，就像時鐘敲響提示著永無止盡的一個小時。藍外套男人蹲在他們旁邊，手掌貼在沙灘上。索菈感覺眼角出現了一片光亮，但是她轉過頭去看時卻消失了。她聞到空氣中有煙味，咳嗽起來，想要讓呼吸平順下去卻沒辦法。在她身邊的桑提弓著身體大口喘氣，但是她沒有去看，她整個人的注意力都被藍外套男人吸引了過去，她看著他一臉憂心、完全靜止的樣子。

鐘聲停止了，煙味也消失了。索菈無法完全確認那是不是自己想像出來的，不過她還是覺得頭暈目眩，彷彿自己待在水底太久了。她身邊的桑提深吸一口氣，喘息逐漸平復。

藍外套男人坐起來，一臉茫然。「你沒事，」他對桑提說，又搭著索菈的手臂，「妳沒事。」他說這句話就像是引述一句以外語寫成的詩句，憑記憶背了出來。

「你呢？」桑提說，「你怎麼——」

男人翻起白眼後就仰倒在沙灘上。

桑提俯身查看他。「嘿，怎麼了？」

男人的臉上不斷變換著詭異的表情，先是喜悅又是苦惱，接著大笑，索菈胃裡翻湧起一股危險的預感。「我覺得他中風了。」

「幹。」桑提盯著她，「妳帶了手機嗎？」

她搖搖頭，她不想在他們游泳的時候把手機留在岸上。「快，」她說，「去找人叫救護車，我陪著他。」

桑提馬上跳起來快步在沙灘上奔跑，很久以後索菈依然記得這個畫面：男人的藍色外套在他身邊攤開，就像一對翅膀，背景的天空是比較淺的藍色，而桑提奔跑時沙子隨著他的腳跟飛濺而起。

「發生了。」男人不斷這樣說，說了一次又一次。

「我知道。」索菈說，感覺如果他知道有人在聽會好一點。「你叫什麼名字？」她問。

男人抬頭看著她，臉上依然扭動著，不斷變換表情，彷彿她知道答案、彷彿她能救他。「佩瑞冠。」他說。

「佩瑞冠，我們去找人幫忙了，」她說，「你等等。」

第二部

天空不夠

星星都錯了。

桑提仰躺著，大學公園草地上的青草搔著他的脖子，空氣隱隱振動著，預示一場夏日風暴即將來臨。在這條分隔城市與郊區的綠草地上，天空的黯淡足以讓他看見散落的光芒，幾顆星星自成一組，穩定發光而不滅，就像是這裡從來只有這些星星。

他閉上眼睛，不同的星星以不同方式排列，深深烙印在他的記憶中，他在自己腦海中一次將所有組合呈現出來，天空就變成擁擠、不可能存在的景象：形成一片閃耀光芒的海洋。

桑提一直都相信命運：事情必定是朝著一個方向發展。這並不是說他真的相信星星能夠預示未來，畢竟他正在攻讀天文學博士學位，不過他對其他天空的記憶仍然讓他不安。這個宇宙還有其他可能的星象配置、上帝可能同時間掌控著這些平行世界，這樣的念頭違反了他所相信的一切。若要排解這些記憶帶來的不安，唯一的方法就是認為這是一個訊息，是他還沒有準備好理解的訊息，他就像個偵探、像個詩人般觀察著世界，等著其中的涵義豁然開朗。

舊城區的一處廣場上矗立著一座毀壞的鐘樓，牆面上滿是塗鴉，而在這一片亂塗瞎寫中，有人以歪歪扭扭的黑色字體寫著：**天空不夠**。桑提第一次看到的時候便停下腳步，他已經習慣了這座城市的冗贅，牆壁上總是貼滿十幾種語言寫成的標語，但是那四個字看起來就像是他自己的想法，經由別人的腦海變幻成形，再直接回頭說給他聽。

有時候他不禁會想，會不會正是因為這樣他才沒瘋？他並不孤單，還有別人和他一樣感到無所適從，而總有一天他們將會面對面相遇。

他睜開眼睛時星星已經消失了，他眨眨眼，但那只是因為帶著暴風雨的雲朵飄了過來。一滴雨滴在他的臉頰上，接著又一滴，等他站起身來，雨水便已經像條河流般傾瀉而下。雷鳴隆隆，追逐著他跑過通往物理系系館的草地，他舉起卡片等門打開，走進去之後便甩甩頭髮上的雨水。已經過了午夜，系館裡十分安靜，不過等他走到實驗室的玻璃門前，看見裡面孤獨的身影時也不是很驚訝。

「嗨，利許科瓦博士。」他走進去時說。

他的指導教授抬頭看著他，藍色的眼睛滿是警戒。她穿的衣服跟他兩天前最後一次看見她的時候是同一套，桑提疑心她該不會就睡在這裡，蜷縮在她的書桌底下聽著電腦運作的低鳴聲入睡。他平日大多數時間都跟她在一起，但是對她卻完全只有單方面的了解。他不知道她住在哪裡或者她到底幾歲了，她頭上有幾撮白髮，但是臉上卻沒有暗示年紀的紋路，若不是她的頭髮太早花白，就是她刻意染了頭髮好讓年紀看起來大一點，他倒是不意外她會這麼做。

「你都淋濕了。」她說。

「對啊。」桑提咧嘴一笑，伸手耙了耙自己的濕髮，「外面好像世界末日。」

「反正不要把水滴到昂貴的儀器上。」

桑提有一點享受她投給自己這種冷淡的表情，他有點喜歡她，不過話說回來，他對每個人都有點喜歡：像是在校園咖啡店工作的漂亮法國女孩愛洛伊絲，還有人馬酒吧的女侍布莉姬塔，總是拿出日耳曼民族的態度盯著他看，雙手又謹慎。

他檢查了自己離開實驗室前放著跑的模擬結果，結果迎接他的是一大片紅通通的錯誤訊息。他咒罵幾聲便回溯錯誤是從哪裡開始的，結果發現自己的錯誤後又笑起來。

「怎麼了？」

「我給了一筆模擬程式沒想到的資料，然後——」他轉身面對利許科瓦博士，「看起來我打破了重力。」

他很意外地發現她臉上似乎露出了一抹微笑。「做這行研究的不意外。」

他低聲哼起歌來，開始修正問題，正沉溺在自己的模型宇宙時突然聽見利許科瓦博士的聲音，讓他嚇了一跳。「可以不要這樣嗎？」

這一次他轉身過去時，她正瞪著他。

「什麼？」

「哼歌，我聽了就很火大。」

「好啦，抱歉。」他喃喃說完又轉回去面對電腦，但是已經沒辦法保持專注了，一切感覺都是徒然：對著一套粗略簡化的宇宙模型進行修正調整，還奢望模型能夠給出他一直在找尋的答案。他嘆口氣伸個懶腰，脖子傳來熟悉的疼痛，讓他抽搐了一下。

「又怎麼了？」利許科瓦博士又發難。

有時候桑提真不懂她：總是若即若離，好像一部分的她希望他不復存在，但另一部分的她又總是希望他有所回應。「沒事，」他說，「只是我脖子的問題。」

她皺起眉：「你現在就開始渾身痠痛是不是太年輕了點？」

「念博士學位的好處吧，我猜。」他說完又咧嘴一笑，但她沒有回應。

「我有博士學位，脖子也沒事，你一定是姿勢太糟了。」她反駁完又回頭看著自己的螢幕。

桑提盯著她看，她終於也看向他。「值得嗎？」他問。

她的眼睛倏忽飄走。「如果都念了兩年你還不知道，我也幫不了你。」

桑提把椅子轉回面對電腦。「我不知道。我小時候的夢想就是研究星星，那時候還以為我會花更多時間去實際觀察星星。」

「實際觀察不是科學。」

桑提搖搖頭。「多謝指導。」他小聲喃喃道。他修正了漏洞又設定好再跑一次模擬程式，然後到休息室去煮一壺咖啡，他喝了第一杯之後就把腳抬到桌上，幾本過期的期刊被拿來當成杯墊。

他知道自己不應該這樣跟利許科瓦教授說話，他知道她不應該這樣跟自己說話，總之行不通，他也不知道問題到底是出在他或者是她身上。他並不是不喜歡她，如果他們不是指導教授與學生的關係，搞不好還能相處愉快。

彷彿是受到他的思緒所召喚，她也進到休息室來喝杯茶。茶壺裡水滾時發出的聲響給桑提提了個醒：該再喝一點咖啡了。他拿起馬克杯要再倒滿，但杯子比他預期的更重，結果熱咖啡從杯緣溢了出來，燙到他的手。

他咒罵幾聲，利許科瓦博士看著他，一臉被逗樂的樣子。「你又打破重力了嗎？」

桑提正想著該怎麼回話時，想起了自己原本要做什麼，他盯著那滿滿一杯的咖啡，彷彿是宇宙裡的一道斷層。「杯子應該是空的。」

利許科瓦博士往自己的馬克杯裡倒水：「你是說你以為是空的。」

「不是，我知道是空的。」桑提抬頭看她，「我在這裡待多久了？」

利許科瓦博士看看手錶：「你離開實驗室有三十分鐘了。」

桑提注意到她謹慎修改措辭：將她的證詞限制在自己能夠親眼見證的範圍。「對啦，我一直都在這裡，但是妳看過我喝杯咖啡花超過十分鐘嗎？」

「你確實常常把咖啡當果汁一樣一口灌。」她老實說，拿起自己的茶坐下來，「我想這次是例外吧。」

桑提知道她不會把他的記憶當成精確的紀錄。「很燙，」他一邊說一邊讓她看見自己手上燙紅的皮膚，「不可能是我剛進來的時候倒的那杯咖啡。」

「所以有人進來幫你又倒了一杯。」

他雙腳一晃放下來之後就坐直身體。「好，首先，現在這棟大樓裡大概就剩另外兩個人；第二，如果有人站在我旁邊幫我倒咖啡，我怎麼會沒注意到？」

利許科瓦博士轉身面對他，桑提從來沒有看過她這麼認真跟人討論一件與研究無關的事情。「你睡著了。」

「我十分鐘喝了一整杯咖啡還能睡？」

她聳聳肩滿不在乎的樣子。「對你來說也很正常，我曾經看過你喝了一整壺咖啡後還在這裡睡死了。」

桑提忍不住笑了幾聲，搖搖頭。「妳要一直這樣對我丟出各種理性解釋嗎？」

她皺起眉頭：「我不懂，不然我應該怎麼辦？除了我的論點還有其他可能嗎？」

桑提張了張口又閉上，低頭看著自己的咖啡，仍然存在、仍然無法解釋。

利許科瓦博士懂了，她笑了笑，這樣不尋常的舉動自然會讓桑提盯著她看。「喔，我懂了，你認為這是奇蹟！神聖的咖啡杯萬歲！」她朝咖啡杯彎腰，做出誇張的崇拜動作。

桑提不想讓她看見自己被她的動作激怒了。「那妳認為我就應該接受妳丟出來的其中一個解釋嗎？」

利許科瓦博士睜大了眼睛。「對，」她說，「當然是啊。」

「那如果我的感知和記憶都告訴我那些解釋不對呢？」

他強裝出來的冷靜有了效果，他可以發現她身上隱隱散發出一絲困惑。「那麼你的結論應該是你的感知或記憶錯了，你懂科學的，桑提，車禍發生五分鐘之後，就連目擊者都無法精確描述出經過。我們是有缺陷的笨拙機器，只是因為有幾顆細胞在隨機的情況下開始自我複製，才意外造成這樣粗糙的存在。我不明白為什麼你不願意承認，反而妄下結論，認為有某個跟你相似的大人物從天而降幫你倒了杯咖啡。」

桑提瞪著她，體內湧上一股他無法解釋的強烈情感，淹沒了他。她也回瞪著他，彷佛他的信仰讓她十分反感，就像她的憤世嫉俗同樣讓他反感。他看著她看著他看著她，就像是一組鏡子反射出無限影像，衍伸出不停迴旋的反感。

有人敲響了休息室的門，將他拉回現實中。「可以請你們不要討論得這麼大聲嗎？」一名睡眼惺忪的研究生說，「我在隔壁有研究工作要做。」

「喔，」桑提說，「沒問題，抱歉。」

研究生出去之後就關上門。

「天哪，」利許科瓦博士嘲諷地笑了一聲，「我們居然變成我父母了。」一件私事就這樣脫口而出，彷彿魚兒的尾巴在水面一撥就潛入深水了。桑提想像著一個憂鬱的七歲小孩摀著自己的耳朵，這樣的景象太過尖銳，讓他忍不住顫抖。「我不是妄下結論，」他放低了音量說，「我只是保持開放的心智。妳的呢？為什麼妳怎麼樣都不願意相信？」

利許科瓦博士伸手梳了梳自己參雜幾道白色的頭髮，一臉困惑。「如果上帝能夠顯現神蹟，為什麼祂要幫你再倒一杯咖啡，而不是——我不知道，治好世界上所有的疾病？或者——揭露宇宙的祕密？」

「因為祂想讓妳有點事做。」

「認真點。」

「好吧，或許是因為那樣的事情無可否認，但是在我的杯子裡倒滿咖啡，只有我能體驗到，除了我自己的記憶，沒有其他證據能夠證明，於是我可以決定究竟是要當成我的感知經驗上出現一段空白，或者是神蹟，而這樣的決定——這就是所謂的信仰。」

「你到底是為什麼會走上科學研究這條路？」利許科瓦博士大聲質疑。

「那妳呢？」他回嘴。她搖搖頭啜了一口茶，但是他不讓她逃避回答。「我是認真的！為什麼妳會成為天文學家？一定有那麼一瞬間，妳抬頭看星星的時候，感覺到——什麼，一種神奇的感覺。」

利許科瓦博士的臉上沒了表情。「感到神奇就是否決了解釋的必要。」她站起來突然轉身走向門口，「我得回去工作了。」

桑提看著她離開，感覺她將他獨自一人留在了懸崖邊上。他留在休息室裡把咖啡喝完，以為喝起來會有什麼不一樣，但是味道一如往常，他不知道這樣是讓這件事更像個奇蹟或者不像。

他回到實驗室時，還沒重新打開螢幕就感應到會出現新的錯誤訊息，他嘆口氣。「又當掉了。」他在利許科瓦博士開口問之前就先沉重說明。

「不能期待一個晚上會出現兩次奇蹟吧。」她說。

他也只能微笑：「我會拜託上帝下次不要浪費在咖啡上了。」

「嗯。」她的心思已經不在那兒了，整個人專注在電腦上。桑提穿上外套離開實驗室時她也沒有抬頭看。

他走路回到自己在比利時區的公寓之後就倒在床上，身邊都是自己憑記憶畫出的星象圖。等他醒來時已經快到傍晚了，他洗了個澡換套衣服，然後出門穿過諾伊馬克特區中還散落著零星陽光的街道，前往人馬酒吧去找朋友。喧鬧的長桌上多了一個意外的客人：愛洛伊絲，就是桑提暗戀的校園咖啡店店員。

「我認識一個認識她的人，」傑米用西班牙文跟他解釋，根本懶得小聲說話，「沒錯，你欠我一次。」

這個夏日夜晚就在一陣不時有酒水續杯、漸漸低垂的光線中度過。桑提越過人頭跟長桌另一邊展開一次又一次交談，有時說英文、有時說德文，只有跟傑米說些不想讓人聽懂的話時才換回西班牙文。隨著他們啤酒杯墊上標記的續杯次數越來越多，桑提也越來越常盯著愛洛伊絲映在吧檯後方鏡子的倒影瞧：她的肌膚在昏暗中散發出光澤，大笑時髮辮也會隨之擺動。他在長桌邊坐的位置離她太遠了，沒辦法直接跟她聊天。她就在他看得見的地方，卻仍然那樣無法企及。

坐在桑提對面的女孩站起身，讓他能夠看見窗戶外的景色，酒吧外的一張桌子邊有兩個女人正在吵架，一個看起來滿臉是淚，另一個則坐得直挺挺、雙臂交叉胸前，一直到她搖了搖頭轉向窗戶這邊，桑提才認出那是利許科瓦博士。

兩人的視線穿透過窗戶玻璃交會，桑提愣住，知道她肯定看見他了，但是她又轉過頭去，伸手牽起桌子另一頭那女人的手。

傑米槌了槌桑提的肩膀：「你一直看在看什麼啊？」

「我的指導教授。」桑提緩緩吐出這句充滿恐懼的話。

傑米大笑出聲，拍了拍桌子：「大家！外面那是桑提的指導教授！」

眾人動作一致，都轉頭看向窗外，桑提趴伏在桌面上想躲起來。「不要啦！不要全部都看她！」

「她比我想像的還年輕。」傑米說。

「她滿正的。」有個桑提根本不認識的人說。

「她好像在跟她女朋友吵架。」愛洛伊絲觀察之後說。太好了，現在她跟他說話了。

桑提抱住頭：「你們大家可以幫我挖個地洞逃走嗎？」

沒有人理會他的請求，眾人接著紛紛猜測起利許科瓦博士的感情生活，桑提咬了咬指甲拚命喝酒，希望把自己喝到什麼都不記得。窗外，他的指導教授與她的女友正上演一場激情的分手啞劇，經過一段漫長、不知道有多久的時間，那名女友站起身來離開了。想來現在利許科瓦博士也要走了，但是她還坐著，這縷憤怒的幽魂點了一杯又一杯紅酒不斷灌下自己的喉嚨，彷彿那是她該喝下的毒。看到她這個樣子似乎有點褻瀆的味道，但桑提卻忍不住一直看著，對面的女孩已經受不了他總是盯著自己背後看，起身換了座位。

終於，傑米搖搖他：「嘿，我們要走了。」

桑提抬起頭，有些不知所措：「好。」

「要不要我們走出去的時候都圍在你身邊？就像——人肉盾牌那樣？」

桑提考慮了一下：「不要，太明顯了，我在這裡等，你們就——離開的時候盡量大聲吵鬧，這樣她忙著看你們的時候我就可以溜出去。」

傑米開懷大笑，不過還是集結了部隊。桑提看著他們刻意的表演，搖搖晃晃走出去，高呼大笑著走過鵝卵石街道。利許科瓦博士拿著不知道已經是第幾杯的紅酒猛然抬起頭，桑提深吸一口氣，低下頭然後快步跟在朋友後面走出去。

「桑提，桑提亞哥．洛佩茲，桑提亞哥．洛佩茲．羅梅洛。」她含糊不清地念出他的名字，但還是念對了。想到他剛剛看見她將兩大瓶紅酒灌了大半，他還真是忍不住要佩服她。「請不要再污辱我們兩人的智商，轉過來。」

利許科瓦博士坐在位子上緊抓著空酒杯，就像一條錨鍊，她沒有哭，周遭反而瀰漫著另一股並非悲傷的情緒。桑提以為自己以前看過她生氣的樣子，現在她的怒氣卻是如此純粹而熾熱，而且全部都往內鑽，折磨著她自己。

「妳——妳好嗎？」他問。

這個問題實在太荒謬了，他以為她會大笑，但是她連微笑都沒有。「茱爾絲剛剛跟我分手了，」她說著，點了根菸，「所以就這樣了。」

桑提希望自己有逃跑的能力，或者是瞬間移動，任何能夠讓他從這場對話中脫身的奇蹟都好。「我還以為都在我的掌控中，」利許科瓦博士說，「我以為我可以——選擇不要放她走。」她抖掉香菸灰的時候，桑提注意到她手腕上有個刺青：星星排列成似乎有點熟悉的形狀。「或許如果我處理事情的方法有所不同，」她繼續說，「或許當我問她要不要跟我一起搬回荷蘭的時候，我可以換個方法，讓她同意。」她深吸一口菸。「或許在某個宇宙中我成功了，然後現在我就會跟她一起待在阿姆斯特丹我們漂亮的公寓裡，而不是在我的學生面前讓自己變成一個該死的白癡。」

桑提的記憶出現斷裂，在另外的時刻出現另一場爭論，一綹藍色頭髮襯托出背後的深沉夜空，他眨眨眼擺脫這個幽靈般的場景。「我覺得不是這樣運作的。」他說。

「當然，你應該知道怎麼運作。」她仰頭喝酒，結果發現酒杯空了，似乎很不高興，她朝著他揮揮酒杯：「嘿，你上面的朋友可以幫我再倒一杯嗎？」

桑提握緊拳頭，眼神飄向一旁，看到廣場另一頭鐘樓牆上的塗鴉：**天空不夠**。

「我做的。」利許科瓦博士說。

他一時還不知道她在說什麼，做什麼？毀掉自己的感情？灌下足以放倒一匹馬的酒？然後他順著她的眼神望向那片塗鴉。「那句話？」他盯著她，「妳是說那是妳寫的？」

她點點頭。

不可能，但確實是如此。他這位態度疏遠、抱持懷疑的指導教授利許科瓦博士，就是他一直想要尋找的志同道合之人。終於，他理解了兩人之間那股像磁鐵斥力的感覺，就是相同的磁極努力要保持距離。他放聲大笑。「是妳，」他說，「妳就是還記得的另一個人。」

她喝醉之後直接盯著他看，讓人招架不住。「你在說什麼？」

桑提從眼角餘光看見傑米在旁邊的街道上向他招手，但是他不想離開，尤其他現在又發現了這件事。「星星，」他這一生一直在為這一刻準備著，現在他太急著想說出這些話，字詞之間都打結了，「我——我能記得不存在的星座，從來不存在的整片天空。我每次抬頭望，所能看見的都是不存在的景象。」利許科瓦博士的手指伸向手腕，他的喋喋不休都投入了她的沉默虛無中，等待著回音。「我研究天文學是想知道那代表什麼意義，而妳研究天文學是為了找出解釋，但是我們兩人都在尋找。」

她沒有講話，手上的香菸不斷燃燒出長長的菸灰尾巴，就像一顆將死的星星。

「真的，」桑提說這話時的聲音破碎，「說妳還記得，不要讓我一個人面對這個。」

她掀動嘴脣，桑提感覺心裡湧出一股言之過早的喜悅。

「你講的話一點都不合理。」她說著便搖搖晃晃站起來，這時教堂鐘聲正好敲響，紅酒杯傾斜後翻倒滾動，碰到桌面的一條裂縫才停下。「我要回家了，你也該回去，忘記我們曾經有過這段對話。」她搖搖頭，「天啊，希望我會忘掉。」

桑提一臉茫然，看著她走開。

他從廣場的東邊走到西邊，繞過噴泉走向她在高處塗鴉寫下的字，抬頭望。有那麼一秒，他敢說自己看見了所有：每一顆他記得的星星，層層交疊形成發光閃爍的累進變化，逐漸聚攏出一個他不理解的意義，在那陣銀光照耀之下，大鐘上的指針凍結在一點三十五分。

更好的世界

索菈站在醫院九樓的防火逃生梯，看著手上的香菸菸灰飄到下面的街道上。科隆的舊城區在她面前展開，一整片黑壓壓的建築物櫛次鱗比，中間綴著幾處鋪了鵝卵石的廣場。空氣中迴盪著嘉年華會的聲響：鼓聲隆隆、從下午就開始喝酒的人們開懷大笑，一群穿著動物裝的人們在巷弄裡跑來跑去，一下出現、一下消失，就像幻覺一般。為了壓過這陣噪音，索菈自己哼起歌來，這是她醒來後腦海中就一直揮之不去的曲調。

「就知道妳會在這裡。」她的同事莉莉走過來站在她身邊。

「嗯。」索菈瞇起眼，注意看著那座毀壞的鐘樓。

莉莉在她直盯前方的眼睛前揮揮手：「地球呼叫索菈？」

「抱歉，對，我還在，我只是……那個一直都是這樣嗎？」

莉莉往索菈手指的方向靠過去：「什麼一直都是怎樣？」

「時鐘啊，停在十二點三十五分。」

「是啊。」莉莉說，語氣中帶著理所當然。

索菈皺起眉：「從什麼時候開始？」

「從兩百年前？」

「是喔。」索菈揉了揉疲憊的雙眼。

莉莉拍拍她的肩膀：「需要我送妳去樓下的神經內科嗎？」

「妳真風趣，等到哪天我真的長了腦瘤，到時候妳就笑不出來了。」

「喔，我笑得出來，妳還得感謝我呢，妳會需要一個能夠看出笑點的人。」

索菈轉身背對欄杆。「為什麼我們要做這個？」她問莉莉。

「老年物理治療嗎？還是說，妳講的是更大方向的東西？」

「第一個。」

「妳的話我會說大概是因為妳母親早逝造成的未解問題。」莉莉是少數幾個跟索菈夠熟悉的朋友，能夠跟她開這樣的玩笑，「還有，我覺得妳很享受這種投身不可能任務的感覺。至於我，老實說老天才曉得，我有時候覺得祂只是把我丟到這裡好讓妳有個講話的對象。」

「我不相信上帝。」索菈說。

「幸虧妳不信，要是妳信的話，大概會想跟祂單挑，製造出各種宇宙騷亂。」

莉莉努力想讓她分心，但是索菈不想擱置這個念頭，她想要打電話給茱爾絲談談這件事，但她出門去參加研討會了。或許這樣也好，這段日子以來她們一直在爭吵，她可以感覺到茱爾絲與自己漸行漸遠，這種感覺很悲傷、很令人疲倦，就像看著同樣的故事上演第一百次，而結局早已注定。

索菈打了個哈欠，伸手耙了耙頭髮。自從她母親過世後她就剪短了頭髮，同一年她也開始把頭髮染成粉紅色，但是潛意識裡她還以為頭髮很長——她的手一耙過去突然就毫無阻礙了，卻好像還能繼續梳下去的樣子。她不知道是不是每個人都有這種感覺，那是一種想要過著每一種人生的飢渴，想要以自己可能存在的每一種版本存在。「總是有那一刻，對吧？」她一邊說一邊把菸屁股彈出逃生梯外，看著菸屁股掉下去，「就是做出選擇的那一刻，這條路或者那條路，若是我的選擇不同了會怎麼樣？」

莉莉斜著眼睛看她：「那妳就不用去管三點鐘的門診了。」

索菈嘆口氣：「提醒我一下，我的三點鐘是誰？」

莉莉低頭看著名單：「喔，運氣很好喔，是洛佩茲先生。」

索菈的心情比較好了：「我知道妳是在開玩笑，但這真的會是我這一天最高興的時候。這樣是不是悲哀得有夠慘？」

莉莉淡然地看著她：「我知道妳想要我說不是，但我的出廠設定就不包括說謊。」

索菈推開防火逃生門並撐著它，讓莉莉先進去。「拜託，小莉，妳知道病人可以有多恐怖，偶爾一次可以找到一個相處愉快的多好啊。」

「當然，」莉莉拍拍她的背，「別擔心，我不會跟茱爾絲講起妳的祕密情人。」

索菈沒有轉身，只是朝著背後的莉莉高舉起中指。她進到診間，拿出洛佩茲先生的病歷時門就開了。「午安，利許科瓦醫生。」

「可惜還沒拿到博士學位，」她微笑著說，「不過至少你念對了我的姓氏，只有你辦到了。」

洛佩茲先生皺著眉：「我從來就不覺得妳的姓氏很難記。」

「說出來嚇死你。通常我會乾脆放棄，讓人叫我珍·史密斯。」他呵呵笑著的時候她問：「你今天覺得如何？」

他滿是皺紋的嘴咧出微笑：「看到妳就都比較好了。」

「夠囉大情聖，讓我看看你的手，」她開始檢查，「有人又在畫畫囉。」她不帶感情地說出觀察。

「這是我理解世界的方式。」他抗議道。

「也是你腕隧道症候群變嚴重的方式。」

他抬頭看她：「如果不練習，我就不會變好。」

索菈偷偷想著，他都這個年紀了還能變多好，不過她撇開了這個念頭，因為實在不厚道。「你有沒有一直做運動？」

「有，每天。」她看得出來他沒有說謊，這也是另一個她喜歡他的原因，洛佩茲先生跟她其他許多病人不同，他不會認命放棄，他也不生氣，若是她身處他這樣的情況就會生氣，不過他只是盡自己能力所及，其他的就順其自然。她十分尊敬這樣的態度，甚至無法用言語表達。

她正觀察著他臉上有沒有出現疼痛的神情時，他微笑著對她說：「那妳呢？妳今天覺得如何？」

她咯咯笑著：「你是唯一一個這樣問我的病人。」

「啊，我懂了，迴避問題。」

她瞅了他一眼：「好啦，如果你一定要知道的話，我覺得——很奇怪。」

「奇怪？」他皺眉道，「妳應該休息一下，我的手不急著治。」

「不是，不是身體上的問題，只是——」她坐直身體看著他的雙眼，「你有沒有曾經感覺過，在某個瞬間看著這個世界，卻怎麼樣都認不出它來？」

「有啊，」他說，「但我已經八十歲了，妳這年紀說這種話有點太早了。」

「或許我有老靈魂。」

他微笑了：「好過有副老身體。」

「就你這老身體而言，你做得非常好。」她抗議道，「我會開一些藥讓你止痛，不過除此之外，你只需要減少畫畫的時間、繼續運動。我知道感覺痛得要死，但是你的關節活動度非常好，比起以前好太多了。」

她轉回去面對電腦填妥他的處方箋。她打字的時候可以看見螢幕上映出他的身影，四處張望看著牆面。他的椅子背後有一張星象圖、一張以原始古希臘文寫成的希波克拉底誓詞（這是她父親以退為進的溝通方式，告訴她如果她想學醫就應該當醫生）、她和茱爾絲某年參加克里斯多福大街紀念遊行時親吻的照片。洛佩茲先生和她是不同世代的人、來自不同文化，她擔心他對此會有話想說，但是他開口時卻不是她預想中的問題：

「妳在唱什麼？」

索菈沒有發現自己又在哼歌了。「只是——我腦海裡一直響起的曲調，我不知道是哪裡來的。怎麼，你知道嗎？」

洛佩茲先生沒有回答。她轉身將處方箋交給他時，他臉上的表情很奇怪，好像有什麼話想對她說，但他只是將頭轉回去看著星象圖：這是她公開的祕密，有待好奇心旺盛的人發問。索菈跟著他的眼神看著，思索著該怎麼跟他解釋，她抬頭望向夜空時，總會想像著幾十種夜空中可能出現的其他景象，讓她感覺頭暈目眩，而這張圖就能發揮定錨的作用。頭上的是這些星星，這是妳的人生，這些是妳的選擇。

「我以前總想著有一天我會去那裡。」他說著，伸手輕敲著星象圖上好幾光年以外的某個地方。

索菈看見他眼中的痛楚，那是她也熟悉的痛楚，再過幾十年她就會是他現在這樣的年紀：老朽的女人，一輩子都待在地球上。「我也是。」她說。

他從她手中接過處方箋。「這樣說可能很自私，但我慶幸妳沒去，」他說，「不然妳就不會在這裡做我的醫生了。」

「我不是──」她開口。

「我知道。」他站起身來臉皺成一團，手伸到脖頸後面。

「新的地方在痛嗎？」她問。

他搖搖頭：「這邊的疼痛跟了我一輩子了，就算是妳的能力都治不好了。」

她露出悲傷的微笑，看著他走向門口，正要離開的時候他停下腳步。

「還有什麼事嗎？」索菈問。

洛佩茲先生皺著眉，好像一直到開口前都還不確定自己要說什麼。「妳說妳認不出這個世界，是什麼意思？」

「意思是……」她遲疑了一下，預約看診的時間已經結束了，她接下來的預約已經取消了，但洛佩茲先生並不知道。她實在應該不要再講下去，送他回家，但是他的眼睛還直盯著她看，而她不知道為什麼竟然想要跟他分享這件事。「我記得應該是比較好的。」

他放開門把：「怎麼樣比較好？」

索菈吞下那股久遠的傷痛。「我母親——她在我十六歲的時候中風過世了，我覺得——我總忍不住覺得事情不應該是這樣，在某個世界中沒有發生這樣的事，而在那個世界裡後來還發生了其他好事。」*例如或許我就能飛上星星了。*她必須阻止自己說出這句話。她不知道自己為什麼要這樣跟一個病人講話，但是他能理解自己的意思，這對她很重要。「我以前認為如果我更努力嘗試看看，如果我真的很專心的話，我就能出發到那裡，到另一個世界，那個更好的世界。」

洛佩茲先生看著她時眼眶裡含著淚水。索菈慌了：「喔，真抱歉，我說錯什麼了嗎？」

他的右手上青筋浮現，他摩擦著上頭的婚戒。「我太太，三十年前有人持刀搶劫，她奮力抵抗之後，他們殺了她。我試圖要阻止他們，可是……」他沒有把話說完。

愛洛伊絲，這個名字猛然浮現在索菈腦海中。她皺起眉然後專注起來，她的病人剛剛透露出一件私生活的悲劇，而她卻盯著眼前發呆。「老天。」她說，忘了考慮洛佩茲先生可能是信上帝的，聽到她這番褻瀆大概不會高興。「很遺憾。我猜你想要到另一個

宇宙也有自己的理由。」

他伸手進外套裡想拿東西，索菈以為他會拿出一張照片，她已經知道照片上會是什麼：一名深色皮膚的女性，紮著粗髮辮，掛著不太有自信的微笑。她屏住呼吸等著，等著他證明自己想錯了，但是洛佩茲先生的手還留在口袋裡緊抓著什麼東西。

他看著她身後的窗戶，窗外雨中的城市變成了一幅模糊不清的馬賽克畫。「我這個人——相信命運，我想妳大概可以這麼說，我不相信事情的發展會有什麼不同，而且我也從中找到了意義，若要想著這件事發生了或者沒有發生，若是在某個世界裡她還活著、還在我身邊，不，她的身邊可能是我、可能不是我，若是如此，那麼我所有的一切都會是一場笑話。」他抬起一手發著抖抹去了眼角的淚水。

索菈盯著他，思考著她眼前是怎麼一回事。什麼事都沒有，那個名字、影像，都只是她腦中隨機迸出的念頭，和洛佩茲先生或者他的亡妻都沒有關係。證明一下，有個聲音悄聲說道，很簡單，只要說出她的名字、描述她的樣子，看看他有何反應。但是這場對話已經偏離得夠遠了，無論她的好奇心有多麼強烈，都不值得讓他如此苦惱。

「對不起，」索菈說，「我不應該……你是我的病人，我不應該擅自揣測你的人生還有什麼可能，不知道我是怎麼了。」

他輕嘆了一口氣。「或許是種恩賜，能夠發現一個更好世界的可能性。」他的雙眼注視著她，「但是我不相信可以像妳說的那樣，以為我們能夠這麼容易就踏進另一個世界，不，我們必須努力才能辦到。」

索菈在心底暗暗沉澱了這個念頭，結果喚醒了一段記憶，就像在火焰中閃現的一幕景象：她在母親中風之後坐在她的病床邊，拚盡一切想要動手去修復她體內的機械，好讓它再運作起來，這股欲望讓她偏離了自己原本設定的路徑，踏上了一條新路，這條路最終帶著她來到這裡，在科隆一個雨天午後站在醫院九樓的診療室裡，面對著一位懷著無盡耐心看著她的老人，彷彿兩人的角色對調了過來。

「妳還有事要忙，醫生。」洛佩茲先生說著便打開了門，索菈必須努力壓抑下自己想開口請他留下的衝動，想到兩人共處的時間竟如此有限，讓她胸口燒起一把無名火。不要讓我一個人面對這個，她心裡有什麼這樣大喊著。

「我不應該這麼說，」她對他說，「但你是我最喜歡的病人。」

洛佩茲先生一臉嚴肅看著她：「如果我快死了，請直說無妨。」

她笑了：「沒有啦，你還有大好十年可活呢，而且有五年時間可以好好動手，只要你繼續照我說的做。」她握住他的手，兩人握手時，他的眼神駐足在她手腕的刺青上。

索菈幫他開了門。「下次見。」她說。

他對她眨眨眼，臉上閃過一絲困惑。「下次見。」他也說了，接著小心將門拉近關上。

快下班的時候，莉莉靠在門框上說：「嘿，妳快做完了嗎？我們要去克羅迪維普拉茲跟著大家一起瘋，想來的話就走吧。」

嘉年華會，這一週在街頭舉辦著飲酒作樂的瘋狂派對，說是要在大齋期之前宣洩一下精力，用這段歷史當成淺薄的藉口。一起玩樂的想法讓索菈想從九樓的窗戶跳下去。她揉了揉眼睛把電腦關了，螢幕這片黑鏡映照出她臉上的失落感，心裡彷彿有個念頭卻怎麼也抓不準，在她腦海中流連徘徊著，就像她頭髮上的菸味。「抱歉，我今晚不行。」

「跟茱爾絲有計畫了？」

「茱爾絲不在，我跟沙發還有一桶冰淇淋有計畫。」她透過指縫看著莉莉，「我知道這樣很不合群，但是——」

「但是妳寧可看《接觸未來》第五十次，也不想跟我們這些活生生的人類出去玩。沒關係，我懂。」莉莉搖搖頭，裝出很不爽的樣子。「自己保重。」她轉身走開時又交代了一句。

路徑，隨著莉莉的腳步聲消失在走廊另一端，索菈心想著，路徑會一次又一次分歧出去，永無止盡而令人心生恐懼，但也充滿希望。或許她其實沒有困住自己，或許現在去尋找一個更好的世界並不嫌晚。

她鎖上診療室的門，把父親織給她的圍巾披在脖子上後走下樓。她的手機響了，她嘆口氣接起來：「嗨爸爸，最近好嗎？」

「喔，很好、很好，」她父親的聲音聽起來是醉了，「妳好嗎？」

「還不錯，剛下班。」走出自動門後她迎向一陣毛毛雨，「跟一個病人聊了一會兒，感覺挺奇怪的。」

他發出一聲表示不屑的哼聲：「不意外，妳的病人都老到不行了。」

沒有比你老。她聽見自己腦中響起憤怒的回答，彷彿是另一個索菈說的，但是她做出不同的選擇。「好了，我現在要騎腳踏車回家了，不過——我明天會過去看你，好嗎？」

電話那頭停頓了一下：「好，好啊，明天見。」

她走到腳踏車旁時雨勢變大了，她戴起兜帽開始騎車，閃過了一輛差點把她推進路上坑洞的卡車。「注意一點！」她大喊著，用德文、英文都喊了一次，還另外附帶一次捷克文，她這一場小小頓悟若這樣結束很不錯，她想著，騎腳踏車出意外死亡。

雨勢變小了，雲層開始消散，她繼續踩著腳踏車穿過諾伊馬克特，繞過比利時區後穿越了公園，公園中的清真寺在傍晚餘暉中閃閃發光。她踩著腳踏車進入埃倫費爾德，經過那家土耳其咖啡館以及火車軌道旁的內陸燈塔：到家了。她把腳踏車停妥之後打開了她家大門，揉了揉胸口感覺到那個腫塊，茱爾絲總是嘮叨著要她去檢查一下。之後吧，她想著，進門後便順手關上了門。

我們到了

桑提迷路了。

他站在忙碌的商店街中央，熙來攘往的人群盯著他看，而他站在人流中就像顆石頭。這一年他都睡不安穩，他知道這對自己有什麼影響：驚懼的眼神、顫抖、神經緊繃，讓人們對他敬而遠之，但是他知道這不是他們盯著他看的原因。成為世界的中心會耗盡人的心神，有時候他真希望他們別再這樣了，去看別人，他想要這麼說，但問題是其他人完全是透明的，就算他們全都在他面前排成一列也沒有用，就像是試圖藏身於清水之中。

這段日子以來他沒有睡不好的問題了，現在他在宿舍裡有個地方，他就是想要去那裡，但是這座城市的街道卻總會繞回原路，交錯糾纏成一條條死巷。他伸手進口袋找尋祖父留給他的那把幸運小刀，想著，關鍵就在於知道你是誰，屆時才會知道要去哪裡。

他選了一條街，半闔著眼睛沿著街道走，果然帶著他走了出去。他走出街道迎向公園中一片開闊的綠地，感覺各個世界忽而終止、忽而開啟，相互碰撞而連結在一起。一陣風吹捲起落葉掠過他身旁，城市在他腳下漸漸滑離，他穿越公園的時候有幾束陽光突破了清真寺閃耀的光芒，一邊是蔥鬱的綠地，另一邊則是工業時代之後在埃倫費爾德鋪設出的一片風景。陽光中還參雜著另一種光：他眼角餘光能夠看見正熊熊燃燒的無形天火。他走上主要道路進入鄰近地區的中心地帶，鐵軌旁的內陸燈塔似乎對他發出不明所以的嘲弄。啟示即將降臨，桑提抬頭看著天空，白雲倏瞬飄過彷若輕舟，速度快到不可思議，感覺雲朵層層堆積起來，將他整個人裡裡外外堆滿。

他站在宿舍門口翻找著自己的門禁卡，但口袋裡空無一物。他咒罵一聲，忘記自己今天早上在鐘樓旁邊的庭院中弄丟了卡片，上一秒才從他的口袋裡掉出落到草地上，下一秒就消失了，他趴在地上發瘋似的找了一小時，但卡片就是不見了，乾淨得就像從未存在過一樣。他想像那張卡片滑進了這個世界的一處孔洞裡，感到一陣暈眩難受。他按下門鈴。

「哪位？」是個女人的聲音，經過對講機的壓縮後傳出來。

桑提頸後的毛髮站了起來。「嗨，我——我的卡片不見了。」

「好的，請稍等。」門鈴震動了一下，門就喀一聲開了。

他走進門的時候，坐在櫃檯後的女人抬起頭，一頭淡淡的金髮修剪得極短，還有一雙懾人的藍色眼睛。「我想你應該需要一張新卡片。」她說。桑提正要跟她說自己的名字，她已經開口：「你是桑提亞哥．洛佩茲嗎？」

他覺得自己起了雞皮疙瘩。「妳怎麼知道我的名字？」

「喔，我——我剛剛在翻看檔案。」

桑提的眼睛瞄到她桌上，看見她面前只攤開著自己的檔案，他的人生就這樣提煉成了寥寥幾頁：屬於他的精華，所有可能存在的桑提能夠依循的藍圖。

她急忙闔上檔案資料夾：「等我一下。」她說完就坐在辦公椅上滑到一旁的證件卡印製機前。

她低聲哼著小曲，桑提知道這首曲子。他的眼睛掃過她的辦公桌，看見一個印著星象圖的馬克杯中裝著濃茶，還有一張相片，相片裡的她伸手環抱著一個掛著微笑的女人。

「好了，洛佩茲先生。」她把新卡片交給他。「對了，我叫索菈，」她接著說，「索菈．利許科瓦。」

他閉上眼睛：「狐狸。」

她咳了一聲：「什麼？」

「妳的姓氏，」他張開眼睛，看著她的臉想找出蛛絲馬跡，「是這個意思。」

「對。」她微微牽起嘴角，「其他同事——他們跟我說你喜歡知道事物代表的意義。你會說捷克文嗎？」

「不會。」

她皺著眉。「你的姓氏意思是狼。」她眨眨眼，一臉困惑，「我——我不知道我怎麼會知道這個。」

桑提感覺自己腳下的世界動搖了。「妳在這裡做什麼？」他輕聲問。

「我是實習社工，新來的，今天早上才開始——」

「不是，」他打斷她的話，「妳在這裡做什麼？」

「我……」她很眼熟，與她有關的一切都很熟悉：她雙眼的那抹淡藍，還有眼神透露出的那股直白。她的年紀與他相當，只是他知道自己看起來老一點，這一次，生命對她比較仁慈。

「妳，」他好像突然理解了什麼，說道，「妳也有份。」

她的表情變得有幾分警惕：「抱歉，我不知道你在說什麼。」

「妳知道。」這份篤定灼燒著他：她就是啟示，而她也知道。他雙手往櫃檯狠狠一拍。「告訴我，」他大叫，「告訴我是怎麼一回事。」

「冷靜一點。」她伸手到櫃檯下方按下緊急按鈕。

他只有幾秒鐘時間可以跟她講清楚，他傾身靠近櫃檯另一邊，直盯著她的雙眼，腦中浮現了一句話，彷彿自己過去曾經說過：「不要讓我一個人面對這個。」

宿舍裡的工作人員前來將他拉走時，他看見她臉上出現了一點變化。

回到他的房間裡，他們讓他坐下來好好談一談，告訴他不能夠脅迫員工，否則就不准繼續待在這裡。他們跟他解釋，他的疾病其中一項特徵就是容易在各個地方看見意義。他誤以為認出索菈，只是一長串病徵中的一項。

他讓他們以為自己懂了。他們離開後，他從夾克外套口袋裡拿出小刀塞到枕頭底下——老習慣了，不這樣做他睡不著。他仰躺在窄床上盯著牆壁，試圖找出裂縫組成了什麼圖形，直到他睡著為止。

夢中的他正在醫院走廊上奔跑，不斷分岔出去的走廊卻每一條都引導他走向黑暗。這場夢境很稀鬆平常，甚至經常上演，但此時他看見了一頭粉紅色頭髮的她，站在不可能出現的一道陽光之中。就算在夢裡他也知道這不對勁，他遇見的那個女人是金髮，這是不同的索菈：年紀大一點、更溫柔一點，悲傷在她身上烙下了痕跡。

她發現自己在他的夢境中也同樣意外。「洛佩茲先生，」她說，然後遲疑了一下，「桑提？」

地面搖動著，桑提往下掉，就像宇宙裂成了兩半，地板上出現一道裂縫。索菈站在另一邊，他伸出的手差一點就要碰到她想抓住他的手指，結果在地心引力的作用下兩人分開來，兩顆行星分別受到兩顆太陽的引力影響而分離。

他睜開眼睛時映入眼簾的是滿布裂縫的白牆。他不知道自己在哪裡，驚慌之下，他努力在自己記憶片段所組成的萬花筒中尋找，陽光般金黃的窗簾、敞開的窗戶、一間挑高天花板公寓的簷口。最後終於想起來了，他在宿舍裡。他伸手去拿他的筆記本，找到自己剛醒來意識還不清楚的時候畫的塗鴉：一道閃電形狀的洞口、兩個往下掉的人形。

他坐起身時感覺到脖子後那股陳年疼痛，他認為是自己流落街頭那一年造成的。他轉身面對牆上貼著的照片網，各張照片之間以圖釘固定的紅線相連：舊城區那座毀壞的鐘樓；星空的縮時攝影照片上，星座都模糊成了線條；殘留在窗戶上的鳥拓印，玻璃上隱約有羽毛痕跡。這些照片加總起來形成了一幅地圖，他希望有一天能夠引領著他找到意義。

他低頭開始畫畫。一幅又一幅索菈的畫像，有年老的、有年輕的，各種髮色都有，彷彿彩虹一般。筆記本上的橫線切過了每一幅畫像，干擾著從遙遠到不可思議的遠方傳送而來的訊息。

他把筆記本塞進夾克口袋裡，看太陽升起便跟著到外面去了。他經過接待櫃檯時肩膀緊繃了一下，但是坐在櫃檯後的人並不是索菈。他停下腳步摸了摸老是在宿舍大門口徘徊的一隻瘦黑貓，小貓哀怨地朝他喵喵叫，彷彿努力想提醒他某件重要的事。

他跟對街的土耳其咖啡館討了一片千層餡餅，吃了一半，另一半則留著晚點吃，把碎屑撒在地上給鸚鵡，這群小鳥在樹梢上吱吱喳喳，吐露出他先前聽過的對話片段。這個世界自行重疊成形，有一部分會拿來重新利用，修補好破損的地方。他好奇地想著自己會不會也是碎片組成的，或許在某個地方的他看不見、皮膚上會突然出現羽毛。如果他從鐘樓頂端跳下去，零星的羽毛夠不夠讓他飛起來？

他繼續向前走進錯綜複雜的市中心，才一下子的工夫，大教堂已經近在眼前，一片黑壓壓的建築映襯著天空。桑提還記得自己第一次走進教堂時喉嚨都發乾了：他和穹頂之間的空間讓他出現移動的幻覺，彷彿整座建築物即將離地起飛，載著他前往星際。他應該將之視為警告，而不是承諾；他應該趁著自己還負擔得起之時就離開這座城市。如今他困在這座迷宮裡，繞著圈子漫步，直到自己能夠找到一條引領他離開的絲線為止。

他繼續走著，跨過霍亨索倫橋，刻意偏頭不去看橋上的那些鎖頭。到了奧德賽探險博物館，他拿起自己的宿舍門禁卡之後，工作人員才揮揮手示意他穿過旋轉閘門，他意識到了什麼，好像一股電流跟著他竄進了擺滿星球模型的室內。博物館裡很安靜，台架上只有另一個人站在他旁邊，抬頭盯著頭頂上那一片如天鵝絨般的漆黑，不規則地嵌著幾盞燈。他還沒看就知道那是索菈。

這是一條訊息，是有待他解開的密碼，就如往常一般，他沒辦法認真專注去理解其內容。索菈站在他身邊，看也不看他，依循著公共空間的不成文規定。桑提細細品味著此舉傳達出的不對稱知識，孤獨的兩人站在一起，抬頭看著那片從來不存在的宇宙星圖，她動了動手，彷彿是想抓住耀眼的燈光。

「妳為什麼和我在一起？」她低聲說。

桑提的心臟猛地跳了一下，然後他看見她另一手拿著手機，聽見電話另一端傳來女人的聲音。他聽著，眼睛還是盯著星星。

「我是說，我做了什麼？」索菈問，「妳是什麼時候決定——就是這個，這樣有用，我會留下？」

桑提聽著從遠端傳來的回答，不管那是什麼都無法讓索菈開心。她轉身走了幾步離開他身邊。「肯定是在某個時刻，肯定是我做的某件事才變得不一樣，」她猶豫了一下，「不是不一樣，我是說……」她伸手撫額。「抱歉，我只是——昨天我遇到了一件真的很奇怪的事，對，等我回家會跟妳說。好，愛妳。」她掛了電話，往自己的手心呵氣，然後抬頭看向天鵝絨天空。

桑提實在忍不住了：「妳也喜歡觀星。」

她轉過身，他看見她認出他來時眼裡的恐懼。「洛佩茲先生，我——不知道是你。」

他知道了，她以為他是跟蹤她過來的，他心裡有某個聲音回應了，希望能夠安撫她。「我經常來這裡。」他解釋道，但這算什麼解釋？

「是喔。」她咕噥著。

他聽得出來她不相信，引發了一種屬於另外一個人的不同情感——對於她表現得有多麼輕蔑而感到憤怒。他聽見自己變了個聲音，像是一個陌生人透過他的嘴巴說話：「妳在這裡做什麼？」因為他必須知道，必須在謎團破解了他之前先破解謎團。

「他們放了我一天假，因為——昨天的事。這個地方會讓我的心情平靜下來，不會再那麼——」話說到一半她便突然回了神，好像剛剛才看見自己的模樣。這份工作要求他們必須謹慎掌控與病人的關係，而這段交談每進行一秒都會讓這段關係留下污點。如果她是別人，桑提以為她會走開，但是他已經知道她並不會按照他的期望行事。「我不應該這麼做，」她說，「猜測你的姓名、告訴你姓氏的意思，他們——他們跟我說你可能會因此發病，以為人們對你所知道的比他們應該知道的多。」

她的話讓他就像是被另一縷鬼魂附身了，這鬼魂懂得自嘲、心境篤定，和她勢均力敵。「但是妳確實知道不是嗎？」

她深吸一口氣。「我不想對你說謊，」她說，「我確實覺得你——很熟悉。」她迎向他的眼神中帶著毫不掩飾的惱怒：「但是這不代表你是對的，這一切代表的是人人都有可能出現這種妄想。」

這個回答出乎意料之外，完全脫離桑提的預測，於是他笑了出來。「妳為什麼要跟我說這個？妳應該告訴我這一切都是我的幻想就好。」

她嚴肅地看著他：「我想讓你相信我。」

他不知道要說什麼，但是最後說出口的話讓他和她兩人都同樣驚訝，因為那是事實，在所有她引發出的各個不同版本的他當中，只有一點不會改變。「我相信妳。」

她點點頭看向一旁，他看見她低聲對自己說了一句，管他的。「我請你喝杯咖啡吧？」

她沒有問他喜歡什麼口味就幫他買了黑咖啡，他們往博物館後方走去，經過一間關閉的展廳，門口掛著「維護中」，展廳內是一個遊樂場，擺滿了各個行星的玻璃纖維模型。從河面吹來的微風很冷，索菈從自己的包包裡拉出一條芥末黃的圍巾，圍在自己脖子上之後爬上模型坐下，腳就擱在土星環上。她朝桑提伸出手，他攀爬上去坐在她旁邊，最後以另一個人的身分處在同一顆星球上。距離兩公尺遠的地方，或說是在大約四億公里以外的地方，兩個小孩正較勁著想把對方推下木星。桑提感到一股奇怪的失落感，河濱廣場前方的霍亨索倫橋在河面上延伸而出，綁著他們回到城市。

「妳看過那些鎖嗎？」他問。

索菈挑起一邊眉毛：「什麼？」

他指了指。「橋上那邊所有的鎖頭，加起來有兩公噸重。」

索菈拿出一包香菸，邀他拿一根，他拿了卻沒馬上點燃，她則是點了菸背對著他吐出一口。「有啊，我看過，喬伊和巴比永遠在一起什麼的。」

「可是妳好好看過嗎？」他往前坐，「我是說認真看過，從橋上沿著欄杆一路走過去，注意看。」

「沒有。」又是那抹微笑，讓他心中湧起各種回應：喜愛、驕傲、厭惡。「老實說，」她接著說，「我一直覺得這整件事有點愚蠢。」

「會重複，」他還沒來得及提醒自己要慢慢說，就忍不住脫口而出，「如果——如果妳走過去然後注意看那些鎖頭，過一下子它們就會開始重複，形狀、顏色，連名字都是。」

她張開嘴一下子才開始講話：「鎖頭的牌子就只有那麼多種，各個地方的人都來這裡做同一件事情，總是會有些名字重複，那只是統計問題。」

他用力搖了搖頭：「不是那樣，不是隨機的。我看過相同的名字一次又一次重複，連順序都一樣。」他雙掌合十夾著香菸滾動，「是有規律的，是給我的訊息，我只要學著怎麼破解就好。」

她仰頭大笑，姿態看來如此熟悉，讓他吃驚不已。她是誰？為什麼她的存在會讓他覺得自己不再完整、脆弱，就要哭出來了？「你覺得那是給你的訊息。」她說。

「對。」

她低頭看著他：「有多少人住在科隆？」

他們的角色又變了：她是高高在上的教授，他則是心懷厭惡的學生。「我不知道，一百萬人嗎？」

「一百萬人，每天有多少人會走過這座橋？」

不同的反應、不同的自我，哥哥對妹妹說話，既疲倦又有優越感：「一千、五萬，有什麼關係？」

「為什麼你覺得訊息是給你的，而不是給其他也有可能經過這裡的一千人、五萬人？」

桑提把手塞在屁股底下，他討厭自己感覺像個提線木偶一樣，記憶控制著他的姿勢，但這些記憶不可能全是他的。他專注於讓自己感覺真實的東西：「因為只有我看見了這個世界的問題。」

她皺起眉：「洛佩茲先生，這個世界有什麼問題？」

星星不斷改變、城市一次又一次不斷重複，我是唯一一個真正在當下的人。這段回答他還沒說出口就停在嘴邊，因為他總覺得看見一個不變的自我，在她每一次說話時就消解殆盡，失去了穩定性。他是不是就跟這個世界一樣不真實，一直以來都如此？他是不是又是一場夢境，一百個不斷變換的索菈夢見的他？

她說話的聲音很輕，彷彿是害怕會被別人聽見。「你為什麼來這裡看星星？」

他轉而面對奧德賽探險博物館的玻璃牆，看見他們的倒影也在看著他們。「因為那裡面的星星不會變。」

她看著他，越來越不平靜：「你記得有不同的星星？」

「對，」他吞了口口水，「有時候我抬頭看，就好像看到所有星星都疊加在一起，所有星星聚在一起的光芒好像會讓我看不見東西。」

「然後你會眨眨眼再看一次，」她輕聲說，「然後天上就只是原來的星星，你所知道的只是事情以前不是這個樣子。」

桑提盯著她，不知道她是說出自己的想法，還是他所看見的是同理想像力的展現。對這個時候來說都沒關係。從來沒有人跟他談過這件事，彷彿能夠理解一樣。

「所以我才會做社工。」她說。他認真看著她的表情，看來若有所思、有敏銳的自覺，就像他一直記得該怎麼讀的一個字母。「我總覺得沒有歸屬感、迷失自我，我想就算不能解決自己的問題，或許可以幫助其他感覺格格不入的人解決他們的問題，為他們把世界變得更好。」她迅速抬眼，跟他對視一眼，「但是我從來沒有遇過跟我感覺完全相同的人。」

「一直到遇見我。」

「一直到遇見你。」

他看著索菈，彷彿她是他以為在大火中失去的寶物。他認識這個女人，對她的熟悉程度勝過他對破碎自我的了解，那是來自別人的知識，但是他暫且容許自己浸淫其中，那是他這一生鮮少感受過的篤定。他的手指癢癢的，很想畫她：女孩將雙腳搭在土星環上，雙手枕在腦後。他不發一語，將筆記本從夾克口袋中拿出來交給她。

她一開始有點遲疑，但還是翻閱起來。「你最好不要把這個拿給宿舍裡的人看，」她淡淡地說，「你都不用解釋自己不是跟蹤狂，馬上就會被踢出去的。」

「我不是——」

「我知道，」她打斷他的話，「但他們不知道。」她繼續翻頁：「你是從哪裡知道這一切的？」

他看著她：「我會夢到妳，但不是妳現在的樣子。」

她臉上裂出一個笑容。「想想，」她喃喃說，「我可能成為這些毫不相同的人。」

她翻著書頁，在這張畫像裡的她比較年輕，周圍都是星星，藍色的頭髮迎向夜風飛舞。「我在這裡做什麼？」她把筆記本轉了個方向瞇起眼睛看，「那是舊城區的鐘樓嗎？」

桑提點點頭，手指插進了行星表面。「妳坐在鐘樓頂端，」他說，「看著我掉下去。」

索菈抬頭看著他。「在你的夢裡，也有不同版本的你嗎？」

「我不記得了。」我不想記得。但是他開始懂了，她的每一縷魂魄都會帶走他自己的一縷魂魄，直到他淹沒在倒影之中，沒有一個是完全正確的。他一直如此努力要讓自己不受動搖，抵抗著那股災難一般的崩潰感，就是這股感受逼得他不得不離開愛洛伊絲而流落街頭。如今他感覺又開始了，他的核心逐漸崩解，邊緣輪廓慢慢滲血而融入虛無之中。

他從土星上爬下來，他需要腳踩在地球上才行。「我——我得走了。」

索菈低頭看著他，不甚理解怎麼回事。「好，我可以跟你一起走走嗎？」

他又注意到另一個不變：她從來沒有真正理解他。不過現在的情況還算穩定，於是他點點頭並伸出手扶她下來。或許這裡有線索，為他的意義地圖指點方向，只要他能穩定住自己久一點，就能找到。

他們走到橋梁另一邊的市區，城市對桑提來說似乎一再重複，牆面總是以相同的角度交會、鵝卵石鋪成了相同的形狀，就像是自己鬧了鬼。他走在索菈身邊時就是這樣的感覺，每走一步都在不同的自我之間踉蹌著：一下是個憤怒的年輕人，正和一名年紀稍大的女人爭論著；一下是個父親，努力想跟憂鬱的女兒打好關係。

「幸好我就在宿舍裡工作，」索菈輕快地說，兩人正轉往通向舊城區的河濱道路，「這樣我們要繼續討論這件事情就容易多了。」

桑提想到了宿舍，那是他好不容易獲得的庇護所，結果卻變成了一間實驗室，他會在那裡日復一日遭到解剖。那裡的員工或許不了解他，但是他們幫助過他，而在另一個世界裡，索菈也可能是其中一人，但是在這個世界裡的她太了解他了。沒有人可以成為某人的一切，他想著，又好奇為什麼這個念頭會讓他像個從側面敲擊的鐘一樣嗡嗡作響。

他們走到舊城區的時候，建築物之間出現的縫隙剛好讓他們看見了鐘樓，只是桑提很確定從這裡應該是看不到的，就好像他們兩人在一起的引力彎曲了這個世界。索菈走進通往廣場的巷子，桑提也跟著去，他們並肩站在鐘樓底下。時鐘凍結在十二點五分，桑提還是很肯定自己能聽見時鐘的滴答聲。

「看來末日已經發生了。」索菈說。

桑提無法擺脫末日尚未來臨的感覺。「或許我們正在等著下一次。」

索菈皺起眉頭：「可是時鐘已經停了。」

桑提搖搖頭：「我覺得沒有。」

索菈困惑地瞄了他一眼，他正想要解釋時，有人抓住他們的肩膀讓他們轉過身去。

「不好意思，」一個穿著藍色外套的長髮男子看著他們兩人，神情一下是喜悅、一下是疑惑，「我——我要告訴——」他打斷了自己的話，接著又說：「你們——你們到了。」

索菈看著桑提，他看出她沒問出口的問題。你認識這個男人嗎？他搖搖頭，但也無法確定。

「抱歉，我們不……」索菈皺眉，「你說什麼？」

男人看著桑提。「你們到了，到了。」他的臉苦惱得皺成一團，「我——我必須告訴你——你——」

索菈努力想看著他的眼睛：「聽著，你需要吃點東西嗎？需要可以休息的地方嗎？」

男人絕望地看著桑提，彷彿是聽不懂索菈說的話。「你們到了，」他又說了一次，一副沒救了的樣子，「到了。」

桑提搖搖頭。「抱歉。」他說，儘管他不知道自己為了什麼道歉。

男人擰扭著自己的雙手後轉身離開，漫步到了廣場另一頭。

索菈看著他走開，咬著自己的指甲：「我稍後會打電話給宿舍，請他們注意他一下。」

桑提的眼睛緊盯著男人一步步離開，他的藍色外套迎風亂飄。這世界上有太多意義，多到根本容納不下。

「他說的倒也沒錯。」索菈說。

桑提一臉困惑看著她。

「我們是到了，」她說，「我們兩人都是，不管那是什麼意思。」她將手掌貼在鐘樓牆上，這城市中上百種聲音都在這面牆上塗寫著訊息。「我猜這裡所有人都想要說這個。」她從夾克外套中拿出一支麥克筆。**我們到了**，她找了一塊空白處寫下。

桑提懂，也不懂，意義漸漸從他身上流失，就像風吹落葉一樣。他討厭文字，就這樣決定了。他希望這處廢墟上覆蓋的是圖畫，像壁畫一樣，一路覆蓋著整座城市，像是通往其他世界的入口。

索菈放下筆的時候，他瞄到她手腕上有些東西，他伸出手去抓住她。她往後退，又一次提高警惕。他舉起自己的手，不發一語地拉起袖子，亮出刺在自己皮膚上的星星。

索拉不敢置信地輕呼一聲，抓住他的手臂摩擦著那塊刺青，好像以為能夠擦掉。

「這是什麼？」桑提問。

「一個星座，」她說，「已經不存在的星座。」

他低頭盯著那些星星排成的圖形，這是他來到這座城市之後在筆記本裡畫的第一張圖，感覺很重要，於是他直接去了比利時區找人把圖畫刺在皮膚上，但是這張圖甚至不屬於他：這屬於索菈，屬於隨著她出現而存在的那股詭譎旋風。

他往後退時拉下了袖子，他想要理解，但是如果理解的代價是要拆散自己，他想自己大概存活不了。

「怎麼了？」索菈問。

桑提笑了笑，指著她寫在鐘樓牆上的字。「我們到了，」他說，「但——我們是誰？到了哪裡？」

索菈有些猶豫地朝他走了幾步。「我們可以找出答案，」她說，「我們一起。」

桑提搖搖頭繼續往後退，又想起了讓他走出迷宮的那個念頭，那個念頭感覺就像他將祖父的小刀握在手中那樣實在。「若我們不知道我們是誰，就不會知道我們在哪裡，而我——我不可能知道我是誰，因為跟妳在一起的每一刻都會讓我破碎成百片。」他邁步離開她。

「桑提。」索菈在他身後喊，就像她在他夢裡那樣喊著，他的名字從她口中說出聽來如此溫柔，就像貓兒咬著幼崽頸後的毛皮帶著走。

「我從來沒有告訴妳可以這樣叫我。」他說話時沒有回頭。

他聽見她追上來的腳步聲。「你的筆記本還在我這裡！」

「留著吧，」他往身後大喊，「我不要了。」他加快步伐跑過一座噴泉，水從池底的硬幣之間冒出來，就像星座一樣耀眼。有那麼一瞬間，他看見每一滴水就這樣停駐在半空中。

他不會回去宿舍，在街頭上，即使身邊其他一切都分崩離析，他還能保有自我。他跑步時感覺身後的鐘樓竟不可思議地與他如此靠近，這是他記憶中第一次聽不見時鐘的滴答聲。

下次再說

「洛佩茲！」

她的搭檔原本正盯著在大霧之夜的濕氣中隱隱發亮的鵝卵石，聽到聲音便抬起頭來。「喔對，抱歉，我還以為看到……」他說話的聲音越來越小。

索菈雙臂交叉在胸前：「如果你那句話的最後兩個字不是嫌犯，我就沒興趣。」

洛佩茲的笑容顯得陰暗：「好吧，不告訴妳。」

當然，現在她急著想知道了，洛佩茲一如往常用她自己的話困住了她。「等到街上沒有拿著刀子亂揮的瘋子四處跑時，再告訴我。」她搖搖頭，「真不敢相信你跟我的年紀竟然差不多大，我發誓，真的很像在跟幼幼班工作。你就不能專心五分鐘嗎？」

洛佩茲跟著她走進休伊馬克特，經過了以腓特烈・威廉三世雕像為中心鋪設出的臨時溜冰場。「我很專心。」人群看見他們身上的制服就自動讓開，他一邊走一邊跟她爭論：「專心在大局上。」

「大局是如果我們不注意的話，無辜的人就要枉死了。」

洛佩茲挑起一邊眉毛：「有點誇張了吧？」

索菈笑了起來。「真不知道跟誰學的。」她學著他的樣子，「我很專心在大局上。人類存在最深層的謎團。你那可憐的心智實在想得太簡單了，有夠好懂。」

洛佩茲傷心地搖搖頭：「想不到妳居然浪費時間嘲笑我，利許科瓦，如果我們不注意的話，無辜的人就要枉死了。」

這天是跨年夜，還有二十分鐘就到午夜了，一個小時前有個醉漢在一家啤酒館裡持刀刺傷兩人後逃逸，現在警方派出一支小隊負責追捕，她和洛佩茲就是其中的成員。上頭指定他們搜索的區域是休伊馬克特及北邊的廣場，不過他們就像是在一座不斷變化的迷宮中搜尋一樣，聖誕市集的攤販以及在此飲酒狂歡的人們形成了無數小徑，出現入口時他們便硬擠進去，待他們進入後便封閉起來。索菈大略掃視過整片廣場，尋找著符合兇手特徵的人，她一直幻想著自己抓住了他，結果一轉身又看到另一個人，彷彿他的臉被複製了一次又一次，貼到熙來攘往的人們臉上。她體內的血液因為期待而沸騰，這是她最喜歡這份工作的地方：搜索的樂趣、發現嫌犯的承諾、讓她感覺充滿生命力的危險暗潮。在她身邊的洛佩茲則將手伸進夾克口袋，她發現這是他緊張時會做的動作。

「帶刀去對付動刀打架的人啊？」她問。

他搖搖頭。「不要因為妳不懂得使用就瞧不起我選的武器，」他拿出刀子但沒有展開刀鋒，用刀柄指著她，「如果使用得當，幾分鐘就能制服一個人，在左臂之下直接刺進心臟。」他在她身上示範了一下。

索菈拍開他的手：「我們的目標不應該是殺人，需要我提醒你嗎？」

洛佩茲微笑：「妳知道我絕對不會用的，只是象徵性。」

「你什麼事情都是象徵性。」索菈咕噥道，這時有一群排隊買熱紅酒的人擋住了他們的去路，於是他們插入一群搖擺著身體的人們之間，這些人的大笑歡鬧蓋住了一切聲響，最後索菈大喊：「警察！」他們才四散開來，歡樂的笑聲變成了酒醉後的尖叫。索菈皺起鬼臉：「這麼多日子，為什麼這傢伙偏偏要挑跨年夜？」

「幹嘛，妳有更好玩的事情要做嗎？」洛佩茲問。

「當然沒有，讓城市變得更安全就是我的人生。」她斜眼瞥了他一眼，「如果我要參加派對就會找個更好的同伴。」她不擔心他聽了會往心裡去，她跟洛佩茲說話從來都不用注意說了什麼，跟他說話幾乎就像是跟自己說話一樣。

還是老樣子，他微笑著：「如果我們不是同事的話，妳不覺得我們也會是朋友嗎？」

「你是說如果我不是你上司的話？」她注意到他的表情苦澀，「怎麼，你覺得會嗎？」

他避開這個問題：「妳才是喜歡揣測有什麼平行宇宙的人，我對我們現在擁有的宇宙很滿足。」

不是揣測。其他人生、其他自我的片段是如此生動鮮活，有時候完全取代了索菈當下的存在。「你不認為其他宇宙會比這一個更好？」

洛佩茲搔了搔自己下巴冒出的鬍渣：「也許某個宇宙裡我們會在這個傢伙傷害其他人以前抓到他，怎麼樣？」

「聽起來很好。」索菈率先走到廣場中心，「那，你新年打算做什麼？」她說話時持續掃視著人群，注意力更多是放在工作上而不是自己所說的話。「我猜如果你不用上班，大概會為了愛洛伊絲做些浪漫到無可救藥的事情。」

「我跟愛洛伊絲分手了。」

索菈驚訝地猛然回頭看他：「真可惜，她很可愛，顯然這麼可愛配你就太可惜了。」她試圖要激怒他，但他沒上當。「講真的，為什麼分手了？」

洛佩茲踩上一張酒吧高腳凳的橫擋，想看得更清楚一點。「因為我太了解她了。」

「這話是什麼意思？」

「我是說——感覺——不公平，」他語帶猶豫地說，好像要表達自己的意思有些困難，「好像我總是搶先她一步。」

索菈跟著他穿過一片烤栗子攤散發出的熱風：「說真的，聽起來很理想啊，你能夠預測到她的每個需求，就可以讓她深深愛上你。」

洛佩茲回頭看著她：「這樣不會破壞了她的主導性嗎？」

索菈沒有忽略這句酸溜溜的話是呼應了她曾經針對女性自主權發表的長篇大論，完全就是洛佩茲的樣子，用她自己的論點來對付她。「如果那是她想要的就不算破壞她的主導性。」

他笑了：「真想聽妳跟愛洛伊絲解釋這點。」

「到底發生什麼事？」索菈問，「你主動泡了杯茶給她，然後她就翻臉了？」

「不是，我想跟她解釋我的感覺，然後……」他聳聳肩，「她跟我說她不知道該說什麼，接著她就走了。」

索菈停下腳步，眼神緊跟著一個離開人群的男人，但只是虛驚一場——男人轉過身來，她發現是別人，這人太年輕了，還微笑著。她回頭看著洛佩茲，很想再笑他一次，不過她還是選擇稍微表現出一點誠懇之意：「真是遺憾。」

他對她露出一個疲憊的微笑：「還是撐得比我以為的要久，我都驚訝有人可以長時間忍受我們。」

索菈冷哼一聲：「說你自己吧，我可是他媽的天菜，總有一天會有個幸運的人明白這件事。」

「我不是那個意思。」他們已經接近廣場邊緣，這裡人比較少了，活動也比較輕鬆。「我們兩人都知道自己不是普通人。」

索菈苦笑著：「你這話還會是什麼意思？」

「我們知道自己不該知道的事情，」洛佩茲保持速度跟她並肩走著，「關於其他人、關於彼此的事。」

索菈做了個鬼臉：「我不認為我們知道什麼，我覺得我們兩人只是天生就能夠看見各種可能性，假如在不同的世界裡、假如我們做了不同選擇，事情可能會有其他發展。」

洛佩茲搖搖頭：「我不認為那只是稍微窺見可能出現的發展，我覺得是線索，指引著我們去發現更大的真相。」

「啊，」索菈誇張地裝出一副恍然大悟的樣子，「當然了，大局。」

洛佩茲停下腳步，臉上滿是誠懇。「我相信我們注定要一起工作，」他說，「就在這裡，這個地方、此時此刻，那些好像是我們記得的事情——我實在不認為那是記憶，我覺得是某種訊息的一部分，指引我們走向彼此，甚至在我們碰面之前就是如此。」

「誰給的訊息？上帝嗎？」索菈搖搖頭，「抱歉，我不信上帝。」

洛佩茲皺眉：「但是妳肯定想要個解釋。」

事實是她確實想要，但是她不想牽扯進去，跟她這個出了名能言善道的搭檔來一場宗教討論，尤其他們還有工作要做。「用我哲學家父親的話來說，」索菈說，「這個世界就是個該死的詭異地方，而你跟我絕對不是這裡最詭異的東西。」她把注意力放在他們停下腳步的地方：在兩條巷子之間，任何一條巷子走過去都能抵達另一個廣場。

「走哪邊？」洛佩茲問。

索菈的眼睛在兩條巷子間看來看去，努力想壓下一種陌生的不安感。她希望能將自己一分為二，兩條路各派一個索菈去看看，然後追上選對路的那個，抹除選錯路的那個。「你選。」

「妳才是老大，記得嗎？」洛佩茲說話時掛著狡猾的微笑，「不要有壓力，只是無辜之人的性命。」

「有點誇張了吧？」

洛佩茲笑了。

「左邊。」索菈決定之後就開始往前走，她胃裡已經開始翻攪，確信自己選錯了。

「那就左邊。」洛佩茲說完，失望地嘆口氣，她沒理會他，只是繼續沿著巷子走，一手搭在武器上。然後她看見了。

她突然停下腳步，背靠在牆上。「小狼。」她輕聲說。

洛佩茲追上她：「什麼？」

她指了指前面，洛佩茲全身繃緊。前方的身影是個男人，雙手扶著頭。索菈看不見他的臉，不過他符合自己得知的外型描述：身高差不多、剃了光頭，還穿著一件科隆足球隊的上衣。

「果然是左邊。」洛佩茲在她耳邊輕聲說。

他頭髮上的菸味讓她也想抽根菸。她無聲笑了：「就是一半一半的機會。」

「看來我們只是運氣好，剛好在這個宇宙裡的妳猜對了。」洛佩茲揶揄著她。他開始往前進，然後停下腳步手按著無線電。「也許我們應該呼叫請求支援。」

索菈搖搖頭：「他就是個持刀的醉漢，不需要支援。」

洛佩茲對著她微笑，雪白的牙齒在昏暗不明的夜色中顯得明亮。「為什麼妳一副自己不會死的樣子？」

這句話就像他說過的許多玩笑話一般，幾乎要切中事實了。索菈不想承認這跟他有關係，是因為他在這裡，只要她和他在一起，有一部分的她就相信自己不會受到真正的傷害。「是你認為這一切都是命中注定，」她反駁道，「上帝會讓我們被某個不知哪裡來的瘋子捅死嗎？」

洛佩茲看起來很苦惱，雖說不是刻意為之，但她的話讓他陷入了自己的一道沉思渦漩中。

索菈嘆了口氣：「我們沒時間管這個，如果他跑進人群裡我們就找不到他了。你從原路退回去走另一條巷子——」

洛佩茲打斷她，幫她說完計畫：「從前面截斷他的去路。」他已經採取行動了。

索菈看著他的身影消失，那道描繪出他體型的暗影融入了巷弄裡更深沉的黑暗中，她感到一股詭異的焦慮感。靠，她用力按著自己的太陽穴，現在可不是發作的時候，莉莉總說這是她的宇宙級偏頭痛，這時疼痛壓迫著她，逼她背靠著牆遁入一片充滿水流湍急聲的黑暗中。這個世界並不穩定，每次她一眨眼，其存在就一閃一滅，他們所有人的記憶都出了錯，錯了一次又一次。她屏住呼吸希望能抵擋住疼痛，但只是越來越糟：高塔頹圮之後重又交織成形，就像粗製濫造的編織毯，中央一個燒焦的洞彷似地獄的入口。這不是真的，她閉上眼睛告訴自己，一切只是在妳腦中發生，走出去，張開眼睛。

她往前走睜開眼睛，又回到城市那一片如常的黑暗中，身後的牆壁又是一樣堅固。同時，她的目標移動了，男人站在巷口往廣場探出身去，打算逃跑了，太快了，洛佩茲還來不及趕過去截斷他的去路。

「不不不。」索菈壓低了聲音說著，男人就像是聽見了她似的，拔腿往前就進了廣場，推開人群一路向前。

索菈咒罵一聲，快步跑出巷子跟著男人衝進蜂擁的人群。「利許科瓦！」她聽見洛佩茲大喊，知道他在自己右邊某處，他身邊明亮得不可思議，幾乎要閃瞎了她的眼角。但是她沒有浪費時間找他，她正忙著追蹤自己前方的騷動，男人周圍形成一圈漣漪傳過廣場，指向那座毀壞的鐘樓。她一邊彎腰躲著、鑽進縫隙、推擠著向前，這時她腦中浮現一個念頭，清晰得就像是上天的啟示。這座城市的因果發展正慢慢下滑，而那座鐘樓正佇立在可能性漸趨於零的低谷。她抬頭看見鐘樓上的時鐘已經指著午夜，太早開始過新年了，而在這座廣場上永遠都會是新年。她正在追逐的那個男人衝出了人群邊緣，朝著鐘樓牆上的縫隙狂奔，他先往身後看了一眼，接著身影就沒入塔內。

索菈及時在鐘樓底停下腳步，洛佩茲也追趕上來，胸膛還劇烈起伏著。「他跑去哪裡了？」

索菈指著牆面石頭間不規則的洞口。

洛佩茲沉默不語，索菈已經習慣這位搭檔突然消失，就算他站在她身邊也一樣，彷彿他正和世界進行更深層次的溝通，一同拼湊著一幅以鵝卵石和天空碎片製成的拼圖。但這次不一樣，他臉上的表情讓她困惑不已——彷彿是另一時刻、另一個洛佩茲，是她無法解釋的雙重性。

「嘿，」她推推他的手臂，「你還好嗎？」

他嚇了一跳：「還好，他——他是不是……」

索菈蹲伏在鐘樓入口往裡面窺探，然後站直身體回到洛佩茲身邊。「他爬上裡面的樓梯了，大概往上爬了二十公尺，我可以看到他在那裡貼著牆壁。」

洛佩茲盯著鐘樓，揉著後頸部。這時索菈正用無線電回報他們的位置，他開始往鐘樓走去，先是慢慢走，然後堅定向前。

索菈放下無線電：「你在做什麼？」

洛佩茲的聲音聽來有些迷惘：「爬上去抓他。」

索菈盯著他，眼前看見的畫面如此清晰：洛佩茲手腳敏捷地往上爬，毫無畏懼，心中從來沒有想過自己可能會掉下去。她控制不住心中的怒火，一股強烈的占有欲讓她狠狠拒絕道：「不行。」

他好像沒聽見她的話，索菈邁開大步走到他身前，用身體擋住了他和那道不規則洞口。「嘿，我才是長官，記得嗎？」記得，鵝卵石上反彈迴盪著她的聲音，回傳到她耳裡時聽起來還是一樣，卻有所改變。「你不准上去。」

洛佩茲專注的眼神飄移開來，轉而看著她：「為什麼？」

她撇了撇嘴脣，那個理由無法組成清楚的字句，只成了一陣含糊的尖叫聲：「我只是——我不會讓你掉下去害死自己。」又一次，她硬生生忍住這幾個不可能出現的字。她的頭痛得嗡嗡作響，又一陣偏頭痛用各種影像淹沒了她：掛在鉤子上的黃色圍巾在夜風中飛舞；一位老人微笑著最後一次離開她的診療間；桑提躺在醫院病床上，身上插滿了各種管線——她正一點一滴失去他，而他們的女兒還得看著這一切，她還那麼小，為什麼癌症不能等到愛絲特拉長大，等到她懂事——

洛佩茲走近她，聲音聽來充滿迫切的命令感：「告訴我為什麼。」

索菈的喉嚨發乾，她說不出口，但其實她可以：這是洛佩茲，她什麼都可以說。

「因為你曾經死在這裡。」

他揚起微笑，幾乎是鬆了一口氣：「我知道。」他轉而抬頭看著鐘樓，廣場上刺眼的燈光將他的臉照成了橘黑相間的骷髏。「我記得掉下來的感覺，記得自己不相信，不懂這個宇宙怎麼可能讓我的手滑了一下。」他看著她，「感覺就像我有很長的時間可以思考，等我掉到地面時，我知道了，這樣才對，我注定要死在那裡、死在那時，而我無計可施，也不應該想辦法挽回。」

「是我的錯，」索菈打斷他的話說，「不是上帝、不是宇宙，那時是我的錯才會發生那件事，我這次不會再讓同樣的事發生了。」

洛佩茲笑了。「索菈。」他輕聲說，好像她這個小孩還是沒搞懂。

他之前從來沒有叫過她的名字，在這一生沒有。索菈看著他的眼睛，她沒有看見自己的同事，沒有看見自己的搭檔，他們如此輕易一拍即合，莉莉還開玩笑說他們肯定是上輩子就認識了；她看見的是她的老師、她的學生、她的哥哥、她的丈夫、她的父親，各個現實攪成了一股漩渦，不斷旋轉、互相碰撞。

「桑提？」她在宇宙爆炸的時刻說。

一聲轟隆巨響，聽來如此深沉而不斷迴盪，接著又是一聲。索拉抬頭看，天空中滿是星星，不斷爆炸而落下，灼燒出一條條煙痕。新年煙火在河面上空施放爆開，在爆炸聲之間，教堂鐘聲響起打斷了這個午夜。

他們有兩秒能看著彼此，兩秒鐘能夠分享這個讓他們內心翻騰不已的啟示：就像一片繁花盛開、熊熊燃燒的火堆，回憶起過往的狂喜。然後一切事情都一起發生了，索菈看見那個男人從鐘樓的洞口現身，桑提看見她的臉轉過去，而在索菈有所動作之前，男人的刀已經揮向桑提的喉嚨。

索菈甚至沒有拿出武器就整個人撲到男人身上，這麼做實在瘋狂，但她不害怕，她是索菈．利許科瓦，她是永生不死的，而她不會讓上帝、命運或者宇宙將桑提從她身邊帶走，這次不行。

她用盡全力擊倒男人，他腳步踉蹌但仍站著，轉身撲過來攻擊她。在她還沒回過神來的時候，分辨不出那把刀是沒刺中或者是直接捅入了她的身體。她彎身躲避，抓住他的手腕一擰，確認刀子已經掉落。索菈大叫一聲，抬腿用膝蓋踢他的肚子將他撂倒。他大聲喘息著，無法相信發生的一切，而她則乾淨俐落地給他戴上手銬。

支援的小隊一擁而上，有人將男人拉起來站好將他帶走。索菈搖搖晃晃站著，雖然勝利了卻很空虛，然後她看見桑提跪在地上，鮮血從他壓在喉嚨上的指縫間滲出。

「不，」她跪倒在他身邊，雙手徒勞地摸索著頸動脈的位置。「洛佩茲，桑提，小狼，拜託。」警笛聲響起，但還不夠近，索菈感覺自己好像是從很遠的地方觀察著這一切，只是在遙遠宇宙中的一個小小人。「不、不、不，操你的，不行！」她緊緊抱著他，急得不行，「不要讓我一個人面對這個。」

桑提張開嘴，眼睛直盯著她：「記得。」他說完之後便癱軟在她懷裡。

看你後面

桑提在靜止不動的火車上醒來。

他往前傾身，感覺到脖子上的疼痛而瑟縮了一下。他在哪裡？他望向窗外，看見一片挑高穹頂覆蓋著的空間，是科隆火車總站：他的目的地。

他背靠後坐著，緊閉著雙眼直到看見星星為止。他不是才從這裡來嗎？感覺好像自己搭上一列往後退的火車，這麼長時間都坐錯了方向，結果又回到一開始的地方。

列車長大步走過各個車廂：「終點站到了！請旅客下車！」

一切都在此終結。桑提站了起來，看起來就像一個還在睡夢中的男人，跌跌撞撞走下月台樓梯前往忙碌的車站大廳，他打算搭計程車到旅館，沖個澡好好休息，準備好開始工作，那就是他搬到這裡的原因。但他卻只是四處徘徊，看著人群中一張張臉，他在這座城市裡一個人也不認識，為什麼感覺卻好像應該有人會在這裡等著迎接他？

他往計程車招呼站的相反方向走，走進了教堂廣場。天氣和煦，雨水才剛剛降下來，他不知道為什麼自己會覺得空氣好像應該要是冷的，地面應該結霜而濕滑。他走上教堂台階，鼻間傳來鵝卵石的潮濕味道，還有咖哩香腸嗆辣的香味。桑提站在毛毛細雨中，感覺城市快速洗刷過他全身，就像一道意義之流，只有他願意隨波逐流才能抓住其中意涵。「我在聽。」他壓低了聲音說。

他一直很期待能來看看這座教堂，如今哥德式建築的牆面在他眼中看來彷若透明，裡面已經毫無神祕可言。他繼續走進舊城區，一邊走一邊兀自哼歌，他一醒來就在腦中聽到這段旋律。雨停了，雲層稍微散開，灑下幾道微弱的陽光，一下子就指向了一切事物。桑提漫步走過舊城區的各個廣場和巷弄，就像一個盲人走在自己出生的迷宮裡，建築物就像紙片一樣輕薄的門面看板，遮住了某個更大的東西。他在毀壞的鐘樓底停下腳步，抬頭看見時鐘指針仍然停留在午夜時分。仍然。他不知道自己怎麼曉得這件事，也不知道為什麼感覺好像有問題，就跟現在的季節一樣有問題，就像他不該獨自一人待在這裡，應該有人站在他身旁。他的眼睛游移到一句以黑色顏料加粗字體寫成的留言：**看你後面**。

桑提轉身離開走到廣場另一頭，站在一面招牌下，招牌上的人馬正挽弓對準星星，一名少女坐在酒館外的桌子朝他揮手。她比自己記憶中的更年輕。這念頭來得突然，他甚至來不及細想是怎麼回事，他怎麼會記得她應該比現在的年紀更大？她的頭髮是鮮明而驚人的紅色，就像動脈血液的顏色。

他的手摸向喉嚨，死在索菈懷中的時候煙火正在天空中綻放，就像爆炸開來的星星。他們上一次在這裡的時候，他們第一次記得的時候。

他在斑斕的陽光中踉蹌著腳步走向她，她站起來時撞倒了椅子，椅子倒在鵝卵石路面上。他們大笑著抱在一起，桑提稍稍離開，半是驚嚇又是驚喜地凝視著她：「怎麼會——」

「我他媽的也不知道！」她大叫著。其他客人盯著他們看，但桑提根本沒注意到，他只專心看著索菈，不可能出現的索菈，她眼中帶著悲傷的驚喜，彷彿自己見了鬼一樣。她搓了搓他的手臂：「靠，看到你真好。」

妳看著我死了。桑提記得她低頭望著他的樣子，那是過去的他看見的最後一個景象，他有些猶豫地開了口：「妳後來又過了多久——就是我……」

「撐到了五十五歲，乳癌，又是一樣。」索菈拉起椅子後又坐下，直盯著他，「你留下我一個人。」

「我不是故意的。」她的表情並未軟化下來，桑提坐在她對面時幾乎要笑出來，「索菈，妳不能怪我被人捅了一刀。」

「不能嗎？」她輕聲說，好像他跟她下了戰帖一樣。她為什麼可以同時看不出年齡卻又如此青春？「總之，很高興你終於出現了，」她繼續說著，揮揮手吸引布莉姬塔的注意，「我一直在等人幫我點紅酒。」

桑提還有些沉浸在將他帶來這裡的生命中，努力想保持專注。「妳幾歲了？」

「十五。」她上下打量他，「那你呢？五十？」

「四十五。」他疑惑地朝她眨眨眼，「為什麼又是我比較老？」

「你的問題是這個？」她仰頭大笑，「靠，我們有太多要聊了，你去哪裡了？」

布莉姬塔過來幫他們點餐，桑提要了一杯紅酒和科隆釀造窖藏啤酒。「西班牙，」他說，「然後是法國，我……」他閉上眼，努力想要將在火車上醒來的這個他，以及這時聽到索菈的聲音也紛紛醒來的無數自我整合在一起。「我——對自己的工作不是很開心，顧問公司，感覺很——空洞，我想要做實在的工作，讓世界變得更好。」他沮喪地搖搖頭，「我搬來這裡是為了一份非營利組織的工作，要幫助難民小孩，我原本很確定自己終於找到了我注定要做的事。」這份篤定似乎已經變得很古怪，是一個死人失去的夢想。

「到目前為止都很桑提。」索菈從布莉姬塔手中接過紅酒喝了一大口，「你的頓悟就不能早一點嗎？我都在這裡好多年了。」

他搖搖頭：「我到這裡的時候才記起來。」

「真方便。反觀，當然啦，我十歲的時候就知道了。」她搖了搖杯內的紅酒，「我還因此跟我父母有過幾次有趣的對話，我媽基本上自己編了一整套論述，把西方對於靈魂不死的概念跟東方輪迴轉世的說法連上關係。」

桑提皺眉：「我以為所謂的輪迴是說你不會以同一個人的身分回到人世。」

索菈盯著他：「我們不是啊。」她壓低聲音，看著四周其他桌子。「桑提，我們原本結婚了。不要誤會我的意思，但就算我們年齡相當，我現在這個人也絕對不會嫁給你，」她往後坐，嚴格檢視著他，「我想你也不會，以你現在的身分不會。」

他聳聳肩：「細節。」

她一臉不敢相信地看著他，然後笑了起來。

「怎麼了？」

「我覺得自己以前跟你吵過這件事了。」

「我們大概以前全部都吵過了。」

「我們從來沒有吵過以前有沒有吵過這件事。」索菈點出來。

桑提微笑了：「我想是沒有。」

「有一件事永遠不會變，我一定會贏。」索菈心滿意足地說。

桑提抬手壓了壓自己的太陽穴，努力想釐清自己的思緒。「所以說妳的父母不記得。」

索菈搖搖頭：「我覺得其他人都不記得，只有你和我。」

桑提想起自己人生中的不變，他的母親、父親、奧瑞麗雅、傑米，以及愛洛伊絲——他的妻子、女友、前妻，他還記得上一次和她在一起時感到那股奇怪的寂寞感，每一刻對她來說都是全新的一刻，卻總有一股熟悉感啃噬著他。「為什麼只有我們？」他問索菈，「這是什麼意思？」

索菈看著他，好像已經等著跟他談論這件事等了幾十年，時間猛然校正了過來，他明白了她確實一直在等著。「好，我的理論是這樣，」她發表道，「我們快死了。」

桑提皺眉：「我們要死了？」

索菈用力點頭：「我們——我不知道，可能是發生車禍或者掉下橋梁什麼的，現在我們躺在醫院裡，大腦就只是——一次又一次上演著不同版本的人生。」她用手指模仿著大腦活動的樣子。

桑提輕輕抓住她的手放下。「如果這一切都發生在我們的大腦裡，為什麼會同時發生在我們兩人的大腦裡？」

索菈聳聳肩：「或許只是在我們其中一人的腦裡，或許你只是我想像出來的幻影，又或許我是你想像的，有關係嗎？」桑提第一次在她身上看到一種光彩，是他一開始沒有掌握到的邊緣型歇斯底里，他只一心想著她還是原來那個索菈，卻沒注意到其中的差異。這麼久的時間她一直獨自面對，對她造成了什麼影響？

「當然有關係，」他說，「我覺得我無法想像出妳來，我也知道我不是想像出來的。」

索菈翻了個白眼：「我當然可以想像到你這麼說。」看見他一臉不甚苟同的樣子，她說：「那好吧，天才，你的理論是什麼？」

在她問起之前，他都沒想過自己有什麼理論，但是似乎非常明顯，從他最近一次死亡便更新了最鮮明的記憶，他馬上就想到了。「或許我們已經死了。」

索菈做了個鬼臉：「那天堂是德國的一座小城市囉？」

「不是天堂。」

「地獄？」

他搖搖頭，他還無法訴諸於文字：他在這麼多次人生中都有這樣的感覺，有一股衝動要去達成他還不理解的目的。「我們回來了，」他說，「還是一樣卻又不一樣，每一次都有新的挑戰，可以讓我們變好或變壞的新方法。」他敲了敲桌子以強調自己所說的話。「一次又一次，我們都得到又一次機會。」

索菈張大了眼睛，桑提一時間還以為她認同他，打從骨子裡感到一股慶幸，他從來不明白的一種寂寞感終於有了緩解，他們是同在一起的。「你說的對，」她說，「我們總是能得到又一次機會，能將每一條路走遍的無數機會。」

桑提感覺胃裡一陣翻騰，他要開始永無止盡地往下掉落了。「不是，我不是在說這個，」他往前傾，「我是說有一條正確的路，我們必須找出來。」

索菈皺起鼻子：「正確是誰說了算？為什麼？」

「那就是我們必須找出來的答案，」他點點頭，擅自當她是同意了，「或許這是考驗的一部分，要找出這一切的意義。」

「是什麼意思？」索菈笑了，「意思是我們他媽的不會死，意思是我們永遠都不必因為做錯了選擇就此困住。」

經過這麼多次人生，他還是忘記了她的腦袋跟他的有多不一樣。「我覺得不是——」他才開口就被她打斷，她臉上閃耀著受到啟示的光芒。

「你現在這樣說我才終於明白了，你可以理解嗎？這就是我整個人生一直想要的，是我所有的人生，一個回頭的方法，能夠知道如果我做事的方法有所不同會是怎樣。」她感到不可思議地搖搖頭，「我一直都很害怕會選錯，現在我不只有一個選擇，我可以過著我想要的每種人生，去探索我可以成為的每一種版本。」

他開口時很謹慎：「妳控制不了發生在妳身上的每一件事。」

「也許不行，但是我記得所有事情出問題的方式，現在我可以從中學習，讓事情往正確的方向發展。」她傾身靠近桌子另一邊的他，眼裡燃起熊熊烈火，「我已經開始了，甚至在我記起來之前就開始了。我爸媽——你記得吧，我以前跟他們的關係很糟，但是我現在知道怎麼跟他們相處了，經過一次又一次的人生，我學會了。」她笑起來。「如果我可以學會這個，什麼都可以學會。」

桑提無法說明自己感覺到的驚恐，就像他們的存在一樣無窮無盡，不斷一步步往回追溯到一個他不記得的開端。索菈觸摸他的手：「嘿，怎麼了？你也可以這麼做，想想你的完美人生是什麼樣子——你完美的每一次人生，然後就能實現。」

他僵硬地搖搖頭：「完美的人生只能有一次。」

索菈從鼻子冷哼一聲：「說你自己吧，我一直都想要做每一件事、成為一切，為什麼我只能接受一個版本？為什麼不能所有人生都活一次？」

「我不能過那樣的人生，都是——都是片段。」他雙手抱頭，好像這麼做就能控制住即將滿溢而出的各個自我，不落下任何事情。「一切都要放在一起才合理，星星、時鐘——我們必須解釋清楚……」他抬起頭懇求著她，「肯定有什麼原因，肯定有什麼意義，就在這一切的核心某處。」

索菈看著他，情緒平穩而嚴肅。然後她的注意力換了地方，她看見他身後出現的景象時就注意到了，她深吸一口氣：「茱爾絲。」

桑提順著她的眼神看見那個匆匆從廣場另一頭跑過來的女孩。他記得她站在雨水潑打的窗戶另一邊哭泣；索菈在一張又一張照片中摟著她，好像在每段人生中都能這樣摟抱著她。

「每一次我們在一起，我好像都搞砸了，」索菈站起來，「但是現在我記得了，我不會犯同樣的錯誤，這次終於沒問題了。」

「索菈——」

她跑步追上茱爾絲，追著她的第一段完美人生。

桑提看著她離開，空的紅酒杯還留在桌上，他的那杯啤酒一口都沒喝，在低垂的秋日豔陽中閃閃發亮。在他所有人生中，他從來沒有感覺如此孤獨過。

第二部

消失的當下

索菈在茱爾絲懷裡睡著了，夏日午後的陽光穿過埃倫費爾德公寓灰撲撲的窗戶照了進來，嬰兒就睡在隔壁房間裡，讓她們能享有這片寶貴的寧靜綠洲。

索菈安撫住自己腦海中奔騰的思緒，讓自己專注在這樣的感受：擁有這樣的人生，也知道這樣有多好。過得快樂，也知道自己很快樂。或許是因為她記得所有其他人生的樣子，才有可能這樣——茱爾絲站在門口向她大吼大叫、茱爾絲在人馬酒吧的室外桌喝醉後大哭、茱爾絲罵她自私，沒辦法為了她身處的地方而開心。而如今，她在這裡。她將頭枕在茱爾絲胸前，茱爾絲的手則纏著她的頭髮，她想讓自己凍結在這一刻，她已經擁有永恆，難道就不能擁有此刻永恆嗎？

她知道答案。有一天這段人生會結束，她會繼續過下一段人生。她沉思著，自己會讓這一刻再次發生，用她經過了好幾輩子才淬鍊出的話語將茱爾絲迷得神魂顛倒。索菈已經成為茱爾絲專家，能夠精準掌握她的心情，為她培育出歡愉。

茱爾絲在睡夢中低聲喃喃又翻了個身，索菈心中閃過一絲疑慮，這不是她第一次嘗試，有時候她不管找了多久也找不到茱爾絲，有時候索菈自我的版本不對，太過沒耐心、太過憤怒或者太過憤世嫉俗，結果兩人無法走下去。有幾段人生中，她承受著所有一切自己無法掌控的事物，壓得她幾乎站不直身子。她微微抬起頭看著妻子的睡臉，即使她想辦法以相同的方式去做每一件事，再也無法得到與這次相差不多的結果了。

門鈴響了，刺耳得像是警鈴。

「我去開。」索菈親親茱爾絲的額頭，俐落離開她的懷抱走到對講機前，「哪位？」她之前從來不會先確認，但是現在出現一個全新的人要她們照顧，每個行動一環扣一環下去都能形塑歐斯卡的整個未來。

「我要來偷走妳的小孩。」桑提的聲音。這是最有力的證據，證明這是終點，而這段人生結束後又開始等待她的出現。

索菈深吸一口氣，調整過自己的觀點，重點是他在這段人生中是誰——他是她的朋友，第一次過來探望她的小孩。「上來吧。」她開心地說完後便按下開門鈕讓他進來。

他拿著一個購物袋走到門口。

「嘿小狼，」她一手接過袋子，另一手則在他靠過來吻她臉頰時擁抱他。「你真是天使。」她說著，看看袋子裡的東西：即食食品、點心零食，這是一整袋不用動手就能吃的食物。

「我媽才是天使，是她告訴我妳們現在真正需要的是什麼。多虧有她，不然我就要買義大利燉飯的材料來了。」

「他媽的感恩瑪麗亞。」她牽起他的手，「來吧，國王陛下可以接見你了。」

他們輕手輕腳走到那間老舊的空房間，索菈還是不太能夠把這裡當成育兒房看待。茱爾絲打了個呵欠，坐在嬰兒床旁邊，一根手指被抓在歐斯卡的小拳頭裡。

「看看他的棕色眼睛多漂亮。」桑提走進去時，茱爾絲放輕了聲音說。

索菈用手肘推推他：「我們知道那是誰的錯。」

桑提聳聳肩：「我跟妳們說過了，妳們應該循著匿名捐精的途徑，跟他們要檔案上最優秀的維京人基因。」

「你很完美，你知道的。」茱爾絲說完站起來，親吻他的臉頰，「誰要喝茶？」兩人都點點頭，但眼神都沒離開嬰兒。「他看起來好像愛絲特拉。」桑提思索著。

「噓。」索菈看向門口，不過茱爾絲還在廚房裡。

「真的。」他做的就是他一直在做的事：逼她承認這不是她唯一的人生。他們玩著這樣的遊戲，透過他們所知道的真相將這場陳年論戰顛倒了過來。

索菈伸手到嬰兒床裡讓歐斯卡抓住她的手指。「愛絲特拉的鼻子才不是長這樣。」她靜靜反駁道。桑提總是能獲勝，這是有原因的：他們的人生謎題就像一個謎團，她總是忍不住要回頭栽入。

桑提低聲笑了：「妳只是不願去想我們上次這麼做的時候。」

「有上一次？」茱爾絲說，她拿著茶回來了，「妳都沒跟我說過。」

索菈警告性地瞪了桑提一眼，他微笑著從茱爾絲手上接過馬克杯。「我們當然沒告訴妳，我們祕密的私生子是我們自己的事。」

「好吧，至少跟我說生日是什麼時候，」茱爾絲說完就坐在索菈身邊，「我想寄張賀卡。」

索菈笑了起來，既繃著神經也稍有放鬆，她將妻子拉進懷裡親了一下。

茱爾絲靠過去，嚴肅地戳了戳桑提的肩膀。「嘿，你，廚房裡那麼多東西，你實在太客氣了。」

桑提揮揮手要她別在意：「至少我還能為了我最喜歡的外甥做這些。」

茱爾絲一臉憂慮：「你不可能買得起這麼多東西。」

「他們給我的薪水夠了。」

「才沒有！他們只付給你最低薪資。」茱爾絲反駁道，「說到這裡，我老闆在找助理，薪水很爛，但是比你現在拿的要多，而且還有機會繼續升遷。」茱爾絲繼續靠近，逼得他不得不看著她。「這是你運用那顆資優腦袋的好機會，而不是在生產線工作麻木思考。」

他大笑著：「謝謝，但是——我已經有工作了，不只是為了賺錢過日子。」

茱爾絲揚起一邊眉毛：「喔，還真的是很神祕。」

「不容易，」桑提說，「要找到對的路。」他看向索菈，直到她偏過頭去。

桑提離開之後，茱爾絲在廚房餐桌前坐下，眉毛間又皺起小小的低谷，索菈最喜歡她這個地方，於是彎腰去親吻。「怎麼了？」

「桑提，」茱爾絲嘆口氣，「他看起來又是那麼瘦，妳看到他的毛衣了嗎？上面都是破洞。」

索菈眨眨眼：「我沒注意到。」她看見的桑提就是自己預期會看到的樣子，比較像是多重記憶中繪製而成的肖像，而不是現實中的模樣。「桑提沒事，」她說，「這是他自己的選擇，如果他需要幫忙就會開口。」

「會嗎？」

「他已經問過了，記得嗎？不然我們也不會落得要幫他照顧這隻惡貓。」

「她不是惡貓。」似乎是要證明茱爾絲說錯了，貓兒選擇在這一刻跳上桌面，差點撞倒她的茶。「天啊，小費莉！」

索菈揉了揉貓，看著她碧綠的雙眼。「很抱歉，妳的主人發瘋了，但是不要擔心，我們會照顧妳。」小費莉蹭著她的指關節，發出一聲帶著責備意味的輕柔喵叫。

「我只是擔心他，」茱爾絲說完用手托著下巴，「那份工作在摧殘他，而且他一有空閒，不是在做志工就是在那個筆記本裡塗塗寫寫，到底是在寫什麼？」

索菈看著妻子，在這種時候想要告訴她的欲望幾乎要將索菈吞沒。我已經等妳等了好幾輩子。但是這樣就表示也要說出她們在一起的其他人生，說出那些不合適的版本，她不想讓茱爾絲知道其他那些，只要知道這次就好。

「誰知道呢，」她說，「萬物理論吧。」

她有一個月沒見到桑提了，她已經習慣他會消失幾個禮拜然後再出現，帶著滿腦子問題還有一個寫滿筆記與塗鴉的筆記本。她不太確定他離開自己時都在做什麼，大多數時間她整副身心都投在茱爾絲與歐斯卡身上，根本無暇好奇，只是有時候她會有所感覺，就像體內有股搔癢，是她體內一直想要外出探索的那一部分在刺痛著。下一次吧，她告訴自己，她不急，她的生命已經不再受到出生及死亡束縛，或許已經完全不受任何束縛。

她在凌晨兩點起床餵歐斯卡，這時門鈴響了，她拿起話筒：「桑提，現在是凌晨兩點。」

「我知道，我可以上去嗎？」

「怎麼了？」她打開門時問，「你被趕出來了嗎？」

「妳是怎麼死的？」

索菈眨眨眼：「你說什麼？」

「我是妳的老師那一輩子，我在妳離開後一年就死於心臟病發，妳是怎麼死的？」

「你小聲一點！」索菈抓著他的手臂將他拉進廚房，桑提拿出自己的菸草袋開始捲香菸。「你最好不是打算在這裡抽菸。」

他瞥了她一眼：「當然不是。別拖時間了，告訴我。」

索菈抱起歐斯卡一起坐在椅子上。「我八歲時出意外過世了，」她說，「在新學校的第一個學期，我想我父母也是活該，誰叫他們要讓我搬家。還記得那輛掉進河裡的地面纜車嗎？」

桑提點點頭。

「我在裡面。」

他抬起頭，這話引起了他的注意。「妳是溺斃的？」

「對，我絕對不想再試一次那樣死掉了。」無法否認，能夠談論這件事情讓她鬆了一口氣。她看著桑提捲好那根菸，然後從破爛外套中拿出他的記憶筆記本。「茱爾絲才在問你一直在筆記本裡寫什麼，你最好永遠不要讓她看到。」他沒理會她，筆記本這一頁上畫著整齊的網格，他正忙著將她剛剛告訴他的話寫進其中一格。「你的字跡不一樣了。」索菈說著，手指摸著往前傾的斜體字，好像寫下這些文字的速度還不夠快，無法傳達出訊息，「我想這也不意外，你的個性都不一樣了。」

「筆跡學是偽科學。」他咕噥道。

索菈微笑著：「所以你還是堅持只有一個桑提的想法？是永恆當中的不變？」

他沒有回答，她伸出自己空著的手去拿筆記本，想不到他居然把筆記本推過去給她。她一頁頁翻過，看著他們兩人無數個不斷出現的版本：警察搭檔，煙火在他們頭頂綻放出光圈；在沙灘上追逐兩人搖擺身影的青少年。他畫得越來越好了，她還記得以前他畫畫時下筆還帶著猶豫、不太確定，現在幾乎是大師手筆，她想他一定花了很多時間練習。

「我一直在想，如果我全部畫出來就可以找出模式，」桑提說，「找出哪一個是真的。」

「哪一個是真的？」她直盯著他，「桑提，全部都是真的，或者全都不是真的，不要想在碎玻璃裡一個個找出鑽石。」

他迎向她的眼神，雙眼透露出疲憊。「我不懂，妳真的就此滿足了而不去問為什麼嗎？」

索菈咬咬脣，她想要告訴他那些夜晚的事，她會醒來後幻想出星星在她和茱爾絲的臥房天花板上飛掠而過，展示出她記得的所有星座。但是她懷裡的歐斯卡很溫暖，茱爾絲就睡在不到幾公尺遠的地方，終於是屬於她的了。「如果我問了為什麼，」她放輕了聲音說，「就會失去這一切。」

桑提搖搖頭：「我想還不僅如此，我想妳是害怕了。」

索菈冷哼一聲：「是嗎？我害怕什麼？」

「怕我是對的，這就是一場考驗，需要我們身上的某個東西，而或許那是我們不想給予的東西。」

「我想是你怕了，」索菈回嘴，「你不敢面對，這一切可能什麼意義也沒有，這只是宇宙出了某種錯誤。」她降低音量，抱著歐斯卡的手換了個姿勢。「你一直想要通過這場考驗、走上正確的道路，都已經好幾輩子了，結果你得到了什麼？」

他們狠狠瞪著對方，這時小費莉跳上來擋在他們之間，桑提漫不經心地摸摸她。

「妳覺得她記得嗎？」

索菈揉了揉小貓一身柔軟的黑毛：「或許小費莉就是這一切的關鍵。」

他離開的時候，索菈將一副備用鑰匙塞到他手裡。「下次不用按鈴了。」

他親吻她的臉頰後就消失了。

兩個月後，索菈正把歐斯卡的照片用電子郵件寄給她父母，這時聽見有人用鑰匙開門。「妳回來得好早。」她喊著，以為是茱爾絲。

「那妳是我博士論文指導教授的那次呢？」

「也很高興見到你。」桑提走進客廳時索菈打了招呼，「我想又是問怎麼死的吧？」

他點點頭在沙發坐下，打開記憶筆記本。

索菈的思緒回到了那段人生的刺骨寂寞中：「躺在床上老死，或者我想是這樣。當然，也有可能是殺手闖了進來，趁我熟睡時殺了我。」她看著桑提在筆記本上振筆疾書：「那你呢？」

「中風，」他說話時也沒停下來，「我那時才三十五歲。」

「你真的運氣有夠好的，是吧？」她在他身邊坐下，「你寫下這一切打算做什麼？」

「我就快找到什麼了，」他抓了抓自己的鬍渣，抬起頭睜大眼睛看著她，「如果說，每次我們死去都是因為我們注定要死呢？」

她花了好一會兒才理解，喉嚨哽了一下：「不好意思喔，我們又要開始討論命運這個問題了嗎？我還以為我們這整個情況已經讓命運的概念顯得多餘了。」

「我說過了，妳不能再把每一次人生當成是獨立的，要看大局、要看整體。」他大大張開雙臂，好像光用話語還不足以表達他的論點。「我們做搭檔在追捕那個持刀男子的時候，妳記得我曾經爬上鐘樓而死亡，於是妳阻止了我想要救我，但是我還是死了。」他拍了拍沙發扶手來強調自己的話，「因為我注定要死。」

「我不……」索菈苦惱地閉上雙眼，「到底要怎麼才能證明這個理論有問題？」

他茫然看著她，好像她問錯問題了。而在那一瞬間，索菈看到了茱爾絲眼中的他：瘦得令人擔心、穿著老舊又骯髒的衣服、眼下深深的黑眼圈。她嘆口氣：「桑提，看看你自己，幾乎都沒辦法過日子了，睡眠時間比我還少，我還要照顧三個月大的嬰兒呢。」她伸出一手搭著他的手臂：「你要好好照顧自己。」

「就像妳這樣？」

索菈盯著他：「你是什麼意思？」

桑提猶豫了一下，彷彿是不想要開始這樣的對話。「我們知道這件事情是有原因的，」他終於說，「結果妳用來做什麼？欺騙了茱爾絲，讓她想要跟妳在一起，利用她所沒有的記憶讓妳自己看起來變得更好了。」

「你說什麼？」索菈往後退。

「我是說——」桑提才開口，就傳來茱爾絲拿鑰匙開門鎖的聲音。

兩人都靜止不動。

「注意你的表情，」索菈站起身時小聲警告著，「她會以為我們兩人有一腿。」

茱爾絲進了門。「嗨，親愛的。」她說完，索菈便伸手將她拉進懷裡親吻。茱爾絲笑了：「這是怎麼了？」

「只是想迎接我最愛的太太。」索菈努力讓說話的聲音保持正常。

茱爾絲寵溺地看了她一眼：「跟妳之前所有的太太比起來是最愛的嗎？」

「對。」索菈毫無猶豫地回答。

「好吧。」茱爾絲皺起眉仔細看著她的臉，為什麼她非得這樣觀察入微？「妳最愛的太太要很快地去沖個澡。嗨，桑提。」她對索菈背後的桑提揮揮手說。

「嗨。」他說話時眼裡透露出心碎。

索菈放開茱爾絲，在浴室門關上時又坐回到沙發上。「抱歉，你剛剛正忙著說我在利用我太太？」

桑提揉揉眼睛：「算了。」

「不行，你已經說了就不能再收回去。」索菈捏了捏自己的額頭，「我只是想確認自己聽懂了，占著空房子住然後——然後在筆記本裡塗塗寫寫是正確的道路，而我跟茱爾絲組織家庭就不是？」她瞪著他，憤怒到差點要笑了：「你過活的方式很自私，桑提，你認為自己是英雄，是犧牲了自身享受的高貴烈士好讓別人覺得你有價值，但你知道嗎？這樣的你成了爛朋友，我和茱爾絲老是在擔心你，你可憐的媽媽——」

他的臉上沒了表情：「至少我努力在做的不只是想要讓自己盡可能幸福。」

「你根本沒聽進去，」索菈無力地舉起雙手，「你總是最清楚是吧？拜託，你就當了我爸爸一次——」

「而妳還是一副我指導教授的樣子。」桑提瞪著她，他很少出現這樣的怒氣，就像在他一貫的平和態度刻下一道明顯的疤痕。她記得他是她哥哥的時候，一天晚上她發現他在車庫裡把一台舊洗衣機踹個稀巴爛。

他吐了口氣：「那下一次呢？妳會怎麼做？」

「我告訴過你了，我什麼都想做，什麼都可以，或許我會加入馬戲團，或許我會賺大錢在羅登科興區買間豪宅，或許我終於可以成為太空人。」她觀察著他的表情，「怎麼，這你也不贊成嗎？」

他搖搖頭：「如果我們不搞懂，這一切就沒有意義。」

索菈笑了，桑提耐著性子忍受她的笑聲，一如往常。她討厭自己記得這點。「為什麼是由你決定什麼事情有什麼意義、什麼沒有？」

桑提站起來：「妳這個樣子跟妳談也沒有用。」

「什麼樣子？」索菈因氣憤而感到冰冷，「你不能就這樣闖進來然後跟我說我的人生沒有意義。」

桑提走到房間另一頭：「我來告訴妳妳不能做什麼。」

「你他媽的小聲一點。」她警告道。

但是他根本沒在聽，轉身面對她時眼中閃爍。「妳不能在我的事情上畫條線，說我就想要你的這麼多，再多就不用了。我們不只是這樣，索菈，我們對於彼此的分量都太重了。」她必須阻止他，讓他閉嘴，可是他就像颶風那樣純粹而打斷不了。「妳不能把我當成自己完美人生中的裝飾品，在妳方便的時候要我閉嘴，等妳無聊了才聽我說話。」

她討厭他能看透她腦裡的想法，說出她根本不敢對自己承認的話。「我不是覺得無聊。」

「騙人，」他啐了一口，「妳跟我一樣，妳想要知道，妳想要理解，妳想要去追尋、尋找，然後——然後接觸到自己無法解釋的，而不是——埋起自己躲著不見。」他正對著她大吼大叫，但她不願退縮。「為什麼妳要假裝成別人？」

索菈瞪著他，她不能說。因為茱爾絲需要我成為這樣的人，她不知道這念頭是哪裡來的，要到別處尋找的信念以及與茱爾絲廝守，基本上就無法共存：既然她放棄了另一個就只能擁有一個。

「發生什麼事？」

索菈轉過身，心臟差點從嘴裡跳出來，她不知道茱爾絲在那裡站了多久，她身上還圍著浴巾滴著水。

「操。」索菈慌了，往門口走去，「我得走了。」

「去哪裡？」茱爾絲伸手拉住她，「我們可以談談嗎？」

索菈甩開她的手，穿上靴子。「根據可靠消息指出，我這個樣子的時候跟我談也沒用。」

茱爾絲站在原地發著抖，肩膀上結著水珠，她臉上掛著遭到刺痛而警惕的表情，索菈實在太熟悉了，一切都要完蛋時她就會出現這副表情。「索菈，拜託——」

索菈在門口逗留了一下，她這一生只有一項計畫：茱爾絲比什麼都重要，但是她不能留在這裡，掛在桑提已經在他們人生中撕開的裂口邊上繼續拉扯。她快步走下樓梯，淹沒在腳步聲的回音裡：一百階梯級層層堆疊在彼此之上，而她要一口氣跑下去。她衝到大街上，燈塔直指著天空就像在指責著什麼，如今這一切在她眼裡似乎都不對勁了，她一直想盡辦法要將這座城市視為真實，它卻在她眼前崩解成了碎片。

「索菈！」

她回頭一看，桑提正追著她過來了，她拐彎躲進一條小路，再出現在主街時旁邊就是公園邊上的那座清真寺，高聳的玻璃窗映照出一百個破碎的自我。她一直往前跑，好像這麼做就能將所有自我拋諸腦後。

桑提在他們曾經結婚的那座教堂裡找到她，教堂的門一吱呀打開，她就知道是他。她沒有轉身，只是一直盯著眼前的祭壇，盯著掛在她眼前、毫無表情的基督。她的眼角餘光瞥見桑提的腳步停在走道上，他在身上畫了個十字。

「我以為你絕對不會來這裡找我。」她說。

他滑進長椅坐在她身邊：「所以我最先來這裡。」

索菈嘆口氣：「茱爾絲還好嗎？」

他搖搖頭。

索菈不必再問下去。她咬咬指甲嚐到苦味，那是她擦在指甲上好讓自己戒掉這個壞習慣的。「我終於搞懂她了，終於知道我該怎麼做、怎麼讓她留下。這次我沒有搞砸，是你害的。」她就像溺水的人一樣吸了一大口氣，「你告訴她了嗎？」

「沒有。」他輕聲說。

索菈盯著搖曳的燭光，瞇起眼睛直到燭火爆出火花，跟她眼角感受到的光亮融在一起。她還記得自己穿著血紅色禮服走在這條走道上，桑提在祭壇處等著她。那個她和這個她之間的差距實在太大，足以讓她掉入當中的裂縫而消失。

「妳是我女兒的時候……」桑提開了口。

索菈做好準備要聽取一些明智的建議：「怎樣？」

「妳還記得我們怎麼死的嗎？」

「我當然記得。」索菈環抱自己靠著長椅的硬椅背。「我們在車上，車子在結冰的路面上打滑，然後——」她一陣顫抖，再次感受到那股噁心而令人無法想像的疼痛，「你先死了，我一個人待在車裡有半小時。」那個自我所感受到的苦楚再次湧現，就像心懷報復的鬼魂糾纏著她。「你答應過永遠不會拋下我，但你還是走了。」

他看著她的眼神充滿悲憫：「我回來了。」

她挖苦著：「變成我討厭的雙胞胎。」

「是哥哥。」

她翻個白眼：「才早半小時——」

他們盯著彼此，她不發一語伸出手要拿他的筆記本，他翻到對應的那一頁後交給她，她的眼睛在網格的各個點上游移。「都對上了，」她說，「都是一樣的，你先死，下一次你的年紀比較大；我先死，就是我的年紀大；我們同時死去，回來時同樣年紀。」她迎向桑提的雙眼，這項發現讓她全身戰慄不已。

「我就知道，」桑提說，「我知道其中有意義。」

索菈的喜悅來得快去得也快，她癱坐在長椅上，把筆記本還給桑提。「那又怎樣？我們還是會死，就算下次你年紀比較大或者我比較大，有什麼意義嗎？」她正想要咬指甲，於是把手塞到大腿底下好阻止自己，「只要我跟茱爾絲同樣年紀，我就不在乎。」

「我以為一直都是這樣。」

「不完全是，她比我小一歲。」索菈微笑著，「她總是說肯定是系統哪裡出了錯，因為她顯然比較成熟。」

桑提遲疑了一會兒才開口。「我之前想要說的是，我的意思不是——」然後又說，「不該由我告訴妳怎麼過日子。」

索菈冷哼一聲：「你大可以糊弄我。」

「但是有一件事我想是真的，妳和茱爾絲的關係是建立在妳所擁有而她沒有的知識上，這樣不公平，我想妳也知道。」

索菈偏過頭去，心裡迸開了一種虛空感，是她無法承受的寂寞。「我只是想跟她在一起。」她悲傷地說。

「那就跟她在一起，」桑提說，「可是妳必須誠實，對她誠實，也對妳自己誠實。」

他站起來，索菈看著他伸出手，感覺那是一個選擇，但其實並不是，她和茱爾絲在一起的人生一直都像是躲在玻璃箱裡，現在她必須讓兩人離開這個箱子，看看她們是否能利用這些玻璃碎片重新做出什麼。

「我確實想知道為什麼，」她說，「你以為我不再抱持疑問，其實不是那樣，只是——等我沒什麼好失去的時候再來找我。」

桑提認真看著她：「我會的。」

她握住他的手，讓他拉著自己站起來。「或許我們兩人只是瘋了，」他們走在走道上時，頭頂上就是黯淡的彩繪玻璃，她開口說道，「關在某個地方的小房間裡，夢想著其他人生。」

他們走出教堂迎向夏夜，穿過舊城區往回走到埃倫費爾德。兩人穿越公園時索拉抬起頭看，星星閃耀著的光芒看起來有些虛假，就像是將燈光嵌在太低的天花板上。「我還記得自己有多害怕，」她對桑提說，「就是我第一次發現星星變了的時候。」

他跟著她的眼神往上看。「我害怕的不是星星變了，」他說，「我怕的是星星停止了改變。」

「什麼？」索菈瞇起眼睛，努力想將這片四散的燈光和自己記憶中無數張星圖對應起來。「什麼時候的事？」

「已經有好幾段人生都是一樣的星星了。」

她看著他，認真想搞清楚他是不是想跟她玩什麼花樣，但是她了解這輩子的桑提，他不會開玩笑，不會拿這件事開玩笑。

「我想我已經不再看星星了。」她說。

他的沉默就足以回答一切。

索菈嘆氣說：「那你告訴我，這是什麼意思？」

桑提聳聳肩：「代表了一切。」

她嗤之以鼻：「完全就是你會說的話，而且我認識很多版本的你，我這樣說絕對有保證。」她眨眨眼，星星就消失了，然後又出現，毫無動搖而靜待著。「你覺得為什麼我們一直沒能上去那裡？」

桑提看看星星又看著她，揚起開心的笑容。「沒什麼永遠做不到的，」他說，「對我們來說不是。」

索菈聽完打了個冷顫，既是害怕又感到安慰，知道這不是他們最後一次機會。她笑了起來，全身感覺到一股陌生的荒謬感。

「怎麼了？」

「你知道我現在需要什麼嗎？」她看著他，他那雙充滿困擾的眼睛從來沒有真正回望著她，一直緊盯著永遠。「朋友，就像你在這一輩子應該要做的，而不是——不管我們在大局裡到底他媽的是什麼，你能不能就——就為我當個朋友？這一次就好？」

他的眼睛在天空上逗留了一會兒，然後向她伸出手臂。「來吧，」他說，「我送妳回家。」

索菈回到家的時候，茱爾絲正在等她。

索菈站在門邊，或許現在就是她搞砸的時候，茱爾絲會走出去再也不回家。她可以坦然接受，就像閉上眼睛往下掉落；或者她可以奮起抵抗，堅持不受地心引力的控制而一路飛向星星。

「對不起，」她說，「我不應該離開，我應該留下來跟妳談談。」

茱爾絲沒有說話，索菈感覺到一股不安，以為她的妻子能夠看透她的內心，撥開一層層遮掩、一種種版本，觸到她內在的空虛。

「桑提說的是真的嗎？」茱爾絲問，「他說妳是假裝的？因為——如果妳真的覺得自己無路可走、如果妳想要別的東西，我……」她搖搖頭，擦掉眼角的淚水。

索菈輕輕捏著茱爾絲的下巴，抬起她的臉好看著她。「這一切就是我想要的。」她說話的語氣帶著毫無保留的堅定，對當下這一刻這個版本的她而言，千真萬確。

茱爾絲將她攬進懷裡嘆了口氣。「妳還要跟我在一起嗎？」她問。

索菈給她一個深吻：「一直都要。」

她們做愛了，這是歐斯卡出生後第一次。在這之後索菈躺在茱爾絲懷裡，她想要哭卻沒有，她從來不哭，經過了一生又一生，她總是只感覺到喉嚨後方的燒灼感、眼睛發乾，就像她丟失了體內某個重要的部分。

茱爾絲伸出手指糾纏著索菈的頭髮，她染了一頭亮橘色頭髮，只是因為一直沒有時間補染才讓髮根露了餡。「怎麼了親愛的？」

索菈看著她，那是她已經認識了好幾輩子的臉，而那雙眼卻只認識這個版本的她。桑提說得對：這樣不公平，對茱爾絲來說，那些人生從來沒有發生過，又叫她怎麼原諒索菈過去曾辜負她的一切？

「我有事情必須告訴妳。」索菈說。

茱爾絲躺在枕頭上翻過來側躺著：「什麼事？」

索菈閉上眼睛。「我不記得是怎麼開始的了，」她說，「我不知道是什麼時候開始的，或者到底有沒有個開端，但是對我來說一直都是這個樣子。」

她把一切都告訴了茱爾絲，跟某個不是桑提的人分享這件事讓她感到一股奇異的輕鬆，她可以像說故事一樣說出來，不會遭到打斷，也不必聽他用自己的觀點來打擾她的想法。她全程都閉著雙眼，不敢看著茱爾絲的臉。

她說完後等著茱爾絲說話，但是只聽見她在床上有了動靜。她睜開眼睛，茱爾絲坐了起來，背對著她。

「茱爾絲，」第一刀恐慌捅到了她身上，「說點什麼吧。」

茱爾絲沒有動。索菈也坐起來，抓著她的肩膀將她轉過來。茱爾絲盯著她，並沒有生氣，比生氣更糟：她的臉上沒有表情，只是困惑。她溫柔地拉開索菈的手：「我不知道要說什麼。」她站起來開始穿衣服。

索菈的心臟都停了，她還記得那天晚上自己正努力要穿過慶祝新年的人群，桑提正跟她說起自己和愛洛伊絲的事，我想跟她解釋我的感覺，她跟我說她不知道該說什麼，接著她就走了。

「茱爾絲。」她跟著妻子走出臥室進到育兒房，茱爾絲將歐斯卡抱起來包好放進背帶。「妳不會——」索菈想要說些什麼，「妳不能——」

茱爾絲心碎地看著她：「我不能讓他跟妳在一起，妳不是妳自己。」

索菈忍不住了，她開始大笑，每吸一口氣都是如此痛苦，就像生產的疼痛般折磨著她。「那我是誰？」她跟著茱爾絲進到廁所，又退出到走廊上，走向公寓門口，「拜託，茱爾絲，告訴我我是誰。」

茱爾絲搖搖頭，走出大門後關上門。

索菈大口喘著氣，她又要溺死了，冰冷的水一直將她往下拉。她咒罵幾聲，穿好衣服後就跑下樓梯，急忙摸出手機好打電話給桑提。

他馬上就接了電話，她已經不知道他到底有沒有睡覺了。「茱爾絲，」她一邊走下最後一道階梯一邊說，「她走了，都是你的錯，你得過來搞定這件事，你一定要——」

「索菈，慢一點，」她討厭他的聲音聽起來如此平靜，「妳在哪裡？」

「在公寓，你一定要來，她——」索菈看見茱爾絲已經在車上了，歐斯卡坐在後座的安全座椅上扣好了安全帶，於是掛了電話。汽車引擎啟動，索菈停住腳步無法動彈，然後她做了決定，跑向她的腳踏車。實在很荒謬，她絕對追不上的，但是另一個選擇是站在原地，看著她所知道最棒的人生就這樣一步步離去，彷彿從來沒有存在過，這樣的選擇根本不必選。

五分鐘後，索菈躺在水溝裡，全身因疼痛和憤怒而顫抖著。

「是你叫我這麼做的，」她說話時從齒縫間迸出痛苦的笑聲，「你跟我說如果想要跟茱爾絲在一起就必須告訴她真相，然後她就走了，你早就知道她會離開，就像愛洛伊絲那樣，你早就知道我會追過去，你大概也知道會有一台該死的卡車他媽的撞上我，你早就都知道了對嗎？」

當然桑提就在那裡，站在她那台扭曲變形的腳踏車殘骸之外，在她漸漸縮小的視線範圍邊緣可以看見救護人員忙進忙出，就像橘色蒼蠅一樣。「撐住。」他說。

「你錯了，」她大口喘著氣對他說，「這樣不對勁，我不應該現在就死，我應該要活著、和茱爾絲相愛、把歐斯卡撫養長大，然後喝茶浪費時間，然後——喔天啊，好痛，茱爾絲呢？」

「她要過來了，索菈，她帶著歐斯卡，妳要撐住。」

「撐住，」她重複了一次，「我本來就是努力要這樣做。」她的世界正在消逝，就像不斷融化的蠟燭火光一樣忽明忽暗。「我甚至沒能跟他們說再見，也太不公平了吧？」

他的聲音在發抖：「妳下一次會見到他們的。」

「不會，見不到了，她不會是同樣的茱爾絲，我不會是同樣的索菈，歐斯卡甚至不會存在——」呼吸也很疼痛，但是她不想讓他說出最後的結論，「你應該認為我現在已經習慣死亡了，但感覺還是很可怕。」

他握住她的手用力捏了捏，他哭了，當然哭了，他永遠都會為了她哭，而她永遠也不會為了他哭。「我會照顧他們。」他說。

她笑了，只是這麼做帶來的疼痛超出她的想像。「去你的。」她說話時已經用上了自己最誠懇的語氣。她現在懂了，在一波又一波的疼痛中她領悟到了：她因為他才做出的選擇、她的人生是如何圍繞著他而改變。「是你，」她憤恨地吐出這些話，「問題就是你，是你擋住了我的路。」

「索菈，」他說，痛苦從他身上溢了出來，「我們會談談這件事，下一次我會找到妳。」

警笛聲響起彷彿野鳥的啼叫，索菈縮起自己的身體，掀動著嘴脣吐出她要對他說的最後一句話：「我永遠也不想看到你。」

真的永遠不見

桑提在玻璃上看見自己的倒影，拉起兜帽又小心翼翼的樣子，接著他敲碎了玻璃，將袖子拉長包住手掌後伸進玻璃窗的破口打開窗戶，將窗台上的碎片掃乾淨，這樣才能爬進去。他跳進去後伏低身體，等著玻璃破碎的聲響慢慢趨於沉寂，等到確定除了自己以外沒有別人之後才站直起來，站在大學校友聯絡辦公室的寧靜夜色中。這間辦公室裡滿布灰塵，堆滿了舊電腦和檔案櫃，而他在某個地方就能找到索菈。

自從他六個月前抵達科隆後就一直在搜尋她的下落，這次他不是搭火車來的，而是展開一段漫長拖沓的徒步旅行橫跨歐洲，搭著陌生人的車，坐在副駕駛座上逃離他在西班牙留下的一堆爛攤子。他並不打算將科隆當成終點，只是自己旅程中的一站，但是他一看見這座城市的天際線，不知為何就落下淚來。

開車載他一程的人對他投來手足無措的同情眼神：「老兄，你外出旅行很久了吧？」

「大概吧。」不過隨著城市街景包圍著他，桑提卻總甩不開一種感覺，好像自己其實從來沒有去過其他地方。

駕駛讓桑提在火車總站下車，他往外走到了教堂廣場上，片段、片段的回憶漸漸回到他腦中，就像用壞掉的耳機聽到的旋律。他坐在階梯上在筆記本勾勒出雙子尖塔。他在結著寒霜的清晨匆匆走出車站，仰頭喝下最後一口咖啡並前往警察局。他還是不太明白怎麼回事，這時一個穿著藍色外套的男人朝著他過來，並碰觸他的手臂：「你到了。」

桑提盯著他，他一臉神思不寧，微風吹起他互相糾結著的長髮。桑提總忍不住認為這個男人是透明的：如果他努力盯著看，就能看透這個人，看清他所代表的意義。

「你到了。」男人又說。

桑提抬頭看著教堂。「我來了。」他覆述一次，這句話飄過他的腦海逐漸凝結成具體的影像，成了寫在牆上的明顯大寫字體。文字動了一下。不是我，是我們。

索菈，他最後一次看到她的時候，她因疼痛而大口喘氣，緊緊抓著他的手，牢牢攀附著她無論如何都不想離開的那段人生。

藍外套的男人正要走開。「等等，」桑提在他背後叫著，「索菈在哪裡？」

男人看著桑提，彷彿聽不懂這個問題。「這裡。」他說。

桑提跑過舊城區時一邊思考著這件事，腦中不斷閃現過往的生與死，想要找出重要的那一段人生。上一次他比索菈多活了四十五年，他現在三十五歲，那她肯定是八十歲了。上帝啊，保佑她還活著。他加快腳步，她最後對他說的那句話深深烙印在他腦海：我永遠也不想看到你。

他並不真的認為這是她的真心話，可是他到了人馬酒吧時卻發現她不在那裡，他站在酒吧裡一次又一次掃視每張桌子，尋找著一個擁有索菈雙眼的老婦人。

「請問需要什麼嗎？」

還是那個熟悉的布莉姬塔，彷若鬼魂一般，桑提鬆了一口氣靠近她，她卻舉起雙手往後退。

「抱歉，」他說著，攥緊拳頭，「我在找人，她——她是這裡的常客，年紀比較大、個子很高、講話有英國口音，她的頭髮——她可能染了顏色。」

布莉姬塔搖搖頭：「我沒見過符合你描述的人。」

桑提離開酒吧時看著廣場另一頭，他笑了。鐘樓上有人用粗黑的字體寫下字，那是索菈留下的訊息：**真的永遠不見**。

這樣應該足以讓他相信她是說真的，但是叫他走開的訊息仍然是訊息：她選擇寫下這句話，知道他會讀到。他忍不住將之視為一場挑戰。

這場挑戰讓他來到這間黑暗的辦公室，風穿過破窗吹了進來，將紙張都吹落地板。走廊上有點動靜，桑提身體緊貼著牆，心臟跳得有如擂鼓。他還記得自己在其他人生中個性冷靜、有自信，整個人都腳踏實地，現在他卻像是他母親的編織毯一樣散成一片，一聽到什麼聲音就會有毛線鬆脫開來。他淺淺呼吸著，努力讓自己受到控制——不是自己的力量，而是來自某種東西的控制力，他也已經不知道該不該稱之為上帝。

他先是想辦法從正當途徑做這件事，這半年以來他不斷徘徊在奧德賽探險博物館、藝術電影院、LGBT活動中心、埃倫費爾德的土耳其咖啡館、比利時區的刺青店等等，這些地方都向他訴說著索菈，都是她可能留下線索的地方，結果卻是徒勞無功，在絕望之下他決定到大學來。

「我想要聯絡某個人，」他說，「她六十年前可能是這裡的學生。」

戴著眼鏡的櫃檯人員看著他：「您知道對方的名字嗎？」

「索菈．利許科瓦。」大聲說出她的名字就像是開口祈禱一樣，他拼寫出來之後，想起她的手如何一個字母、一個字母將之刻寫在鐘樓上，那是好幾輩子之前的事了。

櫃檯人員皺眉：「抱歉，沒有查到。」

當然了，如果她要躲他，第一件要做的事情就是改名字。「我能不能——我能不能看看照片？如果我看到她就能認出來，我就可以——」

櫃檯人員上下打量著他：穿著舊衣服、操外國口音、雙手發抖。「抱歉，您是我們大學的校友嗎？」桑提搖搖頭。這次不是。「那麼我恐怕幫不上忙，我們必須保護校友的隱私，相信您也能理解。」

於是他離開了，等到晚上再破窗進來，他已經注意到有可能從這裡進入。這一輩子當罪犯的習慣很難戒掉。現在他坐在電腦前，螢幕上跳出登入訊息，另一段人生中，他在這裡工作——在工程系念書時的暑期打工。他好希望他能擁有那個自我的專注力和敏捷思考，為什麼即使他記得自己曾經是其他樣子，卻仍無法逼迫自己改變？在他抵達這裡的頭幾週，能夠記得過往幾乎讓他鬆了一口氣，他在這一生一直都十分迷惘：出獄十年了，但過去失敗的各種行徑仍糾纏著他，而知道自己並非一直都是這個樣子，感覺就像得到一份禮物。可是現在感覺更像是一種詛咒，他的記憶中充斥著更優秀的自己，他卻永遠也做不到。

他回想起讓他來到這裡的一連串決定，年輕時偷東西想討女孩子歡心、結識了一群壞朋友、冒險幹下越來越大的勾當，直到讓他鋃鐺入獄的那一次。他盲目做下決定，卻沒有懷抱著好幾輩子以來已經在他心中根深柢固的信念，那就是他和索菈如何過人生非常重要。他忍不住怨恨起其中的不公平，在他回想起多段人生的記憶之前，生活就已經將他塑造成了自己無法改變的形狀，他又要如何尋找正確的道路？

桑提，專心。他想像著索菈的聲音，她穩定的手按著他的肩膀。登入頁面仍亮著，等待他鍵入密碼，以前的密碼是heimweh（譯按：德文「思鄉」的意思），還可以用。他搖搖頭，找出六十年前在學的校友檔案，他一頁頁翻下去，眼睛不時瞄著辦公室門上的玻璃窗，注意燈光變化和動靜。他差一點就要跳過她，趕快又往回看，她出現了：螢幕右上方一張低解析度的照片。

「珍．史密斯。」他讀著螢幕上寫的名字，忍不住大笑出聲，那是她曾經開玩笑說要這樣自我介紹的名字，在他娶了她的那一生中也猜她是這個名字。她大可以選其他名字，這證實了他看見她那段訊息後浮現的第一個念頭：一部分的她也希望被找到。

他瀏覽她的紀錄，他記得自己曾經能夠毫不費力地掃描閱讀這類資訊，不過現在他的頭腦不停震盪著，思緒不斷跳來跳去。他看見她在大學部選修的課程，沒一個是他熟悉的：文學、經濟學、戲劇。有一條最近更新的訊息是一個地址，還有一個電話號碼和註記寫著：固定捐贈人——保持聯絡！

他雙手顫抖著拿出他的記憶筆記本，寫下那個電話號碼和地址：在羅登科興區，是富人聚集的南邊住宅區，旁邊有河流經過。桑提從來不認識住在那裡的索菈。他又聽見她的聲音，低沉而語帶譏諷地說：或許我會賺大錢，在羅登科興區買間豪宅。又是她留給他的線索。他低頭盯著自己寫在一片塗鴉中的地址，想著這樣的奇蹟，得努力壓抑自己的笑聲：無法解釋的虛幻念頭有了實體、想像出來的東西成為現實。

辦公室大門的窗戶閃進一道光，他咒罵一聲。他才剛把記憶筆記本塞進夾克裡，警衛已經在打開門鎖，現在要從窗戶出去太遲了。桑提無聲祈禱著希望出現奇蹟，他直衝向警衛想要把他撞倒，結果警衛側身躲開了，桑提還沒來得及改變方向便要撞到牆上了。結果沒有，他穿過了牆，乾淨俐落地通過，從存在的實體變成不存在的，然後又恢復了。

他發現自己在外面，腳下踩著草地，頭頂就是樹林和夜空。他既驚訝又驚恐地大口喘氣，然後抬頭看：又是同樣的星星，明亮而不變，綻放出光芒。

桑提住在河流另一側的卡爾克區一間潮濕公寓裡，隔天早上他撥通了那個電話號碼，在他聽著等待接通的電子律動聲時，公寓裡的灰色窗簾、髒污地毯都模糊成不真實的樣子。

「喂？」聲音很有活力，不是她的。

他清了清喉嚨：「我——請問珍．史密斯在嗎？」

「我是她女兒，」那聲音說，「恐怕我母親病得很嚴重，不好意思，請問您是？」

女兒，他想像著自己一直無緣得見的成人愛絲特拉，心臟漏跳了一拍，讓他忘記自己的名字。「我——我是桑提亞哥．洛佩茲，」他說，「可以請妳轉告她我打電話來嗎？就說——說是桑提，她會知道的。」

電話那端沉默了一下。「好的。」她簡短回答一聲，然後就掛了電話。

他不認為她會回覆電話，他已經出門走到半路上了，正往那個羅登科興區的地址走去，結果還不到一分鐘他的電話就響了。

「她不想見你，」索菈的女兒聽起來很生氣，「她說她以為自己已經把話說清楚了。」

桑提猶豫了一下，他該怎麼解釋自己並不在乎一位將死女性的想法，就算得打破城市裡每扇玻璃窗才能找到索菈，他也要見她？但是她的女兒還沒講完，她語氣中帶著莫名熟悉的冷淡繼續說：「她還要我告訴你，她在中央醫院，探視時間到六點結束。」

桑提笑著回應她的沉默：「哪個病房？」

「腫瘤科。」她說完就掛了電話。

癌症，真希望上帝能多點想像力。至少她這一次活到了八十歲。他還記得自己曾經在同樣的病房見他年輕的物理治療師，讓他年邁而疲倦的心中裂開一條縫。

他搭上前往醫院的公車，公車緩緩駛過河時他在位子上扭了扭，希望自己用走路的過去。他早了一站下車，拔腿狂奔，春日的風拉扯著他的夾克外套。他跟櫃檯人員說了自己的名字然後找位子坐下，坐在塑膠椅上等了漫長一段時間後，一個面露急躁的女人朝他走來。「洛佩茲先生？」

他站起來：「我是。」

「我是安卓蜜妲，珍的女兒，請你跟我過來。」

安卓蜜妲看起來跟愛絲特拉一點也不像，跟他記憶中各種版本的索菈也毫不相像。他跟著她，第一次懷疑起這一切會不會搞錯了：他會不會正要去逼迫一位快要死去的老婦人，而她只是剛好看起來很像他想像中的朋友？她叫你來的，他提醒著自己，這時他走進一條走廊，兩邊站滿了盯著他看的家族成員。

她女兒轉過身來，她雖然不高興卻掩飾得很好，現在他看見她身上有索菈的影子了。「她要求單獨跟你說話，我們想尊重她的意願，但是她時間不多了，所以我們真的很希望你能長話短說。」

他想著要不要告訴她，索菈就跟他一樣，什麼沒有時間最多。「我盡量。」他說完就走進去，順手把門關上。

索菈躺在床上，瘦骨嶙峋的雙手抓著身上的薄毯，她的頭髮是老太太那種冰淇淋一般的淡藍色，燙成了不自然的捲度。他從來沒有看過她這麼老的樣子，她這一次的人生一定過得很好，過著安定的日子。他想起自己困頓掙扎的童年，最後讓自己在牢獄裡待了兩年，就感到一股難受的憎惡，這一生他是不可能活到她這個年紀了。

「你來得好慢。」老婦人的聲音幾乎沒比呼吸大聲多少，但還是索菈的聲音，她是真的，就在他面前，他正好趕上再次失去她。

他在她床邊的椅子上坐下：「看起來是妳死得太慢了。」

幸好，他還是能逗她露出微笑。他伸手梳了梳頭髮，她看著他的動作，大概是想起了過去而有點惱怒，這點讓他很是心痛。

「抱歉，」他說，「我本來可以更早來的，但是妳躲藏的本事太好了，我都要以為妳說的對了，妳可能是我憑空想像出來的。」

她不以為然地冷哼一聲：「拜託，你以為你能想像出我嗎？」

「說的沒錯，」他看著她的眼睛，還是那雙索菈的藍色眼睛，從老太太枯槁的臉上望著他，「我不可能想像得到，妳居然以為給小孩取名叫安卓蜜妲很合理。」

索菈咬咬牙：「我要是有力氣舉起手來就會打你。」

他大笑起來。她的雙手在薄毯上移動時，他看見原本應該有刺青的地方是一片空白，他突然感到羞愧，不敢捲起袖子讓她看見自己手腕上刺著他記憶中的複本，那是他在比利時區找到最後一家刺青店時刺的。

「妳在科隆待了多久？」他問。

「六十二年。」

桑提想到這些白費的時間便全身顫抖，在這段歲月中有三十五年他是活著的，有十五年他是擁有自由的大人，他大可以來到這裡，在還不算太晚之前找到她。「我一直到了這裡才想起來，又是這樣，妳也是一樣嗎？」

她點點頭，閉著眼睛。

他往前傾：「這個地方是怎麼回事？為什麼我們最後都會來到這裡？為什麼總是要來到這裡才會想起來？」

「或許如果我們離開了就會忘記。」她咳了起來，病入膏肓的人才會發出這種深沉而嚇人的咳嗽。「你應該試試，」她平穩了呼吸之後說，「我已經太晚了。」

桑提最不想要做的事情就是遺忘，而且他也不想讓她忘記。「我照顧他們了，」他說，「茱爾絲和歐斯卡，在妳死後，就像我承諾過的。」

索菈模糊的眼神並未有所閃爍：「我應該感激你嗎？」

「對。」憤怒讓他全身發抖，有那麼神奇美好的一刻，他不是這一生那個散漫無章的桑提，而是上一世那個目標明確的桑提。「我有任務在身，努力想要找出正確的路，但是我放棄了好照顧他們，因為他們對妳很重要。」

「你老是一副壯烈犧牲的樣子。」她隨意抓了抓毯子，血管分明的雙手在發抖，

「要不是因為你，我就會自己照顧他們。」

過往的罪惡感壓在他身上，她原本和茱爾絲過著幸福快樂的日子，他不應該干預的。但是他實在太在意更重大的真相，因此無法理解為什麼她會想要逃避。你過活的方式很自私，桑提，她說的話換成了他的聲音回到他腦中。他突然冒出一個想法，就和陽光一樣刺眼：如果他們面臨的不是考驗而是懲罰呢？如果他現在的樣子是因為他上一次失敗而受到的判決呢？

他閉上眼，揉了揉自己發痛的脖頸。他好累，天曉得什麼時候會結束，他要到什麼時候才算看夠了、做夠了、活夠了。

「說到這個，」索菈說，「我想你讓我跟我的家人分開夠久了。」

他順著她的眼神看向玻璃窗外，她所愛的人都站在那裡狐疑地看著他們，這也可以理解，他們之前從未見過這個年紀只有索菈一半的男人，突然就出現在她臨終的病床前。桑提對他們揮揮手，他們面無表情看著他，他站起來：「我就讓你們道別吧。」

「應該的，我不知道自己還會不會見到他們，但是你，我是躲不掉了。」

她說這話時像是在開玩笑，但是他現在已經很了解索菈，也能在她話中聽出真正的怒氣。他想要問她為什麼躲著他、為什麼留下他一個人，但是她的怒氣在他們之間築起一堵牆，就像玻璃一樣堅硬而平滑。

他溫柔地執起她的手，如紙張般薄透的皮膚在脆弱的骨節上滑動，在他的想像中總像山一般高的索菈如今消瘦至此。她往後靠在枕頭上，閉上眼睛。「下次見了。」她說。

他走到門邊又回頭看了最後一眼，已經分不出自己是憤怒多一點或者是心碎多一點。她沒有睜開眼睛。他離開了，在她的家人能問他什麼之前就匆匆走掉。

接下來那一週，索菈死了。安卓蜜妲發簡訊通知桑提這件事，不太情願地邀請他參加葬禮。他沒有去，看見她的棺材入土、茱爾絲在他身邊啜泣，這段記憶還太過鮮明。他反而是跑去自己在她檔案中找到的地址。他站在馬路對面盯著這棟格局方正、牆面上爬滿玫瑰的大房子，簡直不敢相信，這跟他所認識的索菈感覺一點關係都沒有：好像她知道能躲著他的唯一方法就是讓自己和原本的樣子大相逕庭。他回想起自己在鐘樓上曾說過的話，彷彿那個藍髮的年輕索菈挖苦地在他耳邊低語：不管發生了什麼，我們都會是一樣的人。她將自己整段人生變成他們這段永無止盡的爭論中的一個論點。

有人在看，一名鄰居站在窗前，手裡拿著電話。桑提從她的角度看自己：穿著帽T和髒污牛仔褲的年輕人，仔細盯著一位過世婦人的空房子看。他把雙手插進口袋繼續往前走。

那天晚上他回來並闖了進去。他從房子後方的一扇窗戶爬進去，那裡看起來像是書房，他感謝自己偷雞摸狗的童年教會他所需要的技能，那種依循模式、有計畫的感覺讓他關上窗戶時內心相當平靜。他離開窗戶邊後才打開了手電筒。

這間房子很大，更讓人不安的是一片整潔，所有東西都放置得整整齊齊。他又好奇想著這一次的索菈是發生了什麼事，是什麼讓她變成了會蒐集馬蹄鐵的那種人？總共有五十副，按照軍團順序釘在廚房爐具上方。而且她顯然還會彈鋼琴，他想像著他脾氣暴躁而沒耐心的索菈坐下來練習音階，就得努力壓抑住笑聲。

他拿著手電筒照向樓梯，照亮了幾張相片，掛在牆面上呈現出一段人生。大多數照片中的索菈都是獨自一人，有幾張照片中的她站在一個肩膀寬闊的高大男子身邊，桑提猜應該是她丈夫。看見她和一個男人而非女人在一起很奇怪，然後他想起來自己也曾經待在那個位置。這對於目前的他而言似乎很陌生，完全不是他想要或需要她去做的，感覺更像是一場夢，是你醒來時會苦笑置之的那種夢，對潛意識玩的這種把戲也沒辦法。

這些年來這位丈夫陪伴著索菈，頭髮越見灰白、身軀越見佝僂，最後完全消失在相框中。桑提的眼神流連在最後一張照片上：七十幾歲的索菈，仍然高壯，鐵灰色的頭髮垂在肩膀上方，是病痛讓她消瘦成了他在醫院中見到的那個樣子。

目前為止，一切都顯示出她的人生十分普通，他記得他們上一輩子她對他所說的話：等我沒什麼好失去的時候再來找我。但是這一次她也有很多不能失去的東西：丈夫、女兒、大房子，這輩子的桑提根本沒進過這麼大的房子，更別提夢想著要擁有。他轉過身不再看這些照片，然後繼續往樓上探索。

他過去認識的索菈，有小部分、小部分散落在這個陌生人的房子裡，就像爆炸後的炸彈碎片一樣：她以成人進修的身分修了物理學課程，文憑裝框後掛在鋼琴上方；她收集的古老科幻小說，塞在一盆蔓生植物後面就像她不為人知的祕密。她無法壓抑自己不變的這些部分，他每次發現一個都會感到一股勝利。索菈，看吧，妳還是妳，就算出生在外星球上也還是妳自己，怎麼也躲不了，就算在科隆最大的房子裡也不行。這個想法改變了他來這裡的目的，變成了一場詭異的捉迷藏遊戲。索菈的遺體已經入土，但是他搜索著她留下來的東西，或許還能找回她的鬼魂。

他站在二樓一間上鎖的房間之前時浮現這個念頭，他已經記不清自己探索過多少房間，這是第一間沒有打開的，在這扇門後就是她珍視的東西。他轉了轉上鎖的門把，考慮著要用刀撬開，但不行，他感覺到這個房間是為了他留的，索菈應該會把鑰匙留在某個他知道怎麼找到的地方。

他後退一步關掉手電筒。他們一起住在比利時區的公寓時會在前門外留一把備用鑰匙，藏在貓咪造型的靴子刮泥板下。

桑提從房子前門的霧玻璃往外窺探，先注意有沒有燈光經過，才小心打開門。就在階梯那裡，有同樣的刮泥板，或者該說是近乎一模一樣的雙胞胎。「嗨，小費莉。」他深呼吸一口，想念起他在這個世界從來沒養過的小貓。他躡手躡腳抬起板子，鑰匙就在底下。

祕密房間打開了，桑提覺得自己就像童話故事中藍鬍子的妻子，他推開門走進去，感覺有一股抗拒力，他摸索著繞過房間裡的龐然大物，走到窗戶邊拉下百葉窗然後才打開手電筒。

他臉上揚起一抹微笑，這確實是索菈的房子沒錯，其他公開的房間都是印花布般整齊的風格，到了這裡才是他記憶中的混亂。他手電筒的光掃過一些童年時的玩具，有一些他還認得；有幾本書已經塞不進爆滿的書櫃；一堆多到讓人瞠目結舌的陶瓷碎片，就好像某天索菈一怒之下砸碎了自己所有的陶器。一副頭骨安放在裁縫用人體模型上，他對這個死亡象徵禮貌性點點頭。在人體模型的脖子上掛著一條芥末黃圍巾，小心打了個結。

封閉的壁爐裡擺了一張書桌，吸引了他的目光，一塊軟木塞板靠著書桌擺放，上面貼滿了紙片和絲線。桑提想起一個宿舍房間，他的瘋狂地圖就釘在牆上，索菈從來沒見過那張地圖，但她卻無意間在這裡複製出來，就在她窮盡一切努力跟他保持距離的這一生中。桑提想起在她寬闊的房子中那些收納整齊的房間，其中卻潛伏著這個房間，裝著他的鬼魂。他壓抑不住自己臉上咧開的笑容。有一部分的她無論有什麼不能失去的東西，還是忍不住試圖要解開他們身上的謎團。

索菈搜集的東西溢出了軟木塞板的範圍，占據了牆面，他追著絲線就像追溯著索菈的思考，最後來到記憶的節點。她不像他一樣有藝術細胞，所以桑提沒有看見塗鴉，而是一小段、一小段又是不同的字跡，就像蕈菇從她這位體面老太太的壁紙上生長出來。他想要像喝水那樣大口吞下她的想法，但是這個版本的他一直就不善閱讀，而索菈這一生中哥德風格的潦草筆跡也幫不上忙。我們就是我們，他辨識出這幾個字。我們會是完全不同的人。茱爾絲，底下還畫了線。科隆，她寫完後又將它圈起來，好像她打算要開始繪製心智圖，但是什麼都連接不起來。然後：為什麼我們兩人都想要同樣的東西？為什麼我們從來得不到？最後，牆上貼著一張看起來像是後來才想到加上去的紙條：我困在這隻鳥體內。桑提拿起她的筆，很快畫出一隻卡通版的長尾鸚鵡，拉出一個對話框包覆著這句話。

紙條和絲線一路連接到書架為止。桑提的眼睛掃過這些藏書，認出其中有幾本是他自己推薦的，而書架下方有一系列關於記憶、前世、輪迴的書籍，他拿起其中一本比較偏新世紀的書，翻開書名頁，狗屎，索菈寫著，底下還畫線三次強調。

還有其他東西：他感覺到了，指尖隱隱有搔癢感。他回到釘著星圖的那面牆上，潦草的筆記稍微遮蔽住星圖的全貌。他伸手摸著牆上的星圖又探到星圖後面，拉出一個信封，信封上以刻意的大字寫著他的名字。他顫抖著雙手展開信封內的信紙。

這不是他在醫院交談過的那個女人寫的，一來這張紙很舊了，經常有人將之折起又展開，折線的部分都快裂開了；但是就算這張紙很新，他一讀就會知道這是一個更加年輕的人所寫的信。

親愛的桑提：

我曾經問過我父親有沒有可能記得一個你從未見過的人，當然，他將這個問題變成了一段探討記憶本質的哲學論述：所謂的記憶就是一種重建，會逐漸偏離形成記憶的經驗。但那不是我問話的意思，我指的是你，你是我的哥哥、我的朋友，從許多層面上看來都是我的夥伴，你的所有自我散落在我的記憶各處，就像光線經過稜鏡後折射出的片段。

我以為沒有你我會比較認識自己，但是我這麼努力要躲著你、扼殺掉你可能認出我的各個部分，結果卻只是在躲著自己。我已經來不及做出不同的選擇，現在這就是我的人生了，只能等下一次。

我想要過每一種人生，成為每一種可能的自我，但是失去茉爾絲和歐斯卡讓我知道你是對的，我們不能過著破碎的人生。現在，我希望自己能忘記，一部分的我認為如果我能在不見到你的情況下過完一生，這樣的循環就會終結，那我便自由了，或許我們兩人都是。

但是一部分的我還是會想像，或許有一天你會朝我走來，帶著那抹因為你不可能記得才出現的微笑，說這一切都是計畫的一部分。我不能說自己看到你會很高興，因為那代表就算我找不到自己，你也知道如何找到我，這代表我根本逃不開你，但是我不再會想念一個自己從未見過的人，也是萬幸。

日復一日，這個世界對我來說變得越來越膚淺、充滿越來越多漏洞，或許有一天我會掉進其中一個洞，或許我會在那裡見到你。

桑提的手指撫過她落款畫下的荊棘，才發現自己哭了。

他把信又讀了一次，想像自己在照片中見到的那名女性說出這些話，他感覺自己應該會喜歡這個版本的索菈，她順遂的人生讓她有了綻放的空間，掩蓋了老早就深植在她體內的挖苦傾向。或許她是對的，只是她沒有發現：或許沒有他，她就會成為更好的版本。

他太專心了，沒有注意到百葉窗邊緣透出閃爍的藍色光芒，這時已經聽見警察在敲門。

他咒罵一聲，恨自己不夠謹慎，那個鄰居肯定看見他了。他把索菈的信塞進口袋然後迅速走下樓梯。他聽見警察破門而入的聲音，身後傳來沉重的腳步聲，他第二次閉上眼睛祈禱奇蹟發生，但這一次上帝沒有回應。一名警察抓住他，將他摔到地上，在炫目的手電筒光線下，桑提看見另一道光芒反射過來，像是一道明亮到令人說不出話來的火焰，接著那光就溜走了。

審判過程很快，桑提和他的律師都沒有花太多力氣為之辯護，陪審團大多數由本地人組成，面對一個操外國口音的深色皮膚年輕人闖入一位過世老太太的房子，還被抓個正著，也不打算有多寬容。判決結果下來，他要入獄三年。他母親哭著承諾說要搬來科隆好陪在他身邊，他妹妹奧瑞麗雅則很生氣。他想要安慰她們，可是要他為了無可避免的結果而感到遺憾實在沒道理，從他記得索菈的那一刻起，就已經不存在其他道路。

他從監獄裡寫信給她，他知道這封信除了寄到她墳墓裡就沒有別的去處，但他想像著信件能突破這片隔閡，想辦法去到他們下次將會見面的地方。

親愛的索菈：

上一次我第一次見到妳的時候，妳躺在醫院病床上，我從來沒有見過這麼年老的妳，但我認識妳，還是一樣的妳。

這一生的我並不好過，我想念我們很快樂的那一輩子，妳知道的那一輩子。

（我們有沒有可能想到的是不同的世界？）

我腦海中總不斷響起一首歌，我手腕上有處刺青，我會咬指甲而且還想抽菸，我已經不知道我身上有多少是屬於我、又有多少是屬於妳。我曾經是那麼確切地知道自己是誰，是妳從我身上偷走了這份認知嗎？或者我們兩人現在都飄遠了，都和彼此一樣迷失了？

或許妳說想要忘記的想法是對的，或許我們不記得的時候會比較輕鬆，如果我們以為每段人生就是自己唯一的機會。但是我現在回想起來，我不記得自己不記得的樣子，這一切感覺都像是一件事：這條路引導著我們一步步走向自己需要到達的地方。

我知道為什麼妳不願意去思考這一切所代表的意義，我知道妳喜歡解釋，而妳害怕在我們身上發生的事情可能沒有解釋。

我想我們就是答案，我不知道這樣說妳能不能理解，我一直都不是那麼擅長言詞。

真希望我能告訴妳

他停下寫信的手，他有太多話想要對索菈說，書信的空間實在不足以容納。他將信折起來收在床墊底下，一直想著要寫完。

每天在監獄中過著似曾相識的生活，他母親每次探訪後總讓他越來越悲傷，而奧瑞麗雅的電話則提醒著他在圍牆之外還有正常人的生活，在這些活動之外，他轉而將心思專注在他和索菈身上的謎團。警察沒收了她的信件，桑提猜測他們把信交給了安卓蜜妲，他想像安卓蜜妲站在她母親混亂的祕密房間當中，抬頭凝視著構成她瘋狂的地圖。他希望自己能回去那裡，閱讀索菈的筆記，讓自己有些研究的目標，結果他努力想解開這個謎，卻少了一半的拼圖碎片，一手還得綁在身後——這一次的人生讓他有所缺陷，讓他有一顆無法專注於細節的脆弱頭腦。但是他仍然努力嘗試，寫出自己所記得的重點並將之貼在牆上，模仿索菈那一片混亂的陳列。他在中央擺放自己憑記憶所畫出的其中一張照片，是年輕時的索菈，卻不是他曾經見過的那些年輕索菈，她跨坐在馬背上，臉龐圓潤而健康，眼睛彎出滿滿的笑意。有些日子裡他會因為努力想理解他們是誰、目的為何而頭痛欲裂，這時他就會看著她的雙眼，好像她也能回望一樣。「我需要妳，」他輕聲說，「我需要妳幫我想清楚。」

「她是你馬子啊？」傑米剛剛在操場上運動完，滿身大汗進來時問道。他很慶幸有自己的老朋友來當他的獄友，只是就傑米的角度來看，他們才剛認識。

「不是，」桑提說，「她是那個老太太，我就是偷了她的東西才進來這裡。」

傑米大笑：「洛佩茲你這瘋子。」他說完，身體一晃就躺上自己的床。

或許我們兩人只是瘋了，上一次的索菈在沒有改變的星空下這樣說。關在某個地方的小房間裡，夢想著其他人生。

桑提挑起一邊眉毛：「那也是一種可能。」

他翻閱著自己的記憶筆記本，畫滿了每一次人生中的自己：更好的自我、更聰明的自我，他們或許有機會找到正確的道路。他以為這樣會讓考驗變得不公平，但是他錯了，他翻到一張自己在那間老科學教室的圖便停下來，緊張兮兮的索菈挺直了身子坐在第二排，他聽見自己的聲音：如果上帝的試驗太簡單就沒有意義了。他要試著用自己被賦予的工具來通過試驗，也就是這一次他的自我，如果他沒有成功，或許下一個版本的自己能夠，每一次他們重新醒來就是另一次能夠做對的機會。

他闔上筆記本，抬頭看著索菈的眼睛，她已經在嘗試下一次機會了，他待在這裡日漸憔悴的時候，她正在長大，從她死後開始的這段時間會將她形塑成他下一次認識的人，等他去到那裡的時候她已經定型，而他會是一個菜鳥，注定要再一次重新學習一切。有一點可聊表安慰：他這一生沒有機會活到八十歲，而失去的生命卻能化為餽贈，保證他能夠早一點找到她。

他不必等待，他可以追隨她、追上她的腳步。他有時候會想著這件事：找根橫梁繞上一條布巾，要怪就怪重力吧。但是他除了想想，卻從來沒有進一步行動。即使他知道自己會回來，就像他知道太陽會再升起那般篤定，他仍然相信為了追上她而自殺是最深重的罪孽，他正面對試驗，絕對不能失敗。

他出獄之後就搬去他母親在城市外緣的公寓，打打零工、油漆房屋、整理花園等等。他有空時會去當志工，在舊城區街道上撿垃圾。在戶外工作能讓他心情安定，好好教育自己，因為他已經決定要認定這一切是真實的。他努力追尋著線索想要解開索菈留給他的謎團，但是他的心智總無法專心在這件事上，就像窗戶外的蒼蠅，面對著巨大到他看不見的真相卻不得其門而入。

他開始寫給她的那封信一直沒有寫完，有一天他會知道自己想要說什麼，然後他會寫下來，在自己臨死前讀過一次又一次好銘記於心，直到他的下一輩子，那些文字就會是他記得的第一件事。

無可失去

索菈要逃跑。

她拉起兜帽靠在公車窗戶上，讓自己呼出的氣息在玻璃上結出一團霧。她當十七歲少女的經驗已經很多了，所以知道獨自一人旅行很容易引人注意。公車外城市邊緣的景色呼嘯而過，灰濛濛又空盪盪的，彷彿一場夢境。

她在路線終點下了車，這片工業區的景色看來單調又不真實，她不太相信眼前所見。她往北走，讓逐漸落下的太陽保持在自己左側。城市不可能一直延伸出去，總要有個盡頭，就像在空中也有一條隱形的起點線一樣，那是她兩個月前和父母一起搭飛機抵達此地時跨越的開端。

她沒花多久時間就想起來了。她第一次徒步穿越舊城區時便感覺到了，就像一股恐懼亦步亦趨跟著她，一道陰影依著與日照不同的方向投射過來，震耳欲聾的教堂鐘聲響起，在她全身骨頭裡迴盪著，她停下腳步站在原地，就在鐘樓廢墟底下。「不，」她輕聲說，「不要再來了。」

桑提想要知道為什麼他們總是到了這裡才會想起來，對索菈而言這並不是什麼謎團，這座城市層層疊疊充滿了他們共有的人生，住在這裡就必定會想起來。

她抬頭看著仍然卡在午夜十二點的時鐘指針，聽見自己上一次對他說的話在心中迴盪：或許我們離開了就會忘記。

她先嘗試搭火車，甚至沒想過自己要去哪裡，只是跳上了她看見的第一列火車就等著發車。她望向窗外，好奇著那會是什麼樣子，她會不會突然間就全部忘記，在某個華麗燦爛的他方醒來，完全不知道自己是怎麼抵達那裡的？或者會不會是逐漸忘記，就像是某種療癒式的失智症，一步步慢慢偷走其他人生的片段，一直到她連關於桑提的記憶都失去了？她體內感受到一股拉扯的痠痛，但她抵抗著。記得那些對他們毫無用處，只會讓他們的人生悲慘無比，最好能夠重新開始，就算那代表著他們再也不會相見。

火車引擎發出發動的低鳴聲，她猛然坐正身體，她的逃離之旅終於要開始了。

低鳴聲停止了，燈光熄滅，一個冷淡的聲音廣播通知發生故障，其他乘客低聲抱怨幾句後就下車了，索菈則呆滯地坐在座位上，滿腔怒火，幾乎要大笑出來。

她試了一次又一次，有時候火車才要過河就故障了，有一次是磅一聲後停在霍亨索倫橋上，說是保險絲爆開了。索菈坐在位置上盯著橋梁欄杆上那片鎖頭組成的枷鎖，還有四萬段關係即將生鏽。火車開始往反方向行駛時，她感覺時間倒流了，解開了她身上的束縛回到起點。

她下了火車之後便決定除了她自己什麼都不值得相信，她不會故障，她要一直走到道路的盡頭，然後還會一路走下去。

她爬過一道樹籬，奮力穿越一片低矮灌木草地，她現在已經超過了市區的界線，走在一片如夢境般一望無際的田野與柵欄間，她拉下一段帶刺鐵絲網想攀越過去，放手時鐵絲網劃傷了她的拇指，她吸吮掉手上的血跡並繼續走。

北方，一直往北，落日讓她的影子落在一側的田野地上。夜幕降臨讓星星現身，但是她沒有抬頭。她望向身後，不管她爬過多少道樹籬、翻越多少道鐵絲網，城市與她的距離看起來並未更遙遠一些。索菈想像著科隆這一整座龐大的城市量體硬是脫離了地基，邁開扁平的水泥步伐朝她慢慢推進。她走得更快了，拔腿就開始小跑步，她看見眼前的鐵絲網便伸手拉下，這時看見鐵絲網上沾著一點暗紅，是她的血。

她停下一切動作，因絕望而笑了起來。同樣一片田野，她一直在跨越同一片田野，一次又一次。

「這他媽的太扯了，」她大吼大叫著，「為什麼我要困在這裡？我做錯了什麼？」

沒有回應，但即使她直覺性問出的問題沒有人答覆，感覺也像是頓悟一般，這是一種懲罰，專門為她而設計的懲罰，畢竟還有什麼比身處在一個沒有他方的世界更糟的呢？

她躺了下來，背部平貼在冰冷的地上。就在此地的遠方，星星掛在遠離城市燈光的天上，看起來就像噴灑在一片堅固穹頂內部的銀漆。她可以留在這裡，等著自己因口渴或曝曬而死，她之前都沒有經歷過這兩種，不過可以想見大概也會很痛苦。

或者，她可以繼續嘗試。

她站起身來打電話給母親。

＊＊＊

索菈坐在母親車上的副駕駛座往窗外看，看穿這個世界，認清這裡一直就是一片模擬出來的景象，她記得自己在其他人生中所看見的漏洞，卻不理解那是什麼意思：她童年時的那扇窗戶能夠看見不可能的角度、人馬酒吧吧檯後的鏡子能夠讓她看見從天空往下看的景象，也許在這座城市邊緣的某個角落就有一個這樣的漏洞，等著讓她逃出去。

「索菈，妳正在聽嗎？」她母親問，問句最後的語調往下降，是受到冰島語的影響。

索菈眨眨眼：「是。」

「那就回答我，妳想去哪裡？」

「沒想去哪裡，」索菈說，看著窗外疾掠而過的城市景色，「什麼地方也不去。」

她母親的手指緊緊握著方向盤，握到都發白了，索菈已經學會了如何分解她的憤怒所形成的苦澀藥片，正如她已經學會排解她父親的責難，但是眼下她並不想這麼做，為什麼老是要她來改變好適應他們的恆常不變？為什麼只有她一個人受到回憶的詛咒？

「妳有時候真的就是個小屁孩。」她母親低聲說。

索菈瞪著她，想要告訴她母親她才不是：她是不拘年齡的不死之身。但是她母親不知道這件事，只是聽見她已經透過一段又一段人生認識的同樣那個憂鬱女兒。索菈突然感到一股身不由己的同理心，想起過去身為疲憊母親的自我面對著同樣這個年齡的愛絲特拉。她的人生以後都會是這個樣子了嗎？同一時間感受到每個年齡的自己，總得先讓回憶淹沒了自己才能真正安居於當下？

「對不起，」她說，「以後不會了。」

不過她當然還是做了，她很謹慎、不躁進，這樣才不必冒著被她父母發現的風險。她花了好幾個週末時光描繪出城市邊界的地圖，盡量畫到現實世界開始模糊不清的邊緣。她闖入了數不清的樹林，同一條路走過來又走過去，涉水通過深到可以稱為淺灘的地方，然後一切又牽引著她回到起點。她執意要找出能夠帶她脫離謊言的漏洞，但是看守她的獄卒打造的牢籠太堅固了，如果說欄杆之間有縫隙，寬度也不足以讓她脫逃。

十九歲的她跨越一片低矮灌木草地，看見落日讓她的陰影投射在正東方。她繞了整整一圈，測試過城市邊界的每一寸土地，仍然找不到出口。

她腦中發出什麼東西折斷的聲音，她仰頭放聲尖叫，奮力拉扯著帶刺鐵絲網，拉到自己雙手鮮血淋漓。「放我出去，操你的、操你的，放我出去！」

她的聲音被風一吹就散了，沒有人聽見她說什麼。

還沒有。

在她的記憶中，桑提尷尬地坐在她的醫院病床邊，看起來三十幾歲的樣子。她往前數著他可能什麼時候死亡，或許是在她死後幾天、幾個月或幾十年，然後往後數到自己出生。他可能已經在這裡了，又或者她可能還得等上三十年。

她用父親的圍巾把流血的手包起來，然後搭上公車回到大學。她在宿舍房間裡包紮傷口，盯著自己鏡中倒影之外那片牢獄中的黑暗，她就在那裡等著獄友到來。包紮完畢之後她騎著腳踏車到舊城區，把腳踏車停在鐘樓旁邊那片庭院的欄杆上，她想著她在醫院見到的那個桑提會不會還活著，就在她的手指能夠碰觸到的另一邊。她想著自己上次見到的他，面容邋遢、疲倦，臉上刻畫著生活艱困的痕跡。她接著加上十九年，想像他現在站在她身邊，抬頭看著時鐘指針像祈禱一樣扣在一起。

她從背包裡拿出噴漆罐，寫下**無可失去**，字體大到就算在廣場另一頭、橫亙著不同世界之間的距離也看得見，等他看見了就會知道是什麼意思，她終於準備好了，他們兩人可以一起找方法離開這一切。

她寫下訊息之後經過了很長一段時間，久到讓她能夠確定桑提尚未來到這座城市，她重新學習西班牙文，可以打電話到他通常會出生的那座城鎮上的醫院。她很確定自己已經成為當地人的笑柄，那個口音很難懂的外國女孩一直來詢問一個還不存在的小孩。西班牙不是唯一的可能性：桑提的某幾段人生中，他的父母在他出生前就搬到科隆了。索菈每週都翻閱著地方報紙的新生兒公告，一條條仔細看著，就像從颶風風災中倖存下來的人徘徊在失蹤人口布告欄前。過了幾年，她不再以為能在那裡找到他，對她來說成了一種遊戲，朋友則認為這是她的怪癖，他們已經習慣一邊坐在她廚房的大桌子前喝咖啡，一邊看著她翻閱《城市報》念出最無厘頭的姓名。

她現在是醫生了，正接受外科醫生的訓練，在她記得一切之前就有這樣的計畫，而她心中憤恨不平的那一部分並不想放棄。她一邊翻著報紙，一邊聽莉莉為了她已經癡迷了無數次人生的同一個男生哀嘆連連，覺得自己好像有五百歲了。

莉莉傾身靠在她背後看著。「丹尼斯，」她說，「想不到吧，丹尼斯寶寶。」

索菈瞟了她一眼：「妳以為長大之後的丹尼斯都是哪裡來的？」

「工廠生產的。」莉莉說，但索菈根本沒聽見，因為他出現了，在頁面上方一則小小的公告：桑提亞哥・洛佩茲・羅梅洛。

她覺得耳朵裡像打雷之後般嗡嗡作響，他來了，他活過來了。

「索菈？」莉莉在她面前揮了揮手，順著索菈的眼神看過去，「喔喔，西班牙人啊，名字好性感。」她皺皺眉：「這樣說一個嬰兒是不是很奇怪？」

「是。」索菈說完，翻到下一頁，已經在思考要怎麼樣才能見到他。

她先試著聯絡醫院，但是桑提和他的母親已經回家了。她重新調整策略，將注意力放在找出他們住在哪裡。桑提家人住在科隆的那幾段人生中，他的母親通常會在市中心的一家商店裡工作，索菈開始在中午休息時間不定期去尋訪可能的人選，經過兩個月的搜尋之後，她走進她和桑提曾經結過一次婚的教堂附近一家小型超市，看見他的母親站在櫃檯後方。

索菈盯著她看，某種像是恐懼的感情讓她動彈不得，她躲進雜誌區假裝看看。瑪麗亞・羅梅洛：是她的婆婆、她最好朋友的媽媽，也是她偷聽到電話交談另一頭的聲音，傳送過來之後聽起來就像靜電和噪音。索菈對她的認識只是一部分、單方面的，但這樣應該就夠了。她拿起一本關於編織的雜誌拿到結帳櫃檯。「我剛開始學。」她開口說。

瑪麗亞發出一聲不置可否的聲音。

索菈摸索著口袋裡的零錢：「我也不知道從雜誌上能學到多少，但是……」

瑪麗亞接過索菈的錢並微笑：「祝妳好運。」她以和善的態度表達送客的意思。

索菈離開了，一時間感到有些挫敗，她回想起種種關於瑪麗亞的記憶：需要長時間才會信任別人，尤其是在陌生的地方，要想成功接近她只能耐心等待。

她每週都去買雜誌，有時候只會給瑪麗亞一個友善的微笑，有時候會不經意提起自己躍躍欲試的作品計畫，或者哀嘆著某個自己還無法練熟的技巧。六週後，瑪麗亞說：「我們有一群朋友固定週一會在我家碰面，妳應該來看看。」

索菈覺得自己好像解開了一道惡魔等級困難的謎題，她稍微收回自己的咧嘴微笑，希望看起來正常一點：「那就太棒了，謝謝。」

瑪麗亞撕下一張紙寫下地址：「週一見。」

索菈離開超市時走路都一蹦一蹦的。「很簡單嘛。」她恭賀自己，然後才想起來自己只有兩天就要學會編織。

她週末待在自己的公寓裡滿肚子苦水又煩惱不已，以前桑提在當她久經磨難的父親時就試過要教她，那時她就討厭編織，而那股厭惡經過了好幾輩子仍然存在。不過到了週一，她還是學會了足夠的基礎技巧，算是可以自稱為滿懷熱忱的業餘愛好者。她低著頭走過一片相連而外觀相似的高樓大廈，終於走到第三個街區，她站在瑪麗亞家門前敲了敲門就後退，手裡拿著編織籃，突然有點想跑。桑提還是個嬰兒，她想怎麼樣，要從他們分開之後的生活開始敘舊嗎？

瑪麗亞開了門。「是索菈，對嗎？歡迎。」一個小小身影抓著她的大腿，「這是我女兒奧瑞麗雅。」

「很高興認識妳。」索菈低頭看著這位深色眼睛的幼兒。曾經九歲就遇到車禍過世的奧瑞麗雅，曾經在桑提死後搬到科隆幫忙照顧愛絲特拉的奧瑞麗雅。

奧瑞麗雅看她的眼神充滿不信任，然後就跑走了。

瑪麗亞笑了：「別理她，她心情不好。進來吧。」她招呼索菈進來，走過散落著兒童玩具的玄關，進到廚房時，那裡已經有另外四個女人邊喝咖啡邊聊天。

索菈沒想過馬上就能見到桑提，但是也沒想過要真的花一個小時試著編織。她擺弄著編織針，刻意忽略掉瑪麗亞和其他人的聲音，專心聽著有沒有嬰兒哭聲。什麼都沒聽到。即使桑提現在只有三個月大，但是他當然會很安靜，她想像著他平靜地待在搖籃裡思考關於這個宇宙的問題，她就越來越生他的氣，結果不小心刺到自己的手指。

其他人一個個離開了，索菈看得出來瑪麗亞也想要她離開。「妳還要喝咖啡嗎？」她刻意問道。

索菈已經喝了三杯，手都在抖了。「不了，謝謝。」她抬起頭，覺得有點頭暈，「我在想，妳——妳還有其他小孩嗎？」

瑪麗亞古怪地看了她一眼：「為什麼這樣問？」

「我以為剛剛聽到了嬰兒的聲音。」說完她趕緊露出一個不太篤定的笑容，「我真的很愛嬰兒。」

就連她自己都很難相信這種話，她等著瑪麗亞把她趕出去，結果瑪麗亞居然笑了起來。「抱歉，妳看起來真的不像是喜歡嬰兒的人。」她站起身，「對，我有個新生兒，過來見見他吧。」

她們走進一間沒開燈的房間，拉上窗簾的窗戶旁邊有一個搖籃，她們走過去時這股荒謬的懸疑感讓索菈想大笑。瑪麗亞抱起一個包著包巾的嬰兒，小到不可思議。「他叫桑提，」她說，「妳要抱抱他嗎？」

索菈努力壓抑住想要尖叫逃跑的衝動，伸出手臂。

她以前也抱過嬰兒：愛絲特拉、歐斯卡，還有安卓蜜妲，但這次不一樣，索菈在那一瞬間感到一股純粹的恐慌，感覺到那份溫暖的重量，也知道眼下唯有她能夠阻止他掉落墜地。

門鈴響了，瑪麗亞轉身：「不好意思，我得去開門，可以麻煩妳——」

「喔，可以，沒問題。」索菈嘴上這樣說，心裡卻吶喊著不行，不要走！

瑪麗亞急忙離開，讓索菈一人抱著寶寶。

他睜著大大的棕色眼睛抬頭看她，那個當下他就是她所認識的桑提，困在這個無助的身體中，就像困在琥珀裡的蒼蠅；接著他又只是個嬰兒，發出咕咕聲，在她的臂彎裡扭動，她收緊手臂要阻止他逃跑。「好乖、好乖，」她輕聲說，「我才剛找到你，你可不能那麼容易就離開我。」她開始哼歌，她也不知道這首歌究竟是她跟他學的，或者是他跟她學的。等到瑪麗亞回來時，桑提正微笑著。

「他喜歡妳！」瑪麗亞表示，「真是奇怪，他通常都很挑剔抱他的人。」

索菈看著他的臉，讓他強壯的小手握著自己的手指。「我很榮幸。」

要成為瑪麗亞的朋友非常容易，索菈從出席愛好編織的友人聚會變成了每週一天去找她喝咖啡，並幫忙照顧小孩。在這次人生中，桑提的父親因心臟病發過世，瑪麗亞被生活壓得快要滅頂。索菈對自己說，她是個好人，願意伸出援手幫瑪麗亞一把，只是她也知道這是她所做過最為自私的一件事，她幾乎可以肯定等到桑提長得夠大時就會原諒她，不過現在他連自己的名字都不會講。她看著他在地板上爬來爬去，追著一顆自己根本抓不住的球，覺得很是無助，彷彿她就是他努力想抓住的東西。

她透過其他人生的記憶還能記得在某人小時候認識對方，然後等他們長大又再見到他們是什麼感覺，看見一個人從這樣混亂的潛在可能性中成長，相當令人吃驚。如今，這是她第一次從另一個方向看待這件事，她認識了眾多版本的桑提：做她的父親時，疲憊卻仍盡力而為；做她的指導學生時，緊張兮兮又充滿哲思；做她的警察搭檔時則總是心不在焉，現在卻成了這一團有趣的奇觀，她時不時就得阻止這傢伙毀掉自己，而在他體內蘊藏著所有可能存在的桑提種子，又或者不算是所有——他這一生的發展軌跡，包括他父母搬來科隆、父親的過世，已經讓他走上了一條特定的道路，偏離了他未來會成為的幾種可能性。她有些不安地將自己也列為影響因素，對於一個已經如此清楚認知到他應該成為什麼樣子的人，桑提跟她一起待了這麼久會受到什麼影響？他將一顆星星塞到她手裡時，她對這麼一件簡單小事的回應是否會讓他離開某一條道路，轉而踏上另一條？她試過了十幾次，決定要讓自己離開他的人生，等他年紀大一點再回來，但是瑪麗亞已經開始依賴她，就連奧瑞麗雅的態度也有所和緩，開始會過來跟她一起坐，一邊幫她編頭髮一邊說起自己的填充動物玩偶和他們的冒險故事。而且就算桑提還不是桑提，就算他根本還不會念她的名字，她也還不夠堅強，能夠自願鬆開抓緊簷口的手指，落入那個無底洞裡。

桑提似乎也有這種感覺，她每一次要離開前往醫院時，他都會緊抓著她不放，哀號著表達自己的不滿。

瑪麗亞過來救她。「兒子，索菈得去讓人們身體更健康。」她一邊說一邊把他從索菈的腿上扒開，「抱歉。」

「搜菈。」桑提堅持喊著，他眼裡展現出不自然的恐懼，就像他坐在她醫院病床邊時、他在水溝裡抱著她殘破的身體時，同樣的眼神。

「我會回來，」她告訴他，只是他還聽不懂這樣苦澀的承諾，「我一定會回來。」

她教他怎麼寫她的名字，他現在五歲了，這年紀的男孩總是靜不下來又愛發問，要讓他安靜坐著專心是一大挑戰，不過他會為了索菈這麼做。她為他示範荊棘符號的寫法，讓他照描，他很專心，舌頭從嘴角伸了出來。

「這個符號在其他字彙裡都用不到，」她解釋著，「這是個特殊符號，只用在我的名字上。」

「我知道，」他惱怒地說，「我記得。」

她僵住了，瑪麗亞就在房間另一邊幫奧瑞麗雅梳頭。

「你記得？」索菈說。

「對，」他描繪著荊棘符號的線條，就像在雕刻一樣，「妳給我看過，就是我們在鐘樓頂端的時候。」

索菈抬頭看著瑪麗亞，但她在笑。「桑提，你就是喜歡編故事。」

他的眉頭糾結在一起。「不是故事。」他堅持道。

「沒錯，」索菈說，看著桑提的眼睛，「是真的，這發生過。」

從此之後，他就帶著一種新的注意力觀察著她，索菈這一生重新體驗了記得的孤寂感，除了隔著一個世界之外的某個人，沒有其他人能夠理解。不管她對桑提可能有什麼影響，至少他的成長過程中身邊還有一個人能夠告訴他，他沒有瘋。

她努力從他過去撫養她時的隔閡中學習，當他執拗的時候，她的態度就放軟；他想要給她空間去尋找自己的答案時，她坦白告訴他自己是怎麼想的，並讓他決定他是否認同。即使他的記憶逐漸填滿了他的腦海，她還是想要催促他，說出他尚未準備好接受的真相。他只有八歲的時候談起有一天想要去澳洲，她便翻臉了。

「你不能去，」她說，「我們哪裡都去不了，對你和我來說就是這樣了。」

他抬頭看著她，嘴脣顫抖著：「為什麼？」

她知道自己應該安慰他，告訴他自己只是在開玩笑，但是她很憤怒，而在那一瞬間所有怒火都朝著他過去，快點長大，她想要尖叫，快點長大，幫我找出脫逃的方法。

「真是個好問題，桑提，」結果她這樣說，「你知道我是怎麼想的嗎？我想是因為我們受到了懲罰。」

他皺起眉：「我們做了什麼？」

「誰曉得？」索菈語氣輕快地說，「但肯定是非常、非常糟糕的壞事。」

桑提睜大了眼睛，滿心恐懼：「我才不壞，妳在說謊。」他跑進自己的房間躲起來，那一天都沒再跟她說話。

瑪麗亞回家時感到很困惑：「妳跟他說了什麼？」

說他的夢想只是塵埃。索菈挫敗地聳聳肩：「他很敏感，妳也知道他這個人。」

後來他變得更安靜了，索菈懷著罪惡感，但卻無法感到抱歉，他最好在長大之前就知道他們的處境真相是什麼。而他確實長大了，她以為自己的沒耐心會讓這件事變得看不到盡頭，但是似乎過了一年他就十二歲了，接著十五歲，然後他就上大學了。他長成了桑提，那樣熟悉卻又煥然一新，散發出青春的光彩，而她卻覺得自己萎靡成了中年婦女。

桑提上大學的第一年他的母親過世了，他整個人都崩潰了，但他卻沒有去找奧瑞麗雅，而是索菈。凌晨三點，他出現在她家門口，爛醉如泥又不停啜泣，她讓他進門，抱著他等他哭完。

「你會再見到她的。」她說。桑提的身體一半靠著沙發、一半坐在地板上，將臉埋在她襯衫裡，她則搓著他的背。她應該會覺得混亂，自己在同一時間感覺既像他的母親，也像他的姐妹，又像他的愛人，但她所經歷過的多個世界已經剝奪了她感覺混亂的能力。「她下一次就回來了，還是一樣的。」

「但失去她的感覺還是很痛。」他噙著淚水埋在她肩窩裡咕噥道。

索菈壓抑不了自己再也等不下去的念頭：現在瑪麗亞不在了，他也長大了，沒有什麼能夠阻止他們去尋找脫逃的方法。「如果不痛還算什麼懲罰。」她喃喃說。

桑提離開她的懷抱，皺著眉搓揉著自己在十八歲生日去刺的刺青：在天空中從未見過的星星，如今也好幾世沒出現在她手腕上了。「我們可以去什麼地方嗎？我們得談談。」

索菈眨眨眼：「談什麼？」

「這一切。」他苦澀笑著低頭看，「反正現在也沒什麼能阻止我們了。」

索菈聽到他呼應著自己的想法便打了個冷顫。「當然。」

這一輩子索菈住在艾格尼區，原本是打算從新的角度看待這座城市，但沒什麼用，街道看起來還是熟悉得刺眼，在其中穿梭就彷彿將套索收緊一般。桑提帶路，往南走向教堂和舊城區。「我想，我們現在說話不必再遮遮掩掩的也是好事。」

「遮遮掩掩，」索菈笑了，「就像你之前對我大喊『這次妳不是我妹妹』那樣？」

「這樣說不公平，」桑提說，「我才六歲。」

索菈感覺自己似乎惹他不高興了，但她不明白是為什麼，她現在不是應該已經了解他了嗎？她不是應該能夠看見他的內心，找出問題並解決了嗎？

他挑釁似的迎向她的眼神：「妳還是認為我們受到處罰了嗎？」

「還是？」索菈一臉困惑，接著才想到他八歲時那張哭泣的臉，自己則好幾天都受到罪惡感的折磨，「喔，我還以為你不記得了。」

他陰沉地看著她：「我當然記得，我才八歲，然後妳跟我說我永遠都要困在這裡，只因為我曾經做過的壞事，那種事情忘不掉的。」

索菈撇開眼神：「抱歉我說出真相讓你留下陰影了。」

他朝她發難，整個人散發出青少年的怒氣，這是她不認識的桑提：「妳怎麼知道這是真相？」

索菈張開雙臂：「不然還會是什麼？讓兩個想要走遍各地、看遍一切的人困在一座城市裡，不管還剩下多少次人生都是如此，我覺得滿合理的啊。」

「那我們受罰的原因是什麼？」他問她，「我們做錯了什麼？」

「我跟你說了我不知道！或許我們殺了某個人。」她半開玩笑說著。

桑提搖搖頭：「我們不會殺人。」

「說你自己吧。」她拿出一根菸，不曉得是有互相關聯或者是命運使然，在她做醫療從業人員的人生中，她總會抽菸。她點燃了菸：「我每在這個地方待一天就越想殺人。」

「如果妳認為這是懲罰，」桑提爭論著，「那妳一定認為是有某個人在執行懲罰，表示妳認為這是刻意的、經過設計的。」

索菈冷哼一聲：「嗯，沒錯，發現現實的周圍其實有一堵牆，確實在某種程度上改變了我的觀點。」桑提還沒來得及繼續說，她又往下講：「我不認為那是上帝，如果你在想這件事情的話。不對，這種惡意的惡搞實在太像人類會做的事。」

「不管是誰，」他們從艾格斯坦-托伯格那座中世紀大門底下經過時，他說，「如果他們要懲罰我們，那就一定有贖罪的機會，他們一定會設計出脫逃的方法。」

「我跟你說過了，我已經試過一百種離開城市的方法——」

「我不是說肉體上離開的方法。」

索拉微笑著，或許他跟平時的桑提終究沒有那麼不同。「喔，我想起來了，」她說，「正確的道路。」

他們走進通往火車軌道底下的隧道，桑提的聲音透過回音傳到她耳裡聽來有些奇怪。「我已經沒有那樣的想法了，如果我們每一次行動都有所意義就會創造出許多條道路，要從中選出唯一一條正確的道路太難了。」

「很高興我們有共識。」索菈跟著他的身影穿過黑暗，「那你在想什麼？」

「我在想，我們必須要做某件特定的事才能贖罪。」

「贖罪？」索菈追上他的腳步，兩人從隧道走了出來，「我們甚至不知道自己為什麼受懲罰，要怎麼贖罪？」

桑提抬起下巴：「等我們看見就會知道了。」

「怎麼知道？我們要怎麼知道？」他轉往教堂的方向，她追了過去，「就像上一次，顯然根據你的推理我們失敗了，因為我們還在這裡。但是要怎麼做才有用？要我賣掉大豪宅搬進小平房嗎？要你把偷來的東西全部物歸原主嗎？然後怎樣，就會出現一道亮光，有天使齊聲吟唱，然後我們終於自由了嗎？」

桑提看著她，有些動搖的樣子又泫然欲泣，她忘記這個世界的他有多脆弱、有多需要自己的贊同了，是她不好。「我不知道，」他說，「但不管是什麼都不會太容易，沒有做出犧牲就無法贖罪。要放棄某件你真的不想失去的東西，出於自己的選擇，自願放棄。」

教堂前廣場上吹來的風很冷，索菈拉緊自己的夾克外套繼續走著，她對他感到很火大，花了一點時間才能夠說出原因。她突然轉身質問他，逆著風倒退著走：「那你認為我們現在有選擇了嗎？上帝之手又是怎麼回事？一切事情的發生都是因為必須發生？」

「那是我以為只有一個宇宙的從前。」

索菈大笑出聲，仰著頭看起來就像個瘋狂的女巫。

桑提皺眉拉下臉：「有什麼好笑的？」

「好笑的是我們立場交換了，」她朝他咧嘴笑時看來有點瘋狂，「來啊，問我是怎麼想的。」

他噘著嘴，他這樣的青少年總愛生悶氣：「妳是怎麼想的？」

他們踏上教堂前的階梯時，風將索菈的頭髮吹進她眼裡。「我們完全沒有合理的選擇，」她說，「我們的行動無關緊要，因為不管我們怎麼做都會導致同樣的結果，我們死去、回來又死去，永遠如此。」

桑提的臉因困惑而扭曲成一團：「為什麼？」

她誇張地聳聳肩：「因為某人決定了我們就該遭遇這樣的事。你以為我們會從中學習、這一切到最後將累積成某些事物；但不是的，我們只會不斷重複、重複，再重複……」

「索菈！」桑提大喊著伸出手，索菈想都沒想就拉住他的手，讓他將自己往前拉，想起他小小的手指抓著她，彷彿她是這世上唯一的存在。

傳來一陣音調高亢的歌聲，音量大到不可思議，天使齊聲吟唱，索菈正這麼想著，她身後傳來什麼東西破碎的聲音。她轉身看見路面上散落著黑色石頭碎塊。「什麼鬼？」

「教堂的磁磚剝落。」桑提拉著她重新站回到階梯上，「一定是被風吹得鬆動了，這個——本來可能打中妳的。」她任由他帶著自己回到火車軌道的遮蔽之下。「妳還好嗎？」他的樣子很奇怪，陷入恍神，好像看見了什麼無法承受的事情。

「我沒事。你呢？」索菈仔細看著他的臉，「我不會想知道你在想什麼對吧？」

他抬頭看著教堂：「妳差點就死了，我救了妳，就像妳在鐘樓也救過我，然後——」他瑟縮了一下，手摸向喉嚨。

「操。」索菈瞪著他，「你在說什麼？我注定現在要死，這個世界會一直嘗試到殺死我為止嗎？」

「或許——」桑提話只說到一半，偏過頭去，「或許這是計畫的一部分。」

索菈已經沒有力氣笑了，她看向他身後，抬頭看看唱著歌將她的死期送下來給她的這座教堂。「是怎樣，下次我要等更久嗎？」她的聲音發抖著，「去他的，我不能再這樣過一次了。」她推開他搭著她的手，繼續往前走，就像她在那片沒完沒了的田野上一直走著。

桑提追上她：「我們什麼也不能做。」

她想要反駁：*其實有，叫做殺人後自殺，怎麼樣？*但是她知道桑提絕對不會同意，有些事情對他而言永遠都是神聖的，儘管她知道自己會比他先死，這件事讓她痛不欲生，但是絕對不能由她奪走這件事。「為什麼？」結果她說，「因為是命中注定嗎？我不在乎，我要阻止命運。」

他困惑的神情間綻放出一抹微笑：「如果有誰辦得到，我賭一定是妳。」

索菈冷哼一聲。「如果有誰說這樣的話，只要不是你，我都認為是稱讚。」他們穿越過舊城區的狹窄街道，走進寬闊的鐘樓前廣場。這時她的心跳已經穩定下來，幾乎已經下定決心。在鐘樓的陰影下，她伸出手指撫過她留下的那句文字訊息：**無可失去**，她吸了一口氣鑽進牆面上的不規則裂縫。

「妳在做什麼？」

她轉過身來，桑提站在光線中，好像她是透過一個前往他方的通道口看著他，她好奇想像著自己在他眼中大概會是什麼樣子：隱身在黑暗中的形體，已經處在半消失狀態。「選擇我唯一的出路。」

她太了解他的表情了，在她體內幫忙撫養他長大的那一部分正大聲抗議著，她不希望做出任何傷害到他的事。「妳是什麼意思？」他問。

「我不要等著宇宙來殺我，」她抬頭看著頭頂那片黑暗空間，「如果我要死，也要按照我自己的方式來。」這樣的感覺很平靜，就像坐在一架向下俯衝的飛機裡，雙手慢慢搭在控制桿上。

她開始往上爬，過了一會兒她聽見身後傳來桑提的腳步聲。她轉過身，在黑暗中迎上他的眼神。

「我不想讓妳一個人。」他說。

她應該叫他離開，他還有一點酒醉，有可能腳一滑就摔下去了，那麼她的良心又要再背負一次他的死。但是她仍然放任了，因為每個糟糕的點子都和她的悲慘頻率有所共鳴。

鐘樓比她記憶中的還要高，她停下腳步，兩人還在鐘樓裡，站在一段崩壞的階梯平面上，兩人一坐下來就擠滿了空間。她喘著氣想平撫呼吸，而桑提當然還是游刃有餘，不斷提醒著索菈自己即將面對什麼：又要重複一次討厭的童年、又要再次恢復記憶、又要獨自一人耗費半生待在似曾相識的城市裡。她把手貼在磚牆上磨擦到出現傷痕，好幾次人生之前，她往下爬的時候往一處縫隙裡看了看，看見不斷折射出去的自己。

「妳在想什麼？」桑提問。

她看著他坦然而憂心的臉，媽的，如果她現在不對他說這件事就永遠不會說了：

「我一直沒有告訴你那種感覺，就是等待。」她低頭看著自己在階梯斷口晃動的靴子，「二十五年，桑提，比你現在整個人生還要長，我就是自己一個人待了這麼久，只是——等著你出現，然後你出現了……」她的聲音被自己的笑聲打斷。「你就是個嬰兒，你能想像嗎？你就在那裡，但是你又不是你，你就是一團甚至不會講話的小東西，我能窺見一部分的你在裡面，但是還不夠，我做了很多事情試著幫你再一次成為你自己，這一切可能——可能——」她停住，吞了口口水，終於說出自己第一次抱他後就一直緊攫著她的恐懼，「我擔心自己做的太多，我擔心我想要把你變成某個人，而我擔心我成功了。」

他凝視著她，看起來並不是很煩惱的樣子。「不管妳做了什麼都不可能把我變成不同的人，我還是我。」

「我就知道你會這麼說。」索菈無法清楚告訴他這件事有多可怕：她唯一看不透的一個人成為了她自己的鏡像，是她一手打造出來的造物。她吐了一口氣，試圖驅逐這一生那股存在已久的緊繃，那種她肩頭上擔負了一切的感覺。「我之前說的話——是認真的，我不能再這樣過一次，不能提早那麼久，我不能等著你長大。」他們腳下距離很遠的地方，落葉在黑暗中發出他們看不見的騷動。

「以前，」桑提說話時的聲音在發抖，「我說我們什麼也做不了，是我錯了吧？」

索拉看著他，他的眼神絕對是往下瞥了。

她身體裡感到一股惡寒，盯著桑提：那不是桑提，而是一頭詭怪的生物，用她的情感投射拼裝在一起而形成的怪獸。我對你做了什麼？「別說傻話了，你——你的人生才正要開始——」

他搖搖頭：「我想要做對的事，我想——想要幫妳。」

那一瞬間，索菈完全看透了他：他深埋在心中的猶豫、自願讓她哄著自己走向他先前就體驗過的死亡。又一個桑提掉了下去，又一個桑提站在鐘樓底下哀悼著自己的死亡，認為這是上帝的意志而全心接受。他在這一生中實在受到太多她造成的影響，如果她叫他爬下去，他就會這麼做，但是她還沒有堅強到能夠獨自一人去做這件事。「好吧。」她用破碎的聲音說。

鐘樓牆面縫隙吹進來的風聲呼嘯著，就像這座不真實的城市發出聲音在唱歌。來吧，這應該是另一個桑提才會有的念頭，那個桑提會像著了魔似的數著橋梁上的鎖頭。索菈並沒有真的聽見，但是她知道一件事：如果他們爬下去了，往後永遠不會再出現這樣的時刻。

她的血液在耳中奔流發出隆隆聲，她已經死了太多次，但從來就沒喜歡過這種感覺。待在這麼高的地方準備掉下去，知道自己最後會喀啦一聲碎裂，知道這是她自己的選擇，這樣的感覺一點也不熟悉。她體內的所有一切都在尖叫，警報聲在她身體這座殿堂內嗡嗚大響，叫她放棄，但是她從來就不會聽話照辦。

她轉身面對桑提，親吻他的額頭，兩人的手牽在一起。「一想起來就要來找我，」她說，「我會留訊息給你。」

他傾身用額頭抵著她的額頭，她可以感覺到他在顫抖。「我會等妳。」

「我會等你。」她緊抓著他的手。

他們一起跳了，墜落時索菈一時感受到令人頭暈目眩的後悔，不行，我收回。但是太遲了，桑提的手從她手中鬆開，他放手了。她聽見他大叫，接著兩人就著地了。

在撞擊的那一瞬間她看見了其他東西，一陣令人難以置信的光亮刺痛了她的雙眼，然後在一片朦朧的黑暗中，一張臉的陰影正回望著她。

跟著光走

桑提站在埃倫費爾德的燈塔下等待，看見索菈穿過牆面走出來。

她看起來就是他一直記得的模樣，就像夢境層層疊加出來的現實，看見她讓他心跳漏了一拍，她和他同年：當然，這次他們肯定是同一秒鐘出生的。

她咧開嘴對著他笑：「你解開我的訊息了。」

桑提點點頭，他不知道自己開口說話會怎麼樣，他幾乎無法忍受再回到鐘樓，感覺就像踏上一片不潔之地，他讀到她寫在那裡的訊息之後就馬上離開了。**跟著光走**，他一看到就覺得這個笑話很難笑，不然多少次人生以來，他一直這麼努力是想做什麼？而索菈，除了一次次把他拉進黑暗中又做了什麼？

她一派輕鬆，佯裝訓斥一般敲敲他的手臂：「你怎麼這麼久？」

「我才剛到。」

索菈皺起眉。她的頭髮顏色已經固定下來，他記憶中的五顏六色漸趨平淡，成了如夜空般的藍色。他想著這會不會是索菈的一種裝扮，是讓人相信她每一次都是同一個人的辦法，她什麼時候開始這麼想的？他又是什麼時候開始認為自己就像畫在玻璃上的多幅水彩肖像畫？就像索菈上次說的，他們已經慢慢交換了立場。「我不懂，」她說，「我們一起死掉，我們顯然是同年齡，為什麼還會在不同時間抵達這裡？」

我們一起死掉，她說起來真是輕鬆寫意：好像他們是坐在同一輛車裡出車禍，或者生了同一種慢性疾病而死去。他記得自己牽著她的手、記得在黑暗中墜落，那股恐懼、從身邊急速掠過的空氣，還有太遲的悔恨。但是他不認得製造這段回憶的人，那次的行動太恐怖：那是他這個自我中的一道斷層，而他認為自己永遠不會認同這樣的自我。

他記得撞擊的那一瞬間，他死去時回望著他的那張臉，長頭髮、隱身在陰影中，那雙眼睛在他最狼狽的時候看見他，卻知道他是什麼樣的人。

他之前很肯定，現在也很肯定，他們需要做的就是贖罪：做出有意義、有意願的犧牲。在鐘樓內部的那一片黑暗中，他相信自己需要犧牲的是他自己，想不到索菈居然能夠完全扭曲了他的思考，讓他驚異不已。接受她那種自我毀滅的思考會比較輕鬆，然而通往救贖的真正道路會更加艱難——等他見到那條道路，他的靈魂會吼叫著不願意前往，這般困難的程度。他已經下定決心，這一次他不會失敗。

索菈歪著頭：「你還好嗎？」

桑提眨眨眼：「妳剛剛穿過牆壁。」他說破了。

「對啊，我可沒閒著。」索菈伸出手，他還猶豫著，沒耐心的她便抓住他，將他拉進堅固的石牆中。

感覺很奇怪，他耳裡嗡嗡作響，他的存在出現了一霎那的空隙，但他不是沒有經歷過。桑提走入燈塔黑漆漆的內部時感到很是驚奇，就像他穿過了大學裡的那堵牆後發現自己站在星空下。「真是奇蹟。」他低聲說。

「是錯誤，」索菈放開他的手，「我們不應該能夠進來這裡。」

「總之地面層是進不來的。」桑提好幾輩子以前曾在青少年時期爬進燈塔，從燈火室的一扇破窗進來。裡面就跟他記得的一樣：一切陳設都是灰撲撲的、缺乏細節，可以說相當古怪，如今這一片單調中有了些不同，地板上擺了一塊床墊，還有一個桶子，裡面裝滿了一包包洋芋片和麵包。「妳住在這裡？」

索菈熱切地點點頭：「我想一座內陸燈塔，只能穿過神祕通道才能進去，這裡大概是最接近我所能去到的他方了。」

那個桶子有些什麼讓桑提覺得怪怪的地方，他把裡面的東西都倒出來，不是他的幻想，三塊小圓麵包都是同樣的奇怪形狀、四包相同的紅椒口味洋芋片，就連蘋果都是完全一模一樣，同樣的撞傷痕跡出現在同一邊，一個又一個重複。他抬頭看她：「妳從哪裡找到這些的？」

她露齒一笑：「跟我來，我示範給你看。」

舊市場裡的走道很擁擠，桑提走在裡面看著索菈伸出手，從一個麵包攤架上拿了一個小圓麵包。

「索菈。」他才開口。

「在你叫警察來之前，先等著。」她手舉起來指著攤架上的一角就沒放下手，桑提再看過去時，另一個一模一樣的麵包已經出現在她剛剛拿走麵包的位置。

他眨眨眼，想起一杯咖啡，突然在他手裡變得沉重。「每次都會這樣？」

「五餅二魚。」索菈咧嘴笑著說。

桑提不敢置信地搖搖頭：「妳怎麼發現的？」

索菈咬一口自己的戰利品。「我已經在這裡五年了，」她嘴裡塞得滿滿地說，「有很多時間可以知道這個地方的所有秘密。」她又拿了一個麵包塞進口袋裡。「只要抓到訣竅，就很容易發現這些地方，只要用正確的方法去看事物。」她抓著他的手，整張臉都亮了起來，「喔對了，有一個你一定要看看。」

他收回自己的手：「我不能留下來，愛洛伊絲會想著我去哪裡了。」

「愛洛伊絲？」索菈盯著他，「我以為你跟愛洛伊絲已經結束了，你說跟她在一起感覺不公平。」

桑提揉揉眼睛，他腦袋裡還在消化著已經經過的這二十五年，還有他和索菈上次見面之後經過的這二十五年。他記得自己搬到巴黎遇到愛洛伊絲，記得他們在蒙馬特一座新藝術風格的教堂舉行婚禮，彩繪玻璃透出來的光芒耀眼得不可思議。種種影像跟情緒交纏在一起，經歷過這一切的自我幻覺將之連結起來。如果他和索菈在這座城市中的人生是一首旋律，那麼或許其中的中斷也有意義，就像樂曲中的休止符一樣。他聳聳肩：「我來這裡的時候，我們已經結婚了。」

這樣不算回答，索菈也知道，但就算她察覺到他還隱瞞著些什麼不告訴她，她似乎也不在意。「好吧，但在你離開去跟你的假太太廝混以前，我要給你看一樣東西。」她拉著他的手，帶著他往回穿過一條巷子走向鐘樓，桑提拖著腳不太情願，但索菈不屈不撓，她帶他繞到鐘樓的一側，走進一片綠草繁茂的庭院，他們兩人還是大一學生的某一世就在這裡碰面。

「那裡。」她說，指著一片虛無。

桑提歪著頭：「我要看什麼？」

「仔細觀察。」索菈拿起剩下的麵包直直往前丟，桑提正看著時，麵包就消失在半空中了。他大感神奇地往前走。「就像——一扇隱形的門，」索菈說，「能讓事物不存在。」

桑提的眼睛往下看著草地，想起一件事：自己搜索了一個小時，咬著指甲還把手搞得髒兮兮，完全不明白怎麼會有東西就這樣完全消失了。「我的宿舍門禁卡。」他喃喃說。

「什麼？」

「沒什麼。」

「當然，我曾試過走進去。」索菈說話的語氣輕快，「但是對我沒有用，我猜對你也沒有用。」她做了個手勢：「試試看。」

桑提猶豫了一下，或許這又是索菈想將他推入的陷阱，這是第二次自殺，但是他相信要把這個世界視為真實的，他在這裡沒有什麼好怕的。他走向前，穿過了那道隱形的門。

什麼也沒發生。

「我稱之為消滅通道口，」索菈雀躍地說，「這感覺還滿療癒的，有一次我從圖書館借出了所有我最不喜歡的書，然後就坐在這邊一本本把書丟進去。」她盤腿坐在草地上撿起松果，就在桑提腳邊把松果丟進了那片虛無中。他感到很不舒服：這樣一再重複而氣憤的行動，徒留一片虛無。

「索菈，妳在做什麼？」他問。
她抬頭對他眨眨眼：「什麼意思？」
「妳說妳已經在這裡五年了，妳的人生就是這樣嗎？偷取不可能存在的食物，然後——把東西丟進虛無裡？」
索菈一臉不可置信地瞪著他：「我還以為你很愛奇蹟。」
桑提抹一把臉，吐出一口氣：「我認為我們不應該這樣存在。」
「拜託，不然我們還能怎麼辦？找份工作嗎？」她皺起眉，「再說，我又不是偷了誰的東西，除非以太有財產權。」
桑提搖搖頭：「這樣不對，感覺很像——很像作弊。」
「如果說我們同意玩這場遊戲，大概可以說是作弊吧，但我可不記得自己報名了。」她扔掉手上最後一顆松果後站了起來，面對他，「上一次我跟你說我們根本沒有具備意義的選擇，但是我明白了——並非如此，有一個這樣的選擇，就是拒絕按照規則來玩。」
桑提體內漸漸累積起情緒，多少次人生當中伴隨著索菈的覺醒，他就得收拾她留下的損傷殘局，讓他感到憤怒不已。「這不是遊戲，」他說，「對我而言不是。」他指著她身後的鐘樓，全身因悔恨而不停發抖。「我結束了自己的生命，讓奧瑞麗雅知道我做了什麼後一個人活著，妳能想像她會受到多嚴重的傷害嗎？」他將手指壓在自己太陽穴上，「我怎麼可以那麼做？妳怎麼可以讓我那麼做？」

索菈的手臂交叉在胸前：「是你自己決定的。」

「妳都把我變成那樣的人了，我怎麼可能自己做決定？」他不知道該怎麼跟她解釋：這麼年幼的時候就遇見她，讓她變成自己世界的中心，她的地位就像是介於第二個母親和聖人之間。

索菈翻了個白眼：「是你說不管自己發生了什麼，你都會是你自己！」

「我錯了。」

他坦承認錯倒是讓她安靜了，在不同的情況下他或許會覺得好笑，他終於找到方法來阻止他們兩人沒完沒了的爭論。

索菈抖了抖身體。「桑提，你做了什麼都沒關係，因為你並沒有真的做那件事，這一切都不是真的。」她指著消滅通道口那看不見的輪廓，「你還需要多少證據？」

「我是真的，」他往前走近她，「妳是真的。」

她搖搖頭，臉上露出奇怪的微笑。「真正的人不會死了又回來，真正的人不會重生為自己的一百種版本，到最後他們只剩下憤怒和恐懼。」她踱步離開，「或許很久以前，我們曾經是真的。」

桑提看著她肩膀形成的僵硬線條，她已經退縮躲入世界中的漏洞了，再次留下他一個人。但是他一個人辦不成這件事，他的行動若沒有她就沒有意義，如果他們兩人一起受到懲罰，就必須一起贖罪。

「我會證明給妳看，」他說，「我會讓妳看見妳無法斥為不真實的東西。」

索菈轉過頭去，臉上慢慢揚起一抹微笑，她從來就抵擋不了挑戰的誘惑。「那就來啊。」

「我需要一點時間，一個禮拜後到人馬酒吧找我。」

索菈從庭院另一頭走回來，好奇地在他臉上想看出些什麼，但他沒有顯露半點心思。

「好吧，」她說，眼睛往上瞥了鐘樓一眼，「我不問幾點。」

他點點頭：「就約在正午時間吧，不是午夜。」

索菈微笑著親吻他的臉頰，接著縱身一躍跳過欄杆後大步往前走，最後消失在鐘樓後方。

他回到家時看見愛洛伊絲正在修剪那盆日式盆栽，她坐在窗前沐浴在冬日最後一道陽光中，一邊彎折著樹枝想調整成更順眼的樣子，一邊輕聲用法文咒罵著，她不知道這盆盆栽她已經修剪好幾輩子了，就像他的繪畫技巧一樣，桑提想著：不過愛洛伊絲沒有機會能夠記得、成長，還是不太能夠修得滿意。

他就這樣盯著她看好一段時間，他對這個女人的認識完全不成比例：他們每個版本的關係對她來說都是全新的，而他卻只看見先前版本所留下的回音，他很清楚其中存在著真實，就在他們之間所有過往交會的那個地方。

「這麼晚回來。」她說話時沒有抬頭。

桑提彎下腰去摸摸小費莉，小費莉則在他腳踝邊磨蹭。「遇見一個老朋友。」

愛洛伊絲做出一個不置可否的手勢便放棄跟盆栽搏鬥，過來親吻他，她後退時用那雙棕色眼睛仔細看了看他。「哼嗯，遮遮掩掩的，」她嘴角勾起一個微笑，「你是想這樣告訴我你要跟一個德國辣妹跑了嗎？」

他可以說沒錯，可以現在就走出去，不留下一句解釋；或者，他可以像上次他們在一起時他做的那樣，就像索菈對茱爾絲所做的：告訴她真相，等著她崩潰。他看著她的臉時並不覺得他做出上列選擇會有什麼令人意外之處，他發覺到兩人關係中一個不變的要素：她似乎一直都在等著他離開。

或許就這麼一次，他可以讓她感到意外：「這次不會。」他說完便將她拉進自己懷裡。

一週後在人馬酒吧，桑提正和索菈爭吵著，現在坐在外面很冷，但是她想要抽菸。桑提看著她彈掉菸灰，感覺過往自我的渴望就像鬼魂一樣糾纏著他。

「我不懂你為什麼不懂。」她傾身靠近桌子另一頭的他，「我說你是對的，關於你我是怎麼回事，我們注定不能像其他人一樣在這個世界裡生活，我們永遠、永遠都會想要這個世界以外的東西，永遠都想著要出去。」

「我同意，」他說，「但是妳現在在做的事，包括住在縫隙裡、拒絕把世界當成現實一樣有所互動，這樣不是脫逃，反而是陷得更深。」

索菈啜了一口紅酒：「那把這一切當成真實又要怎麼讓我們逃出去？」

桑提猶豫了一下，考慮著要不要告訴她自己仍然在尋求贖罪，尋找著能夠自願犧牲什麼才是他的救贖之道，但是他害怕她會把自己拉走，偏離他的目的，就像她之前做過的太多次同樣的事。

「對了，我還在等著看你的證據，」索菈又說，手指在桌面上敲打著，「希望不會是這杯紅酒，自從我們開始記得以前我就有所懷疑了。」

桑提看了看手錶：「應該隨時要到了。」他抬頭，看見那個女人從廣場另一頭走向他們。

索菈順著他的眼神看過去。「不，」她猛然站起身來，把玻璃杯都撞倒了，紅酒在鵝卵石上灑出一片紅，「不行，我不要這樣。」

桑提跟著她站起來，抓住她，將她轉過身去。茱爾絲停下腳步。

「嗨，」她不好意思地揮揮手說，「我是茱爾絲，妳一定是索菈。」

索菈的身體偏了過去，低垂著眼睛，彷彿連讓自己看一眼都沒有信心。

「告訴她她不是真的，」桑提在索菈耳邊說，「妳辦不到對吧？」

索菈深吸一口氣，就像正準備潛入冰冷的水中。她很快看了茱爾絲一眼，然後閉上眼睛，她睜開眼時憤怒地瞪著桑提。「你曾經跟我說過這不是地獄，」她說，「你錯了，看到一張自己所愛的臉，但對方什麼都不記得，還有比這更糟的嗎？」

茱爾絲皺起眉，眼裡泛起淡淡的困惑：「不好意思，我們之前見過嗎？」

桑提覺得自己是怪物，硬是忍下了自己想要對索菈說的話。對不起我像隻餓狗一樣追著妳走過一段又一段人生。對不起我用妳妻子的鬼魂來糾纏妳。他必須讓她理解。

「那就對了，」他告訴她，「如果不是真的就不會痛了。」

索菈甩開他的手。「我會讓你知道有多痛。」她離開之前狠狠瞪了他一眼，那眼神就像要殺人一般。

茱爾絲走向桑提，看著索菈離去。「她還好嗎？你不是說她想要認識新朋友？」

桑提看著一臉困惑卻保持友善的茱爾絲，她總是願意給予陌生人一點疑心的好處，他想著自己是怎麼讓她來到這裡的：透過她的工作找到她的下落、編造虛假的藉口跟她成為朋友、運用過往的記憶操弄她，讓她想要幫助自己。他又比索菈好到哪裡去？「抱歉，」他說，「她今天很不順利。」好幾輩子都不順利。

「沒關係，下次吧。」茱爾絲捏捏他的肩膀，好像她內心有一部分還記得自己認識他的那段歲月，「跟她說她很可愛。」她眨眨一隻眼睛，說完就離開了。

桑提回到那張沒人坐的桌子邊坐下來，盯著索菈的靴子留下的鞋印，邊緣還沾著紅酒，那條像是沾了血的足跡就在鵝卵石路面上一路延伸，看來既讓他安心又恐懼——他開始覺得這就是她的某種本質，我會讓你知道有多痛，他太了解她了，這句話就是一個承諾。

* * *

過了好幾個禮拜，他沒有收到她的消息，倒是聽過她的消息，他在城市中行走著，想要找到自己贖罪的機會時，身邊總會飄過旁人的對話，他們談論著有個女人可以消失在牆壁中，像個小偷、魔術師，就像鬼魂一樣讓人捉不著。他很害怕遇見她，卻又希望遇見她，通常同時懷抱著兩種心情。因此，一天早上他帶著咖啡和糕點回到公寓找愛洛伊絲，結果發現廚房桌上有一張紙條時，他實在說不出來是什麼讓他的心臟狂跳。

到鐘樓找我。字條上是索菈恣意又像在畫圈圈的筆跡。

他很意外自己居然認得出她的筆跡，一部分的她越來越固定不變了：筆跡、藍髮、衣著打扮。在這面有瑕疵的鏡子中映照出幾個剎那的真實，就像她看見茱爾絲站在廣場另一頭時臉上的表情。他腦海中浮現聖經裡的一句話：*Como enigmas en un espejo*，透過鏡子觀看，如同猜謎。他想要相信他們每經過一次人生就會越來越接近彼此，能夠面對面看著彼此，但是他如今感覺她正逃離他面前，背對著他隱遁在黑暗中。

公寓裡很安靜，太安靜了，這時候愛洛伊絲應該起床了，一邊用量杯舀出小費莉的早餐一邊對她唱歌。「親愛的？」他喊著。

沒有人回應。他把咖啡和糕點放在桌上，走進臥室裡，床鋪有人匆匆整理過的樣子，衣櫃門是打開的，前門原本應該擺著愛洛伊絲鞋子的地方已經空了。

他抓起鑰匙離開公寓，彷彿預知到了什麼，頸肩感到一陣戰慄。他走到舊城區附近，眼前的街道上迴盪著轟隆隆的嘈雜聲，聽起來就像城市裡打起仗來了。他很擔心是索菈，擔心她做了什麼可怕的事，接著他想起來了，是嘉年華會。人群在他身邊聚集起來，吵鬧不堪，已經喝得半醉，桑提推擠著人群往前走，最後走到鐘樓前。**跟著光走**，索菈寫在牆上的字吶喊著，但她不在那裡。他繞過牆面尋找著，鼓聲磅磅作響著奏出低音，襯托著人群刺耳的高聲尖叫。桑提改不了舊時的反射動作，伸手進夾克裡握著祖父那把小刀的手把，他突然感到一陣強烈的暈眩，甚至看見眼前都是星星，接著他看見索菈，就站在青草茂盛的庭院裡。

她為了嘉年華會而盛裝打扮，戴著惡魔的面具還有一對角，她拿著什麼東西，桑提花了一會兒才認出那是貓的外出籠，透過欄杆，他看見小費莉在裡面可憐地喵嗚叫。她討厭困在小空間裡，桑提想著，然後他看見索菈正站在什麼地方。

「看過來！看過來！」索菈看見他走過來便開始大喊，「來看世界上前所未見最神奇的魔術表演！」

她身邊就站著愛洛伊絲，臉上既是困惑又有驚嘆，桑提盯著愛洛伊絲看，她距離末路僅咫尺之遙，而她甚至都看不見，他體內幾輩子以來的愛情轉變成了一股洶湧而來的冰冷恐懼。

他翻過籬笆邁開大步走向草地上的愛洛伊絲，拉著她的手臂。「妳在這裡做什麼？」

「她說她是你的朋友，索菈，對嗎？她要做魔術表演，但是又害怕沒有人來。」她笑著，專屬於愛洛伊絲的溫暖輕笑總能鑽入他的骨髓，「嘉年華會嘛，什麼事都有可能。」

索菈對著她恭敬地鞠了一個躬：「這位女士，妳說的完全沒錯，準備好大開眼界。」她打開外出籠抱出小費莉。

「住手。」桑提聽見自己聲音中的絕望，「索菈，求求妳。」

她朝他露出邪惡的笑容。「別擔心，貓咪總能夠四腳穩穩著地。」小費莉在她懷裡掙扎、嚎叫著，索菈收緊手臂，「來吧，我們要出發去冒險了。」她帶著小費莉走向通道口，貓咪高聲尖叫、亂咬，拚了命想脫逃，但是索菈依然穩穩抓著貓，然後在通道口前放手，小費莉跳脫索菈的懷抱後消失了。

愛洛伊絲跳了起來，瞪著索菈好一會兒之後開懷大笑拍手，偏過頭去看著桑提。「是鏡子嗎？」她小聲問道。

桑提只能眼睜睜看著空盪盪的草地，他所摯愛的東西曾經存在那裡，如今只是一片虛無。他不明白為什麼這件事感覺對他造成這麼大的傷害，即使索菈在他面前親手淹死了小費莉，似乎都不會這麼嚴重。

「你為什麼不高興？」索菈看著他，歪著頭裝出一臉困惑的樣子，「她又不是真的，這下證實了。」

「索菈，」他走向前拉住她的手臂，「我知道這是因為茱爾絲，我知道妳再見到她感覺很受傷，但是妳一定也看出來了，這樣只是證明了妳不應該這麼做。」

愛洛伊絲伸手搭著他的肩皺起眉頭，桑提看懂了她的表情：你為什麼這麼奇怪？

「桑提，冷靜點，這只是魔術表演。」她轉向索菈揚起微笑，「表演得很棒。」

索菈朝愛洛伊絲送了個飛吻。「很高興有人欣賞我的表演。」她朝愛洛伊絲伸出手，「現在，親愛的女士，換妳了！妳準備好迎接消滅通道口的挑戰了嗎？」

愛洛伊絲笑了：「還以為妳不會問呢。」她朝桑提看了一眼，彷彿在謀劃著什麼，然後握住索菈的手。

索菈帶著她往前走。「不要擔心，」她說，「如果妳是真的，就什麼都不用擔心。」

桑提看著索菈牽著自己滿臉笑意的妻子走到草地另一頭，他想要伸手出去將她拉回來，但是這樣就等於在心裡承認了索菈可能真的會這麼做，他不相信她會這麼做，她只是想要嚇嚇他，她隨時會停下腳步轉身回來。

愛洛伊絲回過頭來露出溫暖的笑容：「桑提，如果——」

她不見了，話才說到一半，就像好幾輩子以前他父親在發生車禍的當下那樣。索菈驚嚇到愣住了，低頭看著自己空空如也的手。「靠。」她輕聲說。

桑提認清了，這對索菈而言只是半開玩笑的遊戲、是一場她不知道結果會如何的實驗，他終於崩潰了，大吼一聲奔向她，他抓住她的肩膀時透過面具在她雙眼中看見了——她對自己做下的事也有些驚駭，但是在她的聲音裡，他只聽見為自己辯護的勝利感。「你看，我證明了，」她說，「她們都不是真的，從來就不是。」

桑提因憤怒而全身發抖，走起路來踉踉蹌蹌，索菈總是一次又一次做這樣的事：拿走他對意義的希望、信念和渴望，將這一切溺斃於虛無之中。這麼多次人生以來，他試過要說服她，讓她接受他們的行動有所意義，相信這是他們必須一起通過的試驗，但或許真正的試驗是要認清她這個人的本質：她是他的仇敵，就是他仍困在這裡的原因。

終於，他明白了，他知道自己必須做什麼，思及此讓他的腸胃糾結成一團。犧牲自己實在太容易了，真正困難的是這件事：自願放棄索菈，才能夠真正為了她和他自己贖罪。「對不起。」他對她說，伸手去拿祖父的小刀。

索菈清楚看著刀刃好一會兒才明白過來，她臉上的表情是他好幾輩子都忘不了的。

「桑提，不要，等等——」

他的攻擊來得又快又準，直取她的心臟。

她發出可怕的聲音，桑提拔出小刀，她的鮮血跟著噴灑而出，溫暖的血液落在他手上。她張開了嘴巴死死盯著他，臉上凍結著不敢置信的表情。他將她攬進懷裡，她瑟縮了一下，生命正隨著她每一次心跳而流失。

「對不起？」她從齒縫擠出這幾個字，他能聽見她的聲音中含著血，「對不起？去你的！」

「噓。」他抱著她說，「不要說話，很快就會結束了。」

「你他媽的當然會。」每次呼吸對她來說肯定都像是刀刃在她體內扭轉著，但索菈就是這樣，她必須是說出最後一句話的人。在那一瞬間桑提眼前出現鮮活的影像，彷彿看見他鬱鬱寡歡的女兒抬頭看著虛假的星星。「你以為我不會拖你下水嗎？」她伸手向前想抓住他的刀，他也自願讓她拿走，或許這樣也是一種罪孽，但是說真的，他不想活得比她長。他緊緊抱著她，在她下刀時歡迎黑暗的降臨。

我們是誰

索菈坐在空中一處破洞的邊緣，仰頭牛飲著一瓶紅酒，在她身後是鏡子的另一面，從人馬酒吧傳來人們交談的嗡嗡聲，仍然沒有人察覺到她就在鵝卵石廣場上方二十公尺處的高空晃著雙腳。她只要敏捷一跳就能下去，而掉落這件事已經嚇不倒她了，不過如此並無法解決問題，她只會醒來、記得，然後一次又一次跟著桑提走進黑暗。

她不知道他是不是已經身處這座城市了，這是她第一次沒有留下任何訊息給他，她的肋骨後方還灼燒著疼痛，彷彿她的心臟還在修復著他那把刀造成的傷。她喝了一大口紅酒，盯著下方像個迷你模型閃閃發光的噴泉，就像仔細描繪出的模擬影像。比起她胸口那股若有似無的疼痛，更讓索菈痛苦的是想起在愛洛伊絲消失、她知道自己鑄下了無法挽回的錯誤之後他的表情。她緊緊閉上雙眼，希望自己能抹除這段記憶，但記憶仍存在那裡，無法刪除。

索菈以前認為自己有無限可能，現在她知道她真正的本質為何：一道不斷縮小的螺旋，到最後那一點只剩下她身上最糟糕的一切。這時她看看自己，坐在一片虛無中，獨自一人喝著同樣那瓶不知已經偷來多久的酒，喝到爛醉，突然感到一股厭惡。她衝動之下將瓶子倒了過來，想把紅酒倒到下方的廣場上製造一場奇異之雨，結果紅色液體咕嚕咕嚕流出瓶頸就停了，卡在半空中。

索菈眨眨眼。「哇嗚，」她大聲說，看著呼嘯的強風和不可能存在的天空，「看起來我打破了重力。」

這句話在她記憶中迴盪著，響起一道回音，她想起在天文學實驗室裡的桑提，彎腰盯著自己的電腦，談起自己的模擬程式時也說了同樣的話。

索菈猛然坐直身體，差點坐不穩摔倒。桑提重新裝滿的咖啡杯、她過去兩段人生中賴以維生的奇蹟食物、她現在坐著的洞口、一道門連接起了不應該相連的兩個地方。程式錯誤，全部都是程式錯誤，存在於比她能夠想像的還要更加複雜的模擬程式中，而在她腳底下懸浮著的是另一個錯誤，但有點不同，是她讓這個錯誤出現的。

曾經是她的指導學生的桑提坐在椅子上把頭往後仰，哼著同樣那首惱人的曲調，我給了一筆模擬程式沒想到的資料，索菈看著飄浮在她和鵝卵石地面之間那道凍結起來的紅色痕跡。「我猜他們想不到會有人從天空上的洞倒酒下去。」

她大笑起來，她好幾輩子都沒感受過這樣發現事物的興奮感。如果她能在一片空氣中打破重力，那麼肯定有方法能夠打破一切，從內部撕開這座城市，而她所需要做的就是餵一些模擬程式沒有設定過要處理的資料，直到她引發能夠帶來災難的程式錯誤，威力足以讓整個程式崩潰。

她興高采烈地從鏡子爬回人馬酒吧，布莉姬塔瞪著她說：「妳在我的吧檯後面做什麼？」

索菈把手伸進鏡子裡揮了揮：「妳的吧檯後面放一個現實破洞做什麼？」

布莉姬塔眨眨眼，一臉困惑。索菈想起茱爾絲臉上也出現過同樣的表情，感覺自己的一道舊傷疤被人拉扯了一下。

她嘆口氣：「我知道，妳不知道該說什麼。」她拍拍酒吧女侍的肩膀走了出去，已經在計劃自己的下一步。

索菈又在霍亨索倫橋上撬掉了一把鎖，把鎖頭拋進河裡，她等著遠方傳來水花濺落的聲音，接著又回頭去確認自己的進度，一望過去，她身後大約有四分之三的欄杆已經空空如也，剩下的鎖頭仍閃耀著不相襯而又令人傷感的光芒，相當礙眼。很快這邊就會清空，這條模擬河流中就得乘載著意外出現的兩公噸沉重金屬。「看看你怎麼應付這個，宇宙。」她喃喃說道。她又彎下腰去操作著自己帶來的扳手，伸進下一個鎖頭的卸扣。她非常專心在做自己的事，因此並未馬上注意到經過她身邊的那個人正哼著她熟悉的曲調。

她轉過頭去，那個人漸漸走遠，但是她不管去到哪裡都認得出桑提走路的姿勢，就這樣看著桑提走向河流對岸。她最不想要做的事情就是面對他，但是她又火燒眉毛似的亟需知道他要去哪裡，想知道他是不是努力想自己找出脫逃的方法。

她把扳手收進背包裡就跟上去，保持著安全的距離，一路跟著他到了奧德賽探險博物館，在他走進去時就隱身在人群中。他在天文館以及太空人展示廳中隨意繞了一圈，然後就轉身走進一條安靜的走廊，那裡有一間展館掛著「維修中」的告示。索菈看著他坐在一張長椅上，面對著一幅克卜勒望遠鏡拍攝的影像開始畫畫，他不時會抬頭看一下，好像在等什麼。在等她，索菈躲開他的視線時想著可能是這樣，但是為什麼不是她知道該去那裡找他的人馬酒吧？

他在這裡待了半小時，起身離開時她也跟上去，跟著他回頭跨過橋梁走到教堂廣場，穿過舊城區到了鐘樓，然後搭上前往弗林格湖的火車，他在人工湖泊邊的沙灘上坐下，他們兩人曾經以兄妹的身分在這裡游泳。在每個地方都是同樣的流程：畫畫、暫停、掃視人群尋找著一張他找不到的臉。他離開沙灘時，索菈看著他穿越大馬路，通過一扇生鏽的鍛鐵大門走進一座廢棄的獨棟三層樓房屋。

她好奇得頭皮發癢，於是躲在雜草叢生的花園灌木叢裡等著。

終於，太陽在房屋後方落下時桑提出現了。索菈等著他從大門出去，然後她偷偷摸上車道，從拱頂迴廊底下走進房屋洞開的門戶。

她也不知道自己想要看到什麼，但是隨著傍晚的光線從空盪盪的窗戶落進來，她發現自己並不感到意外，桑提已經將這間屋子變成自己的記憶筆記本：斑駁的磚牆上畫滿壁畫，畫著他們兩人經歷過的一個又一個世界，包括這座城市、教堂、鐘樓，還有星星，層層疊疊填滿了彼此之間的空隙。

她跟著壁畫的線索一路走上樓，有些人生的片段一次又一次出現：他們兩人穿著警察制服，煙火在他們頭頂綻放；在他們因桑提被收養而成為雙胞胎的那段人生中，索菈在水底、桑提伸手去抓她的腳跟；兩個學生在鐘樓塔頂，抬頭看著令人大開眼界的星星。一面牆上畫出他們的父母，索菈的父母肖像畫中充滿仔細觀察的細節，桑提的父母則比較偏印象派，看起來他似乎比較容易捕捉到自己沒那麼親近的對象。在對面牆上則是其他不變的配角：莉莉、傑米、奧瑞麗雅、愛洛伊絲和茱爾絲，索菈快速掠過這些人的面前，感到有點暈眩，不敢直視他們的雙眼。接著她停在一幅肖像畫面前，那是一個穿著藍色外套的長髮男人，臉上掛著憂慮的表情。

「我認識你，」她壓低了聲音說，「我怎麼會認識你？」她回溯自己的記憶搜尋著，兩人站在鐘樓底時有一隻手搭在她和桑提的肩膀上；沙灘上出現一抹藍色，他就這樣倒在他們旁邊的沙灘上。突然之間，一切都連結起來了，沙灘、鐘樓、奧德賽探險博物館，桑提一直在找這個男人，在他們曾經見過他的每個地方。

「索菈。」

她轉過身去，桑提就站在門口。

索菈僵直著身體靠在牆上：「不要再過來了。」

「我不會傷害妳，」他舉起雙手，「我在橋上看見妳，我知道妳一直跟蹤我。」

她瞪著他：「為什麼你都不說？」

他皺著臉，幾乎像是在微笑：「我太生氣了。」

「你很生氣？」索菈差點氣笑了，「你捅了我心臟一刀！」

「妳害我老婆不存在了！」

索菈感覺自己身後的牆上，愛洛伊絲的雙眼正直直盯著自己的背，這個女人曾經也是她的母親，而她牽著這個女人的手走向湮滅，她喉嚨裡湧起一陣噁心。「我不應該那麼做，」她偏過頭去說，「但是——你總是那麼輕易就能動搖我，就像你上次做的，只是讓我看見茱爾絲我就變得一團糟了；而你——你老是他媽的那麼冷靜、那麼有自制力，我只是想要讓你有反應，一次也好。」她深吸一口氣：「我那麼做是因為我知道這樣能惹怒你，但是我怎麼也想不到會讓你生氣到要殺了我。」

他迴避她的眼神。「我告訴過妳我認為我們必須做些什麼來贖罪，我們必須放棄某個我們不想失去的東西，」他聳聳肩，看來無可奈何，「到了最後，我以為那就是妳。」

索菈把手搭在頭上：「讓我搞清楚，你捅我心臟一刀是因為你以為上帝要你這麼做？」

桑提還是有良心的，一臉羞恥的樣子。「試驗就應該很困難。」他說。

索菈誇張地伸出手來指著兩人四周：「好吧，我們還在這裡，你顯然沒通過。」

兩人落入一陣沉重的安靜，索菈回頭去看那幅藍外套男人的畫像。「你在找他，」她說，「為什麼？」

桑提有些猶豫地走近幾步。「其他回來的人可能是跟妳有關，或者跟我有關；但是這個男人認識我們兩個，我想他或許可以告訴我們發生了什麼事。」他斜著眼睛看看她，試圖理解她的沉默是什麼意思，「怎麼樣？」

有時候她真希望他不要這麼了解她。「沒什麼，」她說，「想法很好，只是非常——像你，去找那個負責人，叫他解釋一下這一切代表什麼意義。」

她看見他壓下想揚起的嘴角。「妳在橋上做什麼？」

索菈解釋了自己的計畫，他帶著一貫的謹慎注意聽著。「想要找出一個能夠打破這個世界的奇蹟。」她說完後，他沉思道。

索菈翻個白眼。「當然，你總是有辦法讓我討厭自己的點子。」她認真看著他的臉，「那就說吧，告訴我哪裡不好。」

「妳假設的是如果我們讓模擬程式崩潰就能出去，」他說，「萬一不行呢？萬一結果只是——拿走了我們所擁有唯一的現實呢？」

索菈咬咬唇，為什麼他老是要看見自己計畫中的弱點？「有可能，但是眼下我也沒有更好的點子。」

又是一陣沉默：他們開了個頭能夠繼續交談，找出方法能夠一起解決這件事，但上一次發生的事情仍然像個開放性傷口擋在他們之間。「我該走了，」索菈說，「這個世界不會自己打破自己，對吧？」

「有什麼狀況隨時告訴我，」桑提往後靠在藍外套男人的畫像上，「如果我沒有出去找他，就會在這裡。」

索菈正要下樓梯時停下腳步。「為什麼？」她指著他畫的其他畫作問，「這些都是為了什麼？」

「上一次，妳跟我說這些都不是真的。」索菈聽見了藏在這些話語中的痛苦——站在廣場上的茱爾絲，臉上的表情滿是困惑；愛洛伊絲的手在她手中消失。桑提轉頭面對自己的畫作。「我覺得不對，我覺得有一些——有些片段是真的，散落在每段人生中。」他掃了掃畫作一角的灰塵，「我想要找到的就是這些片段。」

「你曾經跟我說這就是你開始畫記憶筆記本的原因。」凌晨兩點在她和茱爾絲公寓光線暗淡的廚房中，她餵著歐斯卡的時候，桑提在一旁寫下他們死亡的規律。那段記憶很痛，那是她最後一次做得正確的人生嗎？那個自我感覺好遙遠，而她犯下的所有錯誤已經將之掩蓋了過去。「如果我們找到什麼是真實的，然後呢？」她問，「這對我們逃出去有什麼幫助？」

桑提閉上眼。「我們在宿舍見面的那次人生，我以為如果我能找出自己是誰，就會知道我要去哪裡，」他睜開眼睛，迎向她的雙眼，「如果我們找到真實的東西，就能找到出去的方法。」

索菈撇開眼神，不確定自己是否想知道真正的她是誰，不管她有多麼不喜歡現在的自己，她總是能在做出不同選擇的多次人生中找到安慰，萬一她真正的自我做出了她無法挽回的選擇怎麼辦？可能是她一輩子都無法接受的選擇？如果她不再移動，如果她試著去面對他們真正的自我，她覺得自己可能會摔成碎片。

她繃著脖子點點頭。「祝你好運，」她說，「如果我看到你要找的人會告訴你。」

桑提看著她離開，彷彿以為她不會再回來了。

索菈坐在草地上，左手拿著噴水瓶、右手拿著一條毯子，她面前有一盤小米，身後則是一整籠長尾鸚鵡。

又有一隻鳥降落在一片鬱鬱蔥蔥的鮮綠上，索菈全身保持不動就像死了一樣，終於等到小鳥開始啄食小米，她就像個縮緊的陷阱般靠近，拿起噴水瓶噴濕了小鳥，在小鳥拚命想飛走時就拿毯子蓋住包起來，打開籠子把鳥放進去。

她關上鳥籠的門並數數，一個早上抓這麼多也夠了。她收拾好工具開始倒退走，穿越公園走向埃倫費爾德。一位老婦人跟在她後面走在同一條路上，索菈舉起籠子說：「沒看過有人拿著滿滿一籠鸚鵡倒退走嗎？」她用拙劣的捷克語和冰島語組合成沒有意義的混合語言大吼著。

老婦人搖搖頭選了另一條路走。索菈在虛幻的陽光中放聲大笑，覺得自己已經瀕臨瘋狂的邊緣。

她走到燈塔底放下籠子，將每隻不停掙扎的小鳥推進堅固的水泥牆之後就放手，等籠子空了之後她拿起一袋種籽，伸頭探進牆裡，小鳥在裡面盤旋飛舞，空氣中充滿鳥味。她隨意撒了好幾大把飼料，把餵水器裝滿，然後退出回到街上。

想要打破世界的這份工作做起來很容易餓肚子，她走向舊城區從教堂外的一輛廂型車上拿了一根奇蹟咖哩香腸，只是她也不知道這樣夠不夠，過去幾段人生中，食物吃進她肚子裡也毫無飽足感。她不打算告訴桑提這件事，他只會說這象徵了她靈魂的飢餓感或者某件同樣重要的事情。

她靠在火車總站的玻璃牆上時，看見他出現在教堂階梯上，在筆記本裡畫畫，她發現自己想起了那棟房子，空無一人等待著，充滿了他們的回憶。在她意識到自己在做什麼之前，發現自己已經搭上最近一班前往弗林格湖的火車，她不知道為什麼要這麼做，然後她穿過了房子空盪的門廊，雙腳將她直接帶到茱爾絲面前。

茱爾絲從牆面上低頭看著，就像真人一樣生動，眼睛彎成了坦率的微笑。索菈思索著她認識的所有版本的茱爾絲，如果桑提是對的，每一個版本都有正版的影子。她想起時間一久便在她心中凝聚成晶的信念，認為自己只有放棄他方的念頭才能和茱爾絲在一起，那是她已經做出的選擇嗎？或者是她還在考慮的選項？

她離開之前在藍外套男人的畫像前停下腳步，有件事她需要記得：一句話，伏在她舌尖呼之欲出的一句話。她閉上眼睛努力想聽得更清楚一點，視野角落忽然閃現一陣亮光，喉嚨裡感到一股煙味，手指彷彿能觸摸到底下的沙，突然湧現一片藍色。

沙灘。藍外套的男人躺在沙灘上，告訴她發生了某件事，她問他叫什麼名字，他告訴她：佩瑞冠。

索菈將這個名字寫在牆面的畫像下方，等著桑提下次過來讓他找到，顯然他會知道這件事是否有意義。

隔天，她在奧德賽探險博物館中的天文館裡爬上梯子，耐著性子扭下代表星星的燈泡，這時她的電話響起收到訊息的提示聲。

是桑提，她考慮著要不要不讀就刪掉，但是都怪她該死的好奇心，總是必須知道一切，她還是打開了。

我找到他了，我們在房子裡。

這不是邀請。索菈不在乎，她溜下梯子開始跑步。

她走上記憶屋的階梯時，佩瑞冠就站在房間中央，桑提靠著牆坐，雙手抱頭。

穿著藍外套的男人看著索菈不說話，只是一臉茫然，她轉身問桑提：「你在哪裡找到他？」

「我把他叫來這裡的。」他指著索菈在自己畫作下方添上的筆跡，「我大聲說出他的名字，他就走進來了。」

果然是桑提會做的事，嘗試這種接近祈禱的動作，索菈做夢也永遠不會憑著一股虔誠就這麼做了。「然後呢？」她催著他說。

桑提搖搖頭，她第一次看見他眼中出現這種絕望。「沒有用，他講話顛三倒四的。」

她承受不住了，她從來沒見過他這麼無助，於是跨步走向佩瑞冠。「好，」她說，「告訴我怎麼回事。」

佩瑞冠皺眉。「妳到了。」他說。

「這個我們也知道，謝囉，」索菈突然冒出一股怒氣，「這、裡、是、哪、裡？」

「我——」他張開嘴巴，「我不能說。」

「你當然可以說。」她覺得自己的怒火逐漸控制了自己，將她逼到單一個暴怒點，接受自己的本性比抵抗簡單，乾脆就這樣爆發出來破壞他，就像她想要破壞這個世界一樣。她離開他幾步，從地上抓起一根斷掉的粗柴薪：「你可以說，也要說。」

桑提站起來：「妳在做什麼？」

「問出答案，」索菈接近佩瑞冠，「他就快要告訴我們怎麼回事了。」

「索菈。」桑提警告道。

「他知道些什麼，」她聽見自己話中帶著懇求，卻不知道自己在求什麼，「他知道什麼卻不告訴我們。」

桑提過來站在她身邊。「看看他，」他說，「他滿臉困惑，他不能——」

「他困惑？」索菈重重把柴薪往地上撞了一下，桑提跳了起來，而佩瑞冠沒有移動。就是這樣她才討厭他，就像她討厭他的本性，他就是一道空虛的謎題，說會有解答卻什麼都給不出來。

桑提轉身面對她，只有像她這麼了解他的人才看得出他肩膀的緊繃。「這不像妳。」他說。

「你確定嗎？」她笑著，過了這麼長時間，他卻不怎麼了解她。「我們殺了彼此，桑提，我滅掉了你的妻子還讓你看著。我們不知道自己到底是誰，我覺得我們也不會想要知道。」她雙手胡亂揮舞指著牆面，那是他選擇記得的人生片段，都是美化過的景象。「你說你想要找出關於我們的真相，但是你怎麼知道自己不會只是找到我們想要的真相？你不能只是——收集起你喜歡的關於自己的所有片段，然後說這就是我，而其他一切只是偏差。我們都做過糟糕的事，那是我們的一部分，我們必須承認。」

「確實要承認，」他說，她也看得出來他說這句話有多麼認真，殺害她這件事已經在他心裡烙下深深的傷痕，「但那不是全部的我們。」

他的話讓她內心震撼不已，她想要相信他，真的很想，但是她只能感覺到愛洛伊絲的手指消失了、她自己的手將刀子插入桑提的胸膛。「有差嗎？」她說話的聲音很破碎，「如果我殺過人，我做過的其他事情又有什麼重要的？」

「有，」他說話時的聲音有怒火，「索菈，當然有，這不只是一次選擇，而是一百次選擇，每一天都如此，而所有選擇都重要。」他說話時一直看著她的眼睛，沒有偏移。「我這是跟妳學的。」

索菈瞬間就失去所有鬥志，垂著頭發出像在嘆氣的笑聲，放下那根柴薪。「對不起，」她對佩瑞冠說，「你可以走了。」

佩瑞冠看著桑提，好像需要取得他的同意，桑提點點頭，藍外套男人就慢慢走下了階梯。索菈重重吐了一口氣坐下來，感覺自己同時間贏了也輸了。桑提走過來坐在她身邊。他們一起看著他們唯一真正的線索消失在視線範圍內，她感覺很痛，痛得就像她十一歲那年鸚鵡飛走了一樣。

「做得很好。」桑提說，好像在恭喜她通過試驗。

索菈低聲笑著。「我以為你已經認定我們不是在接受考驗，」她說，「你都往我心臟捅了一刀，卻也沒有神奇地讓我們逃離這裡。」

桑提苦笑看著她。「妳認為我這樣做是因為我在接受考驗？」他搖搖頭，「我這樣做是因為這是我唯一的選擇。」

索菈回想起自己的思緒，受到桑提的想法改變後又回到她腦中，不禁微笑。她看著他轉身面對窗戶，一段又一段的人生讓他變得有些透明，透明到她能夠看穿他各種不同的外表之下，其中的不變。那一百段以前的人生中，她聽見他說兩人對彼此而言永遠都會是一個謎，因此笑他，但是她錯了，她很了解桑提，一個人認識另一個人莫過於如此，她知道他各種面向、側邊與角度，但是她卻比過去更加不了解他的心，她看見他的心投下一片陰影，形成了某個不可能存在的物體，如此龐大而奇怪的東西根本不應該是他能夠容納的。但是她身上卻沒有相同的狀況，她經歷了一個又一個世界，感覺自己變得越來越小，萎縮成一個顯眼而不停叫囂的東西，唯一渴望的東西只有逃離。或許這就是她的全部，甚至在她不記得的開端就是如此了；其他的都是不堪一擊的偽裝，像是她橘色的無袖連衫裙以及刺耳的反脣相譏，都讓他們這一切經歷所形成的颶風摧毀殆盡。又或許，桑提是對的，或許她還能夠選擇自己想成為什麼樣的人。

「他的名字，」她抬頭看著佩瑞冠的壁畫說，「意思是漫遊者。」

「朝聖者。」桑提柔聲糾正她。

他迎上她的眼神，她看見他眼中的悲傷，比她的悲傷更深，他真的相信佩瑞冠可以帶領他們找到真相。「很抱歉他沒有答案。」她說。

他微微牽起嘴角：「這不代表沒有答案，只是代表我們得繼續尋找。」

索菈低頭看著自己的手指，如繩索般的肌腱控制著她身體這副可憐的木偶。「真希望我跟你更相像一點，真希望我能發現什麼意義。」

「我沒有發現意義，而是在尋找。」他的聲音很輕，「妳以為很簡單，覺得——我自然而然就知道了，但不是這樣，這是我的選擇，每一次都是。」

他們繼續尋找。索菈把手指伸進這個世界裡的活動插座，想要引起什麼火花將謊言燒盡，只留下真相；桑提從他們每段人生中將絲線拉在一起，想要找出其中閃現出什麼顏色。

奇怪的是，索菈現在比經歷其他人生時都更開心，她有任務，要找出可能出逃的方法，而她並不孤單，桑提也陪著她一起尋找。雖然兩人抱持著相同的目標，經過兩人思考之後展現出的行動卻大不相同，索菈也不覺得意外，桑提仍然解讀著這個世界的意義，正如他一直以來的作為；她則試圖從內部拆解這個世界。無論是什麼方法，這件奇怪的工作正好符合他們的本性，儘管方式有所不同，兩人其實一直都熱中探索。

索菈一整個早上在橋上把全部鎖頭撬光了，然後前往弗林格湖，此時頭頂聚起了詭異的雲層。她在開始下雨之前跑進了房子，俯身趴在房子前方窗戶的一處窗台上等著桑提過來。外面發生了怪事，雨下了，但不只是雨水，還有其他東西，更重、不停翻跳著，在雜草叢生的車道上胡亂拍打著。索菈探身到窗戶外，滿心雀躍看著。

幾分鐘後，她看見桑提從花園另一頭跑過來，從身後拉起外套蓋住頭部。他出現在階梯上，喘著氣又甩了甩身上的雨水。「索菈，」他耐著性子問，「為什麼會下魚？」

「因為我的方法奏效了。」她從窗台上跳下，走過來看他最近在畫什麼，那是一幅模糊而印象派的男人肖像，她不認得這個男人：大鬍子、長長的黑髮、隱身在陰影中。「誰啊？」

桑提從牆邊退後一步，歪著頭。「我們從鐘樓上掉下來後，」索菈注意到他沒有說跳，「我看見這張臉。」

索菈睜大眼睛看著他：「真的嗎？我也看到一張臉。」

「同一張臉？」這個版本的桑提從一個隨興的藝術家轉換成擁有雷射般專注力的偵探，也就須臾之間，索菈猜想他大概這兩種身分都練習夠久了。

她搖搖頭。「我看見的那張臉絕對是女人，而且也沒那麼——像耶穌。」她皺起鼻子，「或許我們兩人都只是看見了自己期待看見的。」

「為什麼妳期待看見一個女人？」

索菈聳聳肩：「因為不管是誰在背後操縱著這一切，想必滿聰明的。」

桑提大笑出聲，然後閉上眼扶著牆壁穩住自己的身體。

索菈皺眉：「怎麼了？」

桑提慢慢張開眼睛：「眩暈症，我最近好幾段人生都有這個症狀。」

索菈擔憂地看著他。「我老是很餓，」她說，「不管我吃了什麼都一樣。我之前本來要提的，但是我擔心你會跟我說這代表了什麼意義。」

桑提拿畫筆沾了點顏料，朝她無奈笑了笑。「大概不會代表什麼好事。」

索菈壓下自己的不安，走過他身邊去看著牆面。「你快要沒空間了，」幾乎每塊磚上都畫著畫，「你找到答案了嗎？知道我們是誰了嗎？」

他停下動作，畫筆也停在半空。「我想應該知道了，」他說，「不過妳跟我說吧。」

索菈仔細看著記錄他們人生的畫廊。八歲的自己圍著父親織的圍巾，抬頭看著奧德賽探險博物館中的虛假星空；他們兩人俯身在天文學實驗室的電腦前，創造出的世界發出光芒照亮他們的臉；迷了路而無家可歸的桑提在街道形成的迷宮中尋找一個標示，寫著**我們在這裡**。現在她回頭看著他：比當時的他年輕，但也更年老了，只有她能夠看見他這個樣子。

「所以呢？」他帶著寵溺的微笑問她，「我們每一次人生的核心是什麼？」

「我們總是要去尋找，」索菈說，「我們總是想著他方。」她看向另一邊的茱爾絲，從另一段現實中低頭對她微笑。「就算這表示我們要拋下自己所愛的人。」

桑提點點頭：「我想妳說的對。」

「你確定嗎？」索菈的聲音哽了一下，「或許那只是我們希望自己成為的樣子。」

他沒有回答，反而是用畫筆指著她還沒看見的房間一角，那面牆上畫著的是她這段人生中各種探險的迷你畫作，桑提的塗鴉速寫已經練到爐火純青，簡單幾畫就能喚醒她的記憶——索菈在橋上把鎖頭往下拋進堆滿了太空人頭盔和骷髏的水裡；索菈用絲線綁住一群長尾鸚鵡拉著走，嘴裡不斷冒出荊棘符號和字母上的變音符號；索菈不斷往後走，就像他在叫她回家一樣。「這就是我們現在的樣子，」他說，「妳走妳的路，我走我的，我們選擇了如此，而且會一直這樣選擇。」

她吞了一口口水，一時間感動到說不出話來。「你認為這表示我們可以離開這裡嗎？」她終於能開口時問他。

他抬頭看著自己掉下去時，看見的那張臉的眼睛：「這表示我們不會停止嘗試。」

索菈讓自己清醒過來，走向窗戶。「我得走了。」

「我也是。」桑提淡淡說，「我得把頭髮上的魚洗掉。」

索菈正從窗台跨出去時稍停下來。「如果模擬程式終止了，你覺得會是什麼樣子？我想像空氣可能會——分解之類的。」

桑提聳聳肩：「一片白光吧，我猜。」

索菈嫌惡地看他一眼。「天啊，還真有創意，讓我死了吧。」她指著窗外裝出一副驚訝的樣子，「桑提你看！白光！」

「那是太陽。」

「現在還是，再給我幾天。」她說完就爬了出去。

她醒來就發現不太對勁。

不是那種聽到寶寶哭泣而醒來，或者聞到瓦斯味的不對勁，而是宇宙的不對勁，就像在星空下沉睡卻遭到活埋而醒來。

她抓著自己喉嚨大口喘氣，空氣先是凝重接著變輕盈，重力和壓力不停鼓動著，就像報不準時間的鐘。她緊緊扶著牆面讓自己離開床鋪，然後痛苦得彎下腰瑟縮成一團。時間與空間在她雙耳之間流動著，她的鼻子很癢，卻感覺如果想抓，她的手會直接穿透過去。她站直身體閃避著什麼，往前奮力一衝，衝破那片黑暗而狂躁的空間。刺耳的聲音穿透過她的身體，德文、俄羅斯文、英文組合成了胡言亂語。她看見長尾鸚鵡振翅穿過石頭，看見桑提的臉分裂成無數刻面，在她眼前擺動。

她不知道自己如何走到窗邊，桑提就站在她家樓下那條街道，或者說曾經是街道，如今是各種碎片組合、在空隙填上虛空後形成的馬賽克。她踏出一步就和他一起站在這個不是地方的地方，他背對她站著，身體輪廓不停晃動著。

「桑提。」她搖晃他的肩膀，感到一陣刻意強加的陌生感在滋擾著，各種影像片段劃過她的身體，蒼白而不斷逼近的蘑菇、茱爾絲的臉、鐘樓那一副光滑、以骨頭製成的骨架。一座編織毯做成的燈塔明目張膽地在空中飄揚而過。「我做到了。」她說，聽見自己的聲音迴盪又破碎，回到自己耳中時就像嗡嗡響的抱怨聲。

桑提抬頭看著不停捲動的天空，屬於科隆的碎片不斷被吸進混沌的漏斗中。「妳做了某件事。」

她順著他的眼神往上看，一對雙子星墜落時的光芒讓她一時看不見，她太晚才認出來，就像地鐵列車上的燈光一樣，向下俯衝時發出像是爪子抓撓玻璃的聲音。她驚恐的喊聲參雜著一點笑聲，將桑提拉到一旁躲開。她奔跑時一直抓住他的手，帶著他矯健地跳過一條條虛無，沿著本來是往市中心道路的輕飄飄片段往前跑，她頭頂突然掠過一陣扭曲變形的吱喳聲，抬頭一看是一群綠色小鳥，在他們頭頂往後繞著圈圈飛。

「我們要去哪裡？」桑提大喊。

「出去，」索菈也往身後大喊，「現在一切事物都有漏洞了，一定有一個能讓我們逃出去。」

「妳確定嗎？」桑提大叫。

「不確定。」她也叫喊回去，她緊緊握著他的手，就算他們哪裡都去不了也要一起去。

他們的腳步跌跌撞撞，有時一股想磨碎一切的力量會壓垮他們，有時他們又飄起來越過道路的碎片。他們一直奔跑，跑到腳下的碎片合併成了鵝卵石，他們在舊城區裡，或者說是剩下的舊城區，這裡一片斷垣殘壁就像爆炸的瞬間。索菈看見自己在天空中，一陣藍光還有一隻向他們招呼的手，她和桑提都畫在星星上，他們一直都屬於那個地方。在鐘樓底，她最後寫在那裡的訊息是**我們是誰**，不斷伸展擴張，像一股漩渦擴散出來包圍了他們。鐘樓塔頂裂開，就像旋轉的螺旋一樣延展開來，形成一股鑽進天空的力量。一種深植在索菈心裡的感覺如今綻放成了領悟。

「星星，」索菈指著，「那就是我們出去的方法。」

「太好了，」桑提笑了，開心地看著她，「我們終於知道要去哪裡了。」

他緊握著她的手，兩人的腳離開了不停晃動的地面，他們升得越來越高，接近天空裂開的那一處，不斷抹消又重寫的宇宙開始崩解了。風吹得越來越強，他們得大吼大叫才能聽見對方的聲音。

「那邊，」桑提靠近她耳邊說，這樣才能壓過風暴的聲音，「那邊，妳看到了嗎？」

索菈幾乎睜不開眼睛，瞇著眼往上看他所指的地方，但是光線漸漸黯淡，星星被吸進了底下城市那片無底深淵中，還拉著他們一起。廣場上聚集著各種形狀，有一群人正抬頭盯著他們。不對勁，他們出不去了。

「我們要掉下去了。」她想要這樣說，但說出口就變得模糊不清，她推出一口氣又吸進來，身體就像一個風箱，由她自己以外的力量操作著。鐘樓上的時鐘指針逆時轉向午夜，時間在倒流，要拆散他們回到地面上。她緊抓著桑提，即使她努力想再度推著時間往前走，想要前往鐘樓在天空鑽出的洞口，她也沒有放手。他們盤旋而下，就像懸鈴木種子連結在一起的翅膀，落入人群中央。時間劇烈震動、重新設定、重新開始。

「利許科瓦醫生？」曾經是她病人的桑提，老邁而身心俱疲，眼中總是帶著無盡的悲傷。

她轉身，他抬頭看著她，只有八歲大、一臉迷惘，那是太過需要她的桑提，他們從鐘樓上跳下去時握著她的手的桑提。

「索菈，怎麼回事？」

索菈轉過來又轉過去，尋找真正的桑提、她的桑提，但是她已經在這個完全都是他組成的人群中失去了他。她推開身邊的人往前走，即使大喊他的名字也沒有用，這裡有太多個他，他們全都記得她，全部都跟她有關係。他們抓住她，把她往下拉，到最後她所能聽見的就只有她的名字，一百種聲音重複了一次又一次。一陣戰慄，一陣碎裂聲將她分解成無數碎片，一切都停止了。

在星星之中

桑提夢見在天空中寫著一則訊息。

他就快要看清楚了，他握著索菈的手，星星在他們身邊一閃一爍，就像黑暗中的燭光，不過他還是看不清楚訊息寫了什麼。他們開始往下掉的時候他抬頭看，想要解開圖形拼出的樣貌、想要讀出他忽略的真相，但訊息就是清晰不起來，他的視線開始模糊，星星的光芒不斷擴大成為光球，融入了一直蟄伏在他眼角的那團火焰。

他在陽光中醒來，不確定自己是誰。在過去，這樣的感覺可能會讓他驚慌不已，而現在他只是一個個檢視著不同的自我，就像變換著一張張幻燈片一樣，燈光一照，這些自我層層疊加成了一體。索菈跟他一起躺在這張床上，這樣範圍就縮小許多，他們很少在同一段人生中受到彼此的吸引，但還是曾經發生過。他伸出手摩挲她的臉頰，她發出一聲含糊的聲音，把臉埋進床單裡。

「該起床了。」他說著，親吻她皺起的眉頭。

她的聲音咕噥不清：「你在說什麼起床啊？這整個情況搞不好就是做夢。」

他微笑：「喔，那妳是夢到我囉？」

「誰說這是我的夢？」她翻過身去嘆口氣，「反正這也不可能是夢，太合理了，如果是夢，你還會是你，但又會是我以前的物理老師，然後你會突然說要小考，我根本沒有準備，同時又有一群山羊想要把門撞破。」

「我以前確實是妳的物理老師。」他提醒她。

她的臉皺成一團。「如果你以為這樣說我就會有性致的話，你還有很多段人生可以慢慢認識我。」她滑下床，套上一件長版羊毛衫，在地板上踱步走向廚房。他伸手想拉住她抗議一下，不過她已經走了，只聽見水壺裝水的聲音，大概是要煮咖啡。廚房傳來一聲喵喵叫，接著就是喀啷一陣聲響。「老天，小費莉！」

他微笑著：「她是不是又在干擾時空連續體啊？」

「還是老樣子。」索菈的腳步停在一道陽光中，咬著指甲。那一刻的她令桑提目眩神迷，她彷彿是一扇窗，一道罕見而白熾的光芒透過這扇窗照了進來。各種思緒在她臉上輪番顯現，就像暴風雨雲集結起來。他想要畫她，將這一刻捕捉進自己的記憶筆記本裡。有時候他會思索著，他尋找意義的過程是不是把自己逼瘋了，或許他不過就是一個瘋癲老人，從溝渠裡撿起光亮的小圓石塞滿口袋。他聽見另一個索菈的聲音：不要想在碎玻璃裡一個個找出鑽石。

「我又做那個夢了。」他說。

索菈變了表情，有些部分的她是他永遠看不見的，他的存在不免就會改變她安心時的樣子。她倒咖啡時轉身過來：「是我們在星空裡的那個夢？」

他點點頭，抬頭看著天花板：「我真的以為我們找到答案了。」他又拾起自己從待在街頭的那段時間就認定的想法，就像一枚護身符天天摸著就會變得光滑。關鍵是要知道你是誰，如此一來才會知道你要去哪裡。這個想法感覺很真實，是因為確實是真的，還是因為他希望這是真的？他揉揉眼睛，想要驅散從自己夢境帶來的模糊。「我一直很篤定，這麼多次了，而每次都是以同樣的方式結束。」同樣的方式，或者更糟。他低頭看著自己的手，想起自己的篤定曾經讓他做了什麼——一刀插進索菈的心臟。

她回到床上，兩手各拿著一個馬克杯。「這一次我也很確定。」她臉上似乎閃現一抹微笑，「我們兩人都很確定同一件事，過去什麼時候有這樣的事？」

桑提思考著兩人的觀點如此奇異地匯聚在一起：那一刻他們望著彼此，然後確切知道自己必須去哪裡。感覺這代表著什麼，但是他有過太多次這種感覺，反而不敢相信了。

索菈仰起頭往後靠著牆：「我不知道為什麼我以為這樣會有用，基本上就是我之前嘗試過的同一件事，只是方向不同。如果我們不能靠雙腳逃出這座城市，又為什麼以為可以從星星逃離呢？」

桑提在她的聲音中聽見失敗後的苦澀，雖然他也感覺到了，卻不想讓她怪罪自己。「我們都不確定會不會有用，」他說出重點，「我們還沒真的走到那裡就開始往下掉了。」

她冷哼一聲：「桑提，我們連搭火車去杜塞道夫都不能，你認為我們要怎麼想辦法離開這顆星球？造一把很大很大的梯子嗎？」她變了表情，好像自己的話讓她想起了記憶中的某樣東西，她抓著他的手臂。「除非——」

「除非？」

索菈看著他，臉上發著光：「你覺得這裡的一切都有意義，代表著什麼。」

「以前是啊。」他承認了，不過他說是以前，讓自己嚇了一跳，他真的要放棄自己長久以來的信念了嗎？在他們經歷了這一切之後，怎麼可能全部都沒有意義？

索菈的手指在他手臂上收緊：「這裡，在這座城市裡，什麼代表星星？」

桑提想著星星對他的意義，他方、超越、發現的希望，以及頓悟的希望。「教堂？」索菈搖搖頭。「大學？鐘樓塔頂？」

索菈的臉因為覺得有趣而皺了起來：「你真的想太多了。」

一霎那間，他明白了，他怎麼之前沒有想到？「天文館。」

她忍不住笑了出來，笑聲輕快又令人愉悅：他好幾輩子都沒見過這樣的索菈了。幾秒後她已經下了床站起來。「那就走吧，」她穿上牛仔褲說，「我們還在等什麼？」

他很快穿好衣服，正跟著她往門口走時突然全身感到一陣虛弱，他扶著牆穩住自己的身體。

索菈皺眉：「怎麼了？」

「老樣子。」桑提費力地說，他捏著自己的額頭等著虛弱感散去。

索菈咬咬嘴唇：「或許你得戒掉咖啡。」

他微笑了。他們兩人都知道他的眩暈症跟他喝什麼沒有關係，就像再多食物也滿足不了索菈的飢餓感。她看了他一眼，眼神充滿痛苦的同情。「走吧。」她拉起他的手臂說。

今天是週一，奧德賽探險博物館休館，大門拉上了鐵鍊，只用一個簡單的鎖頭鎖住。

「該我的技巧派上用場了。」桑提說著拉開他的小刀，這時索菈撿起一顆石頭扔向玻璃。

桑提等著警報聲響起，但什麼也沒有。「沒有警報。」他一邊說一邊彎腰穿過被打碎的門。

「誰會闖入一間兒童博物館呢？」索菈問，靴子嘎吱嘎吱踩在一地碎玻璃上。桑提跟在她後面走過售票亭時，他的視線開始模糊，於是停下來揉了揉眼睛。

索菈回過頭來搭著他的肩膀：「又頭暈了嗎？」

他搖搖頭：「新的症狀。」

「好棒喔。」雖然語帶嘲諷，但她臉上的憂慮騙不了人，「你最好不要又死在我面前，我開始覺得你是故意的了。」

他們經過無人穿著的太空裝展示，在鏡片的注目下走進天文館，站在裡面一起抬頭看著微微閃爍著的燈光，桑提感覺心裡往下沉，結局似乎不會如他們所願。

「我們已經來這裡一百次了，」索菈喃喃說，「這裡還會有什麼是我們沒看過的？」

他們同一時間就明白了，兩人什麼都沒說，左轉進入一條走廊，牆面上重複貼滿了同一張克卜勒望遠鏡拍攝的影像。他們前方是一扇以木板封住的門，上面的標示以德文和英文寫著「維護中」。

「多少個世界？」索菈悄聲問。

「我記憶中的每一個。」

他們對望著，走上前去從兩邊抓住木板。

「三、二、一。」索菈數著，桑提跟她一起用力抬，兩人合力拔掉了門上的木板。

前方的房間很暗，桑提一邊摸索著電燈開關，一邊聽見一陣低沉、像風吹過的嗡鳴聲。燈一打開，光線便從天花板落到了好幾個螢幕面板上。在房間另一頭，聲音就是從這裡發出的，牆面上閃現一幕影像。他們分開來走，索菈往牆面走去，桑提則走向陳列的展示品，他已經準備好面對真相，無論真相有多麼可怕、無論是什麼，但他想不到會看見這個。

不可能。他跑到下一面螢幕前，又跑向下一面，像個即將溺死的人一樣緊抓著不放。「是空白的，」他哽咽著說，「全部都是。」

索菈沒有回答，桑提盯著那可怕的空白，彷彿他最深的恐懼成了實體：這個世界就是一道空白的謎團，他已經等了這麼久想要聽見的訊息其實只是白噪音。

暈眩的感覺傳遍他全身，地板似乎在他腳下移動，他往後倒了下去瞪著上面的天花板，柔和的燈光隨意散落在黑暗中，就像隨機形成的星座，不對，不是隨意的，他用手肘撐起自己的身體，瞇著眼睛想從模糊的視線中看清楚些。他不是在想像，燈光形成了星象圖，他認出在房間的一邊是太陽系，從地球出發的一條軌道在藍光中橫跨了整個天花板，他跟著這條軌道，穿透了一條條黑暗來到房間另一頭，軌道的終點落在一顆星球上，繞著另一顆光線暗淡的小星球轉動，那裡正規律閃爍著綠光，光線柔和而不突兀，好像在靜靜發出警報。

「桑提。」

在他們所有人生中，他從來沒聽過索菈用這樣的聲音說話。

他急忙站起來跑到她所站的地方，面對牆壁。桑提抬頭盯著這片巨大的影像，努力想理解自己看見了什麼。一個男人和一個女人，穿著鬆垮的藍色連身服，身上綁著各種管線，雙眼緊閉。他以為自己看見的是靜止的圖片，接著便看見一道綠光以極小、極小的幅度在一面黑色小螢幕上移動，他和索菈就這樣靜靜站了一分半鐘，綠光劃出一道往上爬的波峰又消弭下去，這是緩慢運行的心率監測器，一發現了這點後，桑提便聽懂了那陣嗡鳴聲，那是呼吸聲，緩慢了一百倍的呼吸聲。

男人的頭髮很長、鬍鬚都沒刮，女人的髮梢染成了藍色，桑提的眼睛很快掠過影像，落在女人手腕上的星座刺青。

「我不明白。」索菈悄聲說。

桑提看著她的雙眼。「索菈，」他說，「那是我們，是我們真正所在的地方。」

索菈急切地瞪著他看：「在哪裡？」

桑提往後站了一步，尋找最後一塊拼圖。影像牆的下方有一口玻璃箱，他和索菈同時往玻璃箱走，他俯身看見一架太空船模型，頂部已經切開了，讓他們能看見內部構造，油箱、氧氣、水、補給物資，還有兩個小小的人形分別處在不同的隔艙裡，正是按照螢幕上的人而塑造的。

桑提開始注意到一個聲音，就像一個報時不準的鐘發出的滴答聲，他聽了昏昏欲睡，然後他才發現那是索菈，敲著玻璃箱前的一塊銀色牌子，上面寫著朝聖者，底下是天花板星圖的縮小版，桑提用眼睛描繪出一條從地球出發的航道，前往一顆繞著比鄰星的系外行星。

索菈有好長一段時間都沒有開口，最後終於抬頭看著他。「你是要告訴我，我們耗費了一段又一段人生，努力著、掙扎著、渴望著要到星星上，結果我們早就他媽的在那裡了？」

這完全就是索菈會有的反應，桑提大笑出聲，他的笑聲打破了她心裡的某堵牆，讓她也仰頭大笑起來。「桑提，這太荒謬了，我們怎麼——我們不可能是……」她的聲音漸弱，他爭論起來就沒完沒了的索菈終於也詞窮了。「根本不合理。」

「合理，」桑提敲敲牌子，「記得他的名字嗎？」

索菈看著那幾個字。「朝聖者，」她輕聲說，接著猛然站直身體，聲音轉成了叫喚，「佩瑞冠！」

他走了進來，就像一直在外面等候一樣。穿藍外套的男人拖著腳步走向他們時，桑提看著他的雙眼，他眼神中帶著悲傷、焦慮，就像是背負了沉重包袱的人。

「這是你嗎？」桑提指著玻璃箱中的太空船模型說。

「對。」佩瑞冠看著索菈，他的表情快速變化，先是讚嘆、溫柔，然後是悲傷。

「他是程式介面，」索菈說，「是我們和太空船之間的介面。」

桑提原本很確定這個男人代表著什麼，他代表著更崇高的東西。確實如此，但跟他想像的不一樣。他是一個刻意打造出來的意象，是一團複雜到會讓人大腦打結的問題轉化成能夠與之交談的形式。

索菈的聲音在顫抖：「我們的任務是什麼？為什麼我們要去比鄰星？」

「你們……」佩瑞冠閉上眼睛，臉部抽搐著。「首先，」他終於說，「去看、去尋找、去知道。」

桑提心中迸出一股喜悅，讓他全身血管充滿了光亮，一直以來他都是對的，相信有意義存在。「探險任務，」他說，「是第一次派遣太空人出發到太陽系以外的行星。」

「是。」

桑提迎上索菈的眼睛。「其他人都沒有見過的東西，」他壓抑著自己的狂喜努力說出，「我們都會見到。」

索菈搖搖頭，奮力又不斷重複搖頭：「我不敢相信，我太想要相信了，我——」

他將她擁入懷中：「相信吧。」

他感覺到她屈服的那一刻，終於讓自己所知道的這件事成為事實。她大口喘氣，肋骨擴張時抵著他的肋骨，就像她是第一次呼吸。「我們他媽的成功了。」她狠狠地在他耳邊說。

「我們一直都是成功的，」他牽起她的手，拉著她後退抬頭看著他們兩人，沙啞著聲音笑著，「那是我們，看看我們，就在那裡。」

他可以感覺到她在發抖：「這副耶穌的打扮還真的很適合你。」

「妳的頭髮真的是藍色的，」他說，「嗯，一部分是啦。」

「我絕對不會染髮梢，」索菈輕蔑地說，「本來是短髮，後來長長了。」

同時間，他們明白了這是什麼意思。桑提轉向佩瑞冠：「我們在這裡多久了？」

「對你們來說——」佩瑞冠遲疑了一下才又開口，「十五點三年。」

「十五——」索菈睜大了眼睛，「我們待在那箱子裡十五年了？」

桑提出現了幻覺，那些金屬慢慢逼近他，自己的身體卻痠軟無力，他繃緊手臂握拳。「我們還要多久才會抵達？」

佩瑞冠眨眨眼，先露出痛苦的表情後又在須臾間平靜下來：「負四點九年。」

桑提看著索菈：「對不起，你是說——負嗎？」

索菈的臉在詭異的燈光下變得蒼白：「他是說我們已經抵達了。」

「什麼？」

「他跟我們說過了，你不記得了嗎？他一直在告訴我們，不斷在說，你們到了，自從在鐘樓的那第一次以後，多少個世界以前就到了。」索菈茫然凝視前方，「星星變了，然後又不再改變。我們原本在旅行，接著抵達了。」

「快五年前了，」桑提感到恐慌快要發作，暈眩感傳遍全身，「那為什麼我們還沒醒來？」

索菈的聲音發出命令：「佩瑞冠，喚醒我們。」

佩瑞冠臉上顯現困惑：「組員——無法喚醒，正在運送階段。」

「我們才不是在什麼他媽的運送階段，我們到了。」索菈站得離佩瑞冠非常近，真正的人類會反射性後退。「喚醒我們。」

桑提想起了記憶屋，索菈手裡握著斷裂的柴薪。他碰觸她的肩膀：「或許我們只是需要以正確的方式要求他。」

「我們不應該還得要求他，他應該要自己啟動。」索菈轉動身體，誇張胡亂指著房裡其他地方的空白面板。「這個房間——原本應該放滿了我們任務的資訊，但還沒準備好，因為佩瑞冠認為我們還在飛行，所以才會處於維修中的狀態。」索菈笑了，帶著苦澀和理解，就像欣賞著一個拿她自己開玩笑的高明笑話，「聽聽他說話的樣子，你認為他們會設計一個這樣運作的介面嗎？他根本他媽的壞掉了。佩瑞冠，你的運作正常嗎？」

佩瑞冠看著桑提，一臉茫然：「出事了。」

「出事了，」索菈再次站近他，「在沙灘上你就是這樣跟我說的，然後你倒下了，我還以為你中風了，但——你不是人，你怎麼會中風呢？」

「不是中風，」桑提說，「是很嚴重的錯誤。」他想起了沙灘，地面搖動得就像整座城市要裂開來了。他看著索菈：「發生了碰撞，我感覺到了，妳也感覺到了，佩瑞冠——電腦系統一定是受損了。」他心中開始產生恐懼，就像一種幽閉恐懼症，跟這個昏暗不明的房間四面牆壁沒有關係。「他知道我們到了，但是無法讓我們脫離運送模式，無法喚醒我們。」

索菈盯著佩瑞冠的眼睛。「所以怎樣，你就要讓我們餓死嗎？」她發抖的手指著影像的螢幕，「看看我們，我以為那套連身服太寬鬆了，但其實是因為我們他媽的就剩皮包骨了。」

桑提跟著她的視線看過去，他蓬厚雜亂的鬍鬚遮掩住了臉，不過現在他能從索菈的臉上看出來：她的顴骨突出得不太自然、膚色也很蒼白，站在螢幕前這個版本的她看起來生氣勃勃，相較下令人無法忽視兩者差異。

「補給的物資，」桑提對佩瑞冠說，「氧氣、食物、水，這裡的物資一定會比我們旅途所需要的還要多，不然我們早就死了。我們有多少？足夠返航嗎？」已經過了五年，所以至少還要五年，在我們找到方法來替換零件之前都會擱淺在這裡，但或許我們可以想到辦法——

佩瑞冠搖搖頭：「返航的燃料和物資——事先運送，到行星，組員——抵達——接收。」

桑提吐了一口氣：「好吧，但總有安全限度吧？」

佩瑞冠點頭。

索菈冷哼道：「我們撐著這個安全限度已經四點九年了。」

桑提沒理會她：「我們還剩多久？」

佩瑞冠的臉閃爍著光芒：「一個月。」

「實際的時間嗎？」

「是。」

桑提轉身看著心率監測器上緩緩爬升的綠線：「那個在那裡多久了？」

「八年。」

昏暗的房間裡陷入一陣沉默。桑提思考著兩人與消滅之間在城市中度過那些漫長日子與年月，感覺就像永遠，卻又只在剎那間。

索菈搖搖頭，邁步經過桑提身邊走向門口。

「妳要去哪裡？」他問她。

她沒有轉身：「我不知道你怎麼樣，但我他媽的需要喝一杯。」

他們往前走過河流，早晨的天空抹著一條黯淡的天際線，最奇怪的就是這條線看起來似乎仍然無比真實。桑提在理智上可以知道自己走過的只是一個幻覺，卻還是相信拂上臉頰的微風、水中捲起的灰色波浪，還有他們走路時聽見城市甦醒的聲音，他們走到對岸便左轉進入舊城區。

他們到人馬酒吧的時候，酒吧還沒開，索菈搬下店外倒放的一張椅子坐下來，桑提看到布莉姬塔在店裡準備，便朝她揮揮手，她手指點點自己的手錶搖搖頭。

「時鐘，」索菈說，「是倒數計時。」

桑提順著她的眼神看向鐘樓，許多段人生以來，指針都卡在午夜時分。四年又十一個月壓縮過的時間、四年又十一個月的補給物資沒了，他試圖想起自己受過訓練的專業人士身分，卻不記得自己曾經學過。「我們必須評估狀況、提出計畫。」

索菈像打嗝似的發出笑聲：「好啊，狀況是這樣，我們完全就在我們一直想要去的地方，但是看不見也摸不到，如果我們找不到出去的方法，就會在一個金屬箱子裡餓死，永遠也醒不來。」她朝人馬酒吧的窗戶狠狠瞪了一眼：「我的紅酒在哪？」

「布莉姬塔還在準備開店。」

「布莉姬塔他媽的不是真的。」索菈站了起來用力敲門，經過一段桑提聽不見的激動簡短對話之後，索菈帶著紅酒回到桌邊坐下，還有一杯本地釀造啤酒。她舉起酒杯。「敬我們達成夢想。」她苦澀地說。

桑提認真地與她碰杯。

索菈放下杯子，表情凝重：「現在我知道真實的我要靠靜脈注射維生，一切都不一樣了。」

桑提啜飲一口啤酒：「我覺得喝起來還是很真實。」

「但不是，這些都不是真的，我們剛剛看見的就是確切的證據。」索菈搖著頭，「我懂，讓我們在旅途中進入休眠很合理，製造一個虛假的世界讓我們有點樂子，但是為什麼不讓我們記得自己真實所在的地方？」

桑提顫抖著，想起緊挨著自己真實的身體四周那些金屬牆面：「或許讓我們接受這個地方的真實性很重要，我猜因此他們才會複製我們所愛的人放在這裡，愛洛伊絲、傑米、莉莉。」

「茱爾絲，」索菈玩著自己的酒杯，臉上出現陌生的溫柔，「我想要見她，我是說真正的她。」

「或許妳可以，」他說，「等我們回去的時候。」

她看著他，似乎是不敢抱著這樣的期望：「出來十年、回去也十年，再加上我們還得待在這顆星球上不知道多久時間？更別提還有五年意外的延遲？沒有人會等那麼久。」

「妳又不知道。」

索菈憂鬱地喝了一口酒：「難怪她一直跟我分手，是我也會跟我分手，你能想像嗎？嘿寶貝，我參加了一項飛往遙遠太空彼端的任務，要二十幾年，不要覺得難過，等我回來再見囉！」

桑提的微笑帶著傷感，想起了愛洛伊絲，想起他一次又一次在她眼中看到的眼神：焦慮、期待、等待著他要離開的那一刻。「我們或許認識他們，但我們對他們只是單方面的了解，」他提醒她，「妳認為茱爾絲會希望妳留下，所以妳就想像出這樣的她，但是真正的茱爾絲可能不想要做妳認為她會做的事。」他用手指輕敲索菈的手：「想一想，這裡的一切都是設計好的，她們一定是同意了讓我們使用與她們相似的特徵、她們的性格，這表示茱爾絲想要讓自己的一部分陪著妳。」

索菈對他露出痛苦的微笑，桑提試著想像：回到地球，走出太空船時迎向等待群眾的眼神。「在影像上，」他說，「我們看起來年紀多大？」

「我不知道，三十好幾？我們都餓個半死很難看出來。」索菈咬著自己的指甲，「想到自己只在某一個年紀感覺好奇怪，到了這個時候我覺得自己就像曾經歷過每個年紀。」她看著他，變了個表情：「你在想你的父母。」

他點點頭。

「他們會沒事的，」她說，「健康的地中海生活習慣，吃那麼多橄欖油。反觀我的呢……」她仰頭喝一口自己的酒示範一下。「我想他們大概把自己醃起來了。」她咕噥道。

桑提知道這是她處理情緒的方式，但他笑不出來，他想像那個版本的自己離開了父母，知道他很可能不會再見到他們，是正版的自己，他希望自己能說感覺很不可思議。他雙眼之間突然感覺到一股痛楚，他按壓著太陽穴吸氣，等著疼痛消失。

「靠，」索菈說，「還有更糟的。」

桑提努力想專心聽她說什麼：「妳是什麼意思？」

「相對性，」她把紅酒推到一旁，「比鄰星距離地球有四點二光年，如果我們只花了十年就到這裡，一定是以相當接近光速的速度飛行。」

桑提點頭：「家鄉的時間過得更久。」

「有多久？」索菈展開餐巾紙，伸出手和桑提要筆。「主觀飛行時間：十點四年，」她喃喃說，「那麼往返就要花二十點八年，假設以等加速度飛行……」她振筆寫下算式。

桑提俯身過去，覺得很神奇：「妳可以心算雙曲正弦？」

「算個近似值，」索菈皺眉，「地球上經過的時間應該是……大概二十三年，相較之下我們是二十一年。」她笑了。

桑提疑惑地看著她：「有什麼好笑的嗎？」

「茱爾絲終於可以得償所願了，等我們回去之後，她會比我大一歲。」她停頓一會兒，又糾正自己的說法，「如果能回去的話。」

「我們會回去的。」

索菈看著他的眼睛，過了良久，她喝完自己剩下的一點紅酒。「好，狀況評估過了，我準備好討論計畫了。」

桑提揉揉太陽穴：「我是這麼想的，我們跟太空船之間有介面，應該拿來用。」

「佩瑞冠？」索菈從鼻子噴口氣，「他大概就跟壞掉的烤吐司機一樣好用，我已經要求過他喚醒我們了，兩次。」

「妳只用過一種方法要求他。」

索菈翻個白眼：「所以我們應該說『請』嗎？」

「我不是那個意思，」桑提從桌子另一邊傾身過來，有點不對勁，索菈離他越來越遠了，「損壞影響了他的語言能力，對嗎？如果我們下指令的方法正確，就能繞過他心智損壞的地方。」

「你是說我們要試試看一路吵到離開這裡？」

「天曉得我們練習夠久了。」他看不清楚索菈的樣子，但是仍然知道她正瞪著自己。「我猜猜，」他疲憊地說，「妳想用不同的方法。」

索菈的聲音聽起來很模糊。「我想要回去奧德賽探險博物館看著影像，仔細檢查太空船模型的每一寸，肯定有什麼是我們能——桑提？」

他想要揉揉眼睛，但手卻不聽使喚；他想要站起來，雙腳卻承受不住自己的重量，就這樣倒了下去。

「桑提。」索菈的聲音在黑暗中聽來很是急切，他感覺到背上鵝卵石的觸感。

「索菈。」妳又打破世界了嗎？她大喊著找人幫忙，而他飄浮了起來，不再接觸到鵝卵石、不再受到真實身體的箝制，踏上前往星星的路。

他在醫院病床上醒來，索菈坐在窗邊的椅子上咬指甲。

「又是癌症，」他眼睛睜開時她說，「這次是腦瘤，無法動手術，他們說你剩不到一個月。」

模擬城市中的一個月，現實時間大概就幾個小時。桑提幻想著他在自己的身體中，處於半飢餓狀態、只有羽量級的體重，感受到現實中幽閉恐懼症帶來的驚恐。他揉揉眼睛：「謝謝妳這麼溫柔地告訴我這個消息。」

「不用擔心，」索菈搖了搖一罐藥片，「記得嗎，我是反抗命運的專家，我會跟著你一起去，下次再試一次。」

桑提坐起來，努力想揮散腦中的薄霧，心裡突然冒出越來越強烈的恐懼。「不行。」

索菈雙臂交叉胸前：「如果你是認真想要跟我吵架，勸我不要自殺——」

「不是那樣，」他冒汗的雙手緊抓著病床的薄床單，「我們只剩下八年了，如果死掉——沒錯，我們會回來，但是無法保證我們會一起回來，有時候我們抵達城市的時間會差上十年、二十年。」

從索菈的表情能看出她慢慢理解了。「我猜這是設計的一部分，」她說，「讓我們各自能稍微脫離模擬程式一段時間，但是如果我們其中一人回來，時鐘就會開始走動——」

「等到我們兩人都抵達時，可能早就已經死了。」恐懼讓桑提全身動彈不得，這比他在博物館中看見空白面板時的恐懼還要糟，他可能在人生轉換之際死去，這一切也就沒了意義，他們的所有努力、從彼此身上學到的一切，他們所有的一切都會終止，成為箱子裡的兩具屍體，脫離了他們永遠無法見到的他方。

「幹。」索菈站起來走到房間另一邊，「幹！我不相信，怎樣，他們是想讓事情好玩一點嗎？」她捶了牆壁一拳。

「索菈。」他需要她冷靜下來，撲滅她的怒火讓他來燒毀自己的空間。

她不懂。「當然，這時候你就該告訴我這是有理由的，」她的聲音中滲著苦澀，「來啊，告訴我這一切代表什麼意思。」

他朝著她大叫：「我說不出來！」

索菈瞪著他，仍然沒有理解他的想法。他等著她反擊，要求他不願意跟她進行的辯論。很久以前，其他的索菈可能會這麼做，但這個索菈只是閉上眼點點頭，她離開時順手靜靜把門帶上。

桑提盯著醫院天花板，灰色的磁磚上布滿了像蜘蛛網一般、無意義的裂痕。他一直都這麼努力，在他所有漫長的人生中，想要理解，而他在那間昏暗展廳中所看到的，感覺就像是最有力的證據：他們的存在是有意義、有目的的，自從他能夠記得以來就不斷夢想的意義。結果就這樣面臨摧毀，而且還這樣毫無道理、如此抽象，只是程式隨機設定的死亡，感覺就像他整個世界的根基都遭到連根拔除。

索菈不在這裡，她看不見，他不必為了她而堅強，他氣憤啜泣著，最後陷入精疲力竭而憤恨的睡眠。

他醒來時，床邊已經圍起了簾子，他感覺很模糊、昏昏沉沉，好像靈魂脫離了一般，這是他想像中疾病的症狀或是因真實的飢餓所引起？沒關係了，現在他腦中只有一個問題，只有一個人能夠解答。

「佩瑞冠。」他說。

門打開了，穿著藍外套的男人撥開簾子鑽進來，站在床腳邊。桑提記得自己第一次嘗試的時候有什麼感覺：他朝著空氣說出一個名字，答案就走進來了。在記憶屋中，他以為佩瑞冠是與上帝聯絡的管道，是宇宙的傳話筒，但他只是又一個空虛的領悟，打開來空空如也的玄機盒。桑提仔細看著他，他的頭髮平直而稀疏、臉上掛著疑惑的表情，還有雀斑，誰會想到給一個擬人化程式雀斑？「佩瑞冠，」桑提說，「為什麼我們必須死？」

佩瑞冠皺起眉：「我——我不……」他的聲音慢慢弱下去。

桑提吸了一口氣，不管要花多久時間他都必須了解。「這是一個模擬程式，」他說，「不管是誰設計的，大可以選擇以不同的方式壓縮時間，讓我們過一段長久的人生，為什麼不能這樣？」

佩瑞冠歪著頭：「運送階段。」

我們不在運送階段。索菈的回應方式就這樣跳到桑提腦中跑在最前面，自然得就像他自己的想法。他閉上眼睛，尋找過去得來如此容易的平靜，但是他做不到，就像要抓住火焰一樣。「一次又一次死去跟運送階段有什麼關係？」他發起脾氣。

佩瑞冠的表情從痛苦迅速轉為平靜。「計畫——計畫的一部分。」

「哇喔，」桑提搔了搔自己的下巴說，「索菈說的對，這真的好煩。」佩瑞冠顯然一臉好奇地看著他。「為什麼？」桑提問，話語中充滿了他們所經歷過的一切，「就算必須讓我們死，為什麼不讓我們同時死去？為什麼我們會以同樣又不一樣的身分一次又一次回來？這是什麼計畫的一部分？」

佩瑞冠張開嘴巴又閉上，他又試了一次。「不夠，兩人，需要——每一個，需要你、需要他，這樣——」他眉頭糾結起來，「抱歉，有事——」

「發生了，我們知道。」索菈拉開簾子，她聽了多久？她看著桑提，而他在她臉上看見的線索讓他心碎。「他們要讓你出院，」她說，「我們回家。」

索菈帶桑提回到他們在比利時區的公寓，她在沙發上放下他時，他盯著她身後的窗戶，看著雨水在灰色方塊上滴出一點點痕跡。他的憤怒已經消退，只剩下靜靜的絕望。

「妳怎麼做到的？」他問她。

她低頭看著他，眼神帶著他無法忍受的同情。「做什麼？」

「繼續，活下去，」他的聲音哽在喉嚨，「在妳不知道還有沒有意義的時候。」

索菈在他身邊坐下：「怨恨？」他瞪了她一眼，她微笑了。「我猜——我自己創造出意義，從我的生活、這個世界、我愛的人。」她把他額前的頭髮往後撥，「對你來說大概不夠對吧？你想要的意義是真正的意義，是上帝寫在星星裡的訊息，告訴你應該往哪裡走。」

他眼中盈滿淚水，無法看著她。「妳不相信有這種意義存在。」

他不知道她腦中閃過了多少念頭而沒有說出口。「我不知道，」她終於回答，「但如果確實存在著意義，我就算不知道是什麼也沒關係。」她認真看著他。「或許這是唯一能夠熬過這件事的方法，不知道也沒關係。」她站起來摸摸自己的口袋找鑰匙。

「妳要去哪裡？」

「去找辦法喚醒我們。」

桑提想要讓自己站起來。「我跟妳去。」

「桑提，你站不到五分鐘就會昏倒，抱歉，但現在你不是我身邊最有用的人。」她在門口停下腳步，「我會回來的。」

桑提想起一段半是想像出來的記憶：在索菈幫忙撫養他長大的那段人生，她要拉開他那雙幼稚而緊抓著她不放的手，我一定會回來，她那時這樣告訴他，這一次卻沒有這麼認真保證了。

他躺在沙發上，一手摸著呼嚕叫的小費莉，然後慢慢睡了過去。索菈來了又走，但桑提覺得她似乎比較常陪著自己：跟他一起坐著、扶他到浴室、拿從虛空搜刮來的奇蹟食物餵他，他看著她拿了一大堆食物回家，都是長得一模一樣的小圓麵包、蘋果、濃湯罐頭，忍不住讚嘆她的能力，她這個生存專家完全適應了最奇怪的環境。她一直都比他堅強，即使在她只是七歲小孩的時候，當時他是她的老師，腦中卻充滿了錯誤的理解和懷疑，或許她的堅強在那個時候尤甚。

他突然生起她的氣。「妳為什麼要浪費時間照顧我？」他抗議道。

索菈正在開濃湯罐頭，轉頭過來看著身後的他：「如果你是我而我是你，你也不會讓我一個人死去。」

確實如此，但桑提不在乎。「這樣不公平，」他想要坐起來，「不應該發生這種事。」

「你說的完全沒錯。」索菈說話的聲音很平靜。

他躺了回去，靜靜生起悶氣，她拿湯過來時他懷疑地聞了聞：「這是什麼口味？」

「奇蹟口味，怎麼，聞起來很奇怪嗎？」索菈收回湯碗，「也許你不該喝這個。」

他朝她翻個白眼：「怎樣，免得喝完湯我就得了什麼不治之症嗎？」

她狠狠瞪他：「不要一直想學我，不可愛。」

「我不是想學，」他喝了一小口，「我們現在已經從彼此身上學到很多東西了。」

索菈先是皺起眉頭然後就笑了。

「怎樣？」他問。

她悔不當初地笑著。「我本來要說你在鬼扯，但看看我，耐著性子餵你喝湯，聽你抱怨著宇宙有多不公平。」她偏過頭去，伸出拳頭讓小費莉摩蹭身體，「我花了很長時間定義我自己相對於你是什麼樣的人，一開始只是潛意識裡這麼做，後來——我想我是害怕了吧，想到我受你的影響有多少。」

桑提看著她，想起自己曾經寫過的一封信：我已經不知道我身上有多少是屬於我、又有多少是屬於妳。想起來幾乎是種安慰，等他走了，只要索菈還活著，一部分的他就還會留下。

「別跟著我來。」他一衝動便脫口而出。

「什麼？」

「留下，」他握起她的手，「運用妳所有的時間，別只為了我可能還會回來就去冒險。」

「這樣的意義對你來說就足夠了嗎？犧牲自己好讓我出去？」她搖搖頭，「你真的應該壯烈犧牲，要是讓獅子吃掉你，你肯定開心死了。」她拿走他手上的湯碗：「多謝提議，但是如果對你來說都一樣的話，請容我拒絕。我們不再跟彼此對話時，通常都過得不好。」

他挪動身子坐遠一點：「我聽不懂妳的意思。」

「我說的是我決定把你的貓跟妻子丟進虛空裡，然後你決定捅我一刀的那次。」她微笑著，「再說，萬一我出去了卻還是無法喚醒你怎麼辦？」她聚攏眉頭：「我們兩人要不是一起出去，就都不出去，好嗎？」

不好，但是他已經沒有力氣爭辯了。他躺回去陷進沙發裡，閉上眼睛。

他醒來時索菈就在那裡。「你覺得怎麼樣？」她問。

「不知道，」他老實說，「我怎麼還活著？妳怎麼在這裡？」

她輕輕戳他的手臂：「這不是哲學問題，可以認真回答嗎？」

桑提覺得自己就快要抓不住這個世界，他面前的索菈似乎越來越像是個幻影。「認真的回答是很嚴重，」他吞了口口水，「我想我時日無多了。」

她點點頭。「好。」她嘶啞著聲音說。他懂，他們失去彼此太多次了，但這次不一樣，他們兩人都無法確定自己還能不能回來。

桑提決定就算他知道也沒關係，他選擇懷抱希望，這是個易碎而短暫的希望，相較之下，他過去篤定的自我抱著更深信不疑的信仰，但也因此讓這個希望更加珍貴。「在真正的人生裡，」他說，「妳想我們是朋友嗎？」

「不是，我們大概討厭彼此。」她開心地低頭看他，「等我醒來我就會記得有多討厭你，然後我會把你扔出氣閘艙。」

他笑了：「妳可能會很驚訝，但我不認為是這樣。」

「好啊，」她嘆口氣，「也不是第一次了。」

「我很期待在我們下一次人生繼續這場辯論。」他想要繼續睜著眼睛，盡量看著她，但是他好累，他已經準備好迎接終結，於是他讓眼睛慢慢閉上。在一片黑暗中，在他觸不到的遠方懸浮著光點，似乎形成一種圖形：他或許永遠也看不清的圖形，至少在他還活著時不行，但是他選擇相信確實存在著圖形，無論自己看不看得見都存在。

「啊，」他嘆著氣，一種像是寧靜的感覺漸漸淹沒了他，「索菈，真希望妳能看見這個。」

她的聲音很輕，越來越輕：「什麼？你看見什麼了？」

儘管疼痛，他臉上揚起一抹微笑：「星星。」

唯一的選擇

索菈活著。

在一個奇怪、速度加快的地方，處在某地又不在某地。她隔著一段距離觀察著自己的人生展開，就像一個識破魔術師技法的觀眾，看見沉入水裡的櫃子有個密門，助手游泳逃脫了。早年從荷蘭搬家到英國應該會讓她變得脆弱，而她父親偶然的一句評論應該會永遠盤據在她心中。她飄浮在這一切之上，純熟航行在這片她了然於心的海域上，三十五歲那年她乘著高高隆起的海浪，縱身一躍，雙腳落地在火車總站外頭，教堂在她眼前高聳深入晴朗無雲的夏日天空。她就在這裡，又回到科隆，彷彿從未離開過。

她發著抖深吸一口氣，她沒有死，或許還有時間能找到出去的方法。她拔腿狂奔，扔下她帶來的行李箱。隨著她大步跑過教堂前方，盯著她看的人們漸漸模糊成了背景，她心裡只有一個目標：去人馬酒吧，等桑提出現。

她並沒有想到自己可能不是第一個到的人，然後她看見街邊建築物牆上畫著壁畫：一個藍髮女孩坐在鐘樓塔頂，她的側影在星空中形成一條空隙。

她抬頭看著，心裡既是喜悅又是恐懼，桑提已經在這裡了，他在這座沒有她的城市裡等了多久？

她快步跑過一輛賣炸薯條的小餐車，油炸的味道吸引著她體內的空虛感，她還以為飢餓感不會再更嚴重了。她逼迫自己繼續往前，走進舊城區的狹窄街道，一間老啤酒館的白牆上塗滿了顏色，又是一幅壁畫：一座燈塔，長尾鸚鵡從燈光室的碎玻璃窗飛了出來。

壁畫不斷出現，在下一個街角、覆蓋在巷道上方的拱頂上，在她走到底下時便俯身靠近。一幅又一幅的壁畫，絕對是桑提的風格，從內部翻轉出來的舊城區、鑽進天空的鐘樓、狐狸與狼一起在星空下狩獵。索菈每經過一幅壁畫便在腦中計算著要花幾週才能畫好，從他們人生僅剩下的珍貴時光中扣除。等到她從鐘樓的陰影中走出來，她的不安已經凝聚成了絕望。

桑提正坐在人馬酒吧外面等她，在記憶筆記本裡畫畫。索菈停下腳步，訝異於自己的反應竟如此強烈，這是她記得他以來第一次，她不確定自己是否還會再見到他。

他抬頭看見她時，臉皺成了一團，看來像是悲傷，然後又變成真心的愉悅。她跑向他時，他顫顫巍巍站了起來。「我從來沒有放棄希望。」他擁她入懷時這樣喃喃說道。

他的聲音沙啞，索菈知道他在哭泣，她離開他的懷抱。「你在這裡多久了？」

他閉上眼睛：「七年。」

「幹。」她在桌子另一邊的椅子上坐下，有種知道自己是對的感覺，卻很殘忍，當然會如此，他們甚至還沒開始就快沒時間了。「只剩一年可以找到出去的方法。」

桑提看起來並不擔心，雖然還流著淚，卻咧嘴開心笑著，彷彿上帝剛剛交給他通往天堂的鑰匙。「妳覺得怎麼樣？」

索菈費了一番功夫忽略自己的記憶，而只看著他現在的樣子：短髮、沒留鬍鬚，似乎是想要看起來盡量不要太像真正的自己。她順便注意到，這個版本的她一點都不覺得他好看。「餓到差點動不了了，」她說，「你呢？」

他皺著鬼臉：「頭暈目眩、動作遲緩，就像我思考時有團濃霧阻擋一樣。」他伸手梳了梳頭髮：「想要在猜謎競賽中打贏瘋狂的上帝，實在不理想。」

「你是說佩瑞冠？」他點點頭。索菈往後靠在椅背上時歪起嘴角冷笑：「當然了，你真的去執行那個瘋狂計畫了。」

桑提嘆口氣：「我什麼都試過了，讓他看時鐘、讓他看星星，用一百種不同的方法告訴他我們到了，但是全都沒有用。」

「他已經知道我們到了。」索菈指出重點。

「但是他沒辦法把所知的這件事傳達給另一部分的他，那個他還深信我們在運送階段。」桑提聳聳肩，「他就是——相信是這樣，很難跟他吵這件事。」

「還用你說喔。」索菈說得淡然。她的手在發癢，想要抽菸，但她上次就已經決定要永遠戒菸了，她討厭覺得自己不斷繞著圈子陷入最爛版本的自我。「你從他身上得到什麼有用資訊了嗎？」

「他可以完全控制太空船及其運作，」桑提說，「所以就算我們不能叫他把我們喚醒，還是可以叫他去做些什麼。」

「比方說？」索菈酸言酸語的，偷喝一口他的啤酒，「修好他自己嗎？」

桑提搖搖頭：「他連自己的問題都診斷不出來，他知道有問題，但是找不出到底在哪裡，更別提要修理了。」

「那就跟我們其他人一樣了。」索菈垂下頭用手臂扶住，「天啊，桑提，我真的、真的想過要讓我們出去，不只是因為這樣我們就可以去看看我們來這裡要看的東西，我還想過之後可以回家，我想過我們回去地球，成為他媽的大英雄，去上那些愚蠢的電視節目，鼓勵小孩成為太空人，我想過所有那些超棒、超棒的狗屎爛蛋，而且我想過去見我愛的人，見真正的版本，而不是他們的影子。」

他好奇地看著她：「為什麼妳說妳想過？」

「我只是——」她搖搖頭，「我們得從現實考量我們的機會，我們快沒時間了，在現實裡我們只剩下幾天。」

「可是在這裡我們有一年。」想不到桑提居然在微笑，「現在妳跟我一起了，我們會找到方法，我知道我們可以。」

「我懂了，」她勉強笑著說，「真不敢相信，在我們見過一切之後，你還在說什麼奇蹟。」

他看著她，露出最為平靜的表情，她討厭這種表情。「我們每天都會見到。」

「喔對，我相信一杯神奇續杯的咖啡到最後就會成為一切的關鍵，」她站起來，「那就走吧，我們去看看你的鬍鬚長得怎麼樣了。」

「這是要怎麼辦？」他們穿過奧德賽探險博物館擁擠的大廳時，索菈問，「每一次都得闖進去，還是展廳就維持開放了？」

桑提聳聳肩。「我們上次一起闖進來之後我就沒試過了，」看到她一臉難以置信的樣子，他回答，「我在等妳。」

「你要等到什麼時候才會接受我不會來了？」

他看著她，彷彿這是個不相干的問題：「妳來了啊，不是嗎？」

「這樣不算回答！」他們站在維修中的障礙物前，好奇的博物館參觀群眾停下來，看著他們準備把障礙物從牆上拆走。「真不敢相信——」

「嘿！」

索菈看向他們身後，一個穿著奧德賽探險博物館POLO衫制服的男人站在那裡看著他們，雙手交叉胸前。「你們在做什麼？」

她嘆口氣：「我們正繞行著一顆距離地球四點二光年的系外行星，我們度過了自己數不清的好幾次人生，我們累了，也餓了，沒時間跟你說這個。」

那個男人一臉茫然瞪著他們：「我不知道該說什麼。」

「你們這些人永遠不知道。」索菈回頭看著桑提，「三、二、一——」

沒有人跟著他們進去，其他人似乎都看不見這間黑暗的任務展廳。索菈直接走向影像牆，迫切想看一眼現實，他們兩人是不是比她記得的又更瘦了？或者只是她的想像？上次她站在這裡的時候，桑提死了兩次：一次是在她眼前的影像，還有一次是在他們的公寓裡，陷入了程式幫他設定的遺忘中。她怪罪幻想中的死亡，害她分心了才沒找到脫離真正死亡的方法。她以為她需要的是新的自我、新的觀點，但是她現在站在這裡，還是同樣那個老索菈，毫無新想法。

「很不容易，」桑提抬頭看著，眼中既有讚嘆也有恐懼，就像朝拜的信徒看見聖人親自顯現了，「看看我們變成什麼樣子。」

「但這是真的。」索菈看著代表他們心跳那條緩緩爬升的綠線，聽著兩人呼吸時發出深沉而緩慢的低鳴，她知道自己應該慶幸模擬程式中的時間比起太空船上的還要慢一百倍，讓他們最後這段時間能夠延長放大，但這也是一種折磨，慢慢因飢餓死去讓幾乎成了無盡。

影像變了，顯示出一個昏暗的金屬房間，唯一的光線來自兩塊玻璃面板，面板後方各出現一張臉。

「還有另一個攝影機？」桑提問。

索菈還是無法理解為什麼他這些年來都躲在模擬程式裡，而非面對他們真實的自我。「在我們的隔艙之外。」

他站近了一些：「那是什麼？」

「什麼？」

「牆上那一塊黑黑的，」他指著，「看起來像燒焦的痕跡。」

索菈抬起手，好像可以碰觸到冰冷的金屬一般。「我想是在碰撞之後起火了。」

桑提狠狠倒抽一口氣：「我們還活著算好運。」

「我想老好人阿佩在大火造成太多損害之前就撲滅火勢了。」索菈專注凝視著兩人在玻璃之下略有陰影的臉。

「他們人真好，讓我們有窗戶能看到外面。」桑提評論道。

「反正我們除了自己的倒影大概也看不到多少。」索菈盯著螢幕，看著影像又切換回去，顯示近拍他們逐漸死去的身體。「沒救了，」她說，「我們只能這樣看著。」

「那就別看了，」桑提扶著她的背，「走吧，我們離開這裡。」

索菈以為他會帶她去看一幅特別令人震撼的壁畫，或者最糟的情況就是教堂，卻沒有想到她會站在他比利時區的公寓裡，裡面擺著深藍色沙發、掛著編織毯，這間公寓可以屬於她所認識每個版本的桑提，而他正在幫她泡杯茶。茶壺裡的水滾開了，她盯著牆上的星圖，想要讓星圖分解開來，露出她所在的隔艙牆壁以及牆外真正的星空。

小費莉喵喵叫著在她腳踝處磨蹭，索菈不甚專心地彎下腰來摸摸她，用空著的另一隻手翻閱著桌上沒有分類的一團亂：一本柏拉圖所著的《蘇格拉底的最後時日》，桑提在書上以整齊的字跡寫著註解，另外還有壁畫的草圖，一貫是桑提如夢似幻的風格，其他文件就沒那麼眼熟了，包括圖表、示意圖和邏輯流程圖，這是他試圖跟佩瑞冠爭辯時使用的輔助圖卡。

桑提把茶放在索菈面前時，她抬頭看著他。「這地方不錯，」她說，「誰看了都會認為你真的住在這裡。」

桑提坐了下來。「我在這裡七年了，」他提醒她，「妳認為我會睡在水溝裡好證明什麼嗎？」

「我認為你應該睡都睡不著，我以為你會每分每秒都在努力想要找到出去的方法。」她以責怪的眼神瞪著他，「說這麼多在等我的話、說我既然來了你有多確定我們會找到方法，其實只是換個方法說你放棄了。」

「我沒有放棄。」他抗議道。

索菈指著小費莉：「你養了貓，全天下都知道這代表我哪裡也不去。」

「我還在嘗試，」桑提拿起一疊圖畫和筆記，「這麼長時間，我一直在嘗試，我只是覺得一直盯著我們的死亡也不會讓我們想出什麼辦法。」索菈偏過頭不看他，他輕輕拍著她的手。「還記得我們是科學家的那幾輩子嗎？我們在找答案的時候，答案也不一定會來，總是在我們忙著做其他事情的空檔才出現。」

「我們沒有其他事情要忙。」索菈指著公寓、小費莉、他母親的編織毯，她太熟悉這些東西了，完全可以從無到有重新做出來。「我們拋下了這一切，桑提，我們所知的一切、愛我們的每一個人，因為我們想要去探險、想要去觸碰未知，超過了我們對其他一切的想望。或許這樣很自私，但我們就是這樣的人，我們就是這樣做了，不能逃避這些。」

「沒有錯，」他說，「但是可以從另一個角度來看。」他在紙堆中翻找，最後找到他想要的那張畫，他把正面轉給索菈看，畫的是他們兩人背靠背綁在一起，蒙著眼睛，手腳都被綑綁了起來，但是有一道亮光照下來在他們身上打出陰影，他們自由了，於是奔跑。

他對上她的眼睛。「我們放棄了人生中最精華的歲月，選擇在金屬箱子裡睡覺，我們自願為了旅程而做出這樣的犧牲，但是有很多人費了很多工夫，確保我們所經歷的不只是睡覺而已，」他抱起小費莉，讓她坐在自己大腿上，搔搔她的下巴，「而且我認為他們做這樣的決定是有原因的，這個世界或許是幻象，但是給了我們成長、學習的空間，可以跳脫我們受困的束縛而思考。」

索菈雙手交叉在胸前：「你想說什麼？」

「這個，這段人生、這個世界，是一份禮物，我認為我們應該開始用看待禮物的方式來看待它。」

「而我認為聽起來差不多很接近將之視為真實的危險想法，我們一秒都不能忘記自己真正在哪裡，」她拿起一疊他的素描在他面前揮動，「為什麼你還在畫這些？畫下我們想像中的人生？我們已經知道自己是誰了，這對找到出去的方法有什麼幫助？」她覺得自己的怒氣越來越高漲，但是她不想壓抑，這是她需要成為的一部分：挑戰他的思考、讓他甩掉自滿。她把一疊畫掃到地板上：「醒醒吧，桑提，否則我們兩個都要在睡夢中死去了。」

桑提輕輕將小費莉放下，跪下來將畫稿整理好。「我沒有睡著，」他說，「我很清醒，妳才是閉上眼睛不去看所有引導我們來到如今這裡的一切。」

索菈瞪著他：「等等。」

他困惑地抬頭看她：「什麼？」

她拿走他手裡的畫，他則愣在原地讓她拿走，她低頭看著用交叉線條塗鴉出的一張熟悉的臉：長頭髮、大鬍子、籠罩在陰影中。「你在記憶屋也畫了這個。」

他點點頭，小心翼翼地站起來：「是我從塔頂掉下來時看到的臉。」

她抬頭看著他：「是你。」

「什麼？」

「我不知道為什麼我之前沒認出來，」她把畫拿了起來，「我猜是我看到你的畫時還沒看到影像，不知道你在現實生活中是什麼樣子。」

桑提露出微笑。「透過鏡子觀看，如同猜謎，」他用西班牙文喃喃自語，接著眼神透出急切，「索菈，在妳掉落的時候，妳說妳看到的是女人。」

那張臉已經烙印在索菈記憶中，長頭髮、籠罩著陰影、周圍有一圈耀眼的光，她一直這麼努力想認出敵人的樣貌，卻沒認出那是她自己。

「我們的倒影，」她說，「倒映在我們隔艙的玻璃板上。」她看著桑提的眼睛：「我們肯定是醒過來了。」

他們走向門口，兩人一路上都沒說話，一直到站在鐘樓的陰影裡。索菈看著桑提從牆壁空隙鑽進鐘樓。

「等等。」她說。

他轉過身，整個人都隱沒在黑暗中：「怎麼了？」

索菈看著他，她腳下還踩著過往的血跡，他們兩人在這裡發生過太多事情，她咬咬嘴唇：「我們兩人都認為這麼做是對的。」

桑提偏著頭，差點要笑了：「如果我們終於有一次共識，不是很好嗎？」

索菈的眼神往上逡巡著鐘樓，從這個角度看不清鐘面。「這可能是我們最後一次機會，如果我們要這麼做，我不希望我們只是有共識，也要同意這麼做的原因。」

桑提張開雙臂，彷彿在說這不是很明顯嗎？「我們知道這招曾經有用。」

「只有一下子，」索菈說，「但是接著模擬程式又重設了，你怎麼認為這次會不一樣？」

「過去那次我們不知道自己看見了什麼，這一次我們會知道那是現實，我們會認出自己，就能夠緊抓著不放。」

「你怎麼知道？」

他聳聳肩：「我不知道，但我願意抱持希望。」索菈的心沉了下去，桑提踏出鐘樓：「我不明白，如果妳不確定，為什麼認為我們應該這麼做？」

她往後靠在石牆上，感覺像是被逼到死角的動物：「因為我們想不出其他可能性了，只剩這個辦法。」

桑提走過來面對她：「這理由不對。」

「你的也是，」她反駁道，「我們不能只是憑著方向錯誤的希望，認為結果可能會不一樣，就再試一次同樣的事情。」

「我們也不能在絕望之下才這麼做。」

索菈的胃裡沉澱著恐懼，他們失去了一個簡單的解決方法，卻沒有替代方案。她靠著鐘樓坐下，拔起鵝卵石之間冒出的草。「你當然沒關係，」她酸溜溜地說，「你大概相信自己在鐵錫罐子裡餓死之後還會去其他地方。」

「確實如此，」桑提承認道，在她身邊坐下，「但是我不想在還沒看到我們來這裡要看的東西就死了。」索菈順著他的眼神看向廣場另一頭懸掛著的人馬酒吧招牌。「上一次，」他說，「在我快死的時候，很難接受我們或許沒辦法做到，但是到頭來我選擇相信我們可以，我選擇了希望。」

「但希望也不一定是好的，」索菈論道，「希望會讓人麻痺，讓你整天坐著等待救贖而不是自己去尋找。」她懇求地看著他：「我們可能辦不到，桑提，我們必須接受這件事。」

他搖搖頭，還是一樣那麼固執：「如果我們確定自己辦不到，即使出去的方法就在我們眼前也看不見。」

索菈感覺肚子裡的空虛感慢慢傳遍了全身上下。「你說的對。」她坦然道。

「妳說的也對。」

即使經過這麼長時間，他仍然讓她感到意外。她仰頭大笑，頭往後敲在石頭上：「我們兩人怎麼可能都是對的？」

「因為我們是我們，」他捶了她肩膀一下，「想想看，來到這裡，我們是接下這項任務出發冒險的人，我們肯定都是對的，希望和絕望，我們心中必須同時抱著這兩種想法。」

「知道可接受的風險以及絕望之舉兩者間的差異，」索菈說，不太確定自己是發明了這樣的想法還是記了起來，「願意失去一切，但也準備好為了留下一切而奮戰。」

桑提點點頭：「一手緊抓不放，另一手放開。」

她看著身側的他：「你是說你全部可以做到嗎？」

「還不行，」他站起來，「但我可以試著學學看。」

索菈重重嘆了一口氣，握著他的手站起來：「或許我們兩人都可以。」

在希望和絕望間找到平衡，聽起來很簡單，做起來卻不然。一週後，索菈坐在消滅通道口前，將她從奧德賽探險博物館紀念品店偷來的夜光星星一個個扔進虛空裡，這些星星是她夢想的虛假代表，而看著這些一次又一次消解在虛無中，有一種奇怪、苦澀的滿足感。她正拿起身邊最後一顆星星瞄準，這時她聽見一個熟悉的聲音：「妳還好嗎？」

索菈的心翻騰起來，當然了，可愛的茱爾絲，遇見一個看似心情不佳的陌生人總忍不住要試著幫忙。

她看向身後，考慮起自己可以怎麼回答：當然很好；不好，我困在一個謊言中，我的身體繞著一顆遙遠星球打轉，只剩幾天就要餓死了。「嗨。」她說。

「嗨。」茱爾絲一邊跨越欄杆一邊皺眉，「所以那樣是好還是不好？」

索菈轉了回來又往後移動，讓自己擋在茱爾絲和通道口之間：「很複雜。」

茱爾絲在她面前盤腿坐下：「不如跟我說說？」

索菈笑了：「因為妳覺得我瘋了嗎？」

「我喜歡瘋狂。」

「那妳會很愛我。」

「是嗎？」茱爾絲微笑了，露出了酒窩讓索菈心碎，「不如我們先去喝杯咖啡再看看之後會如何？」

索菈想了想，或許茱爾絲是不是真的在這裡並沒有關係，或許模擬程式裡的她已經足以讓索菈愛她，而她也能愛索菈；她知道自己的哪個版本最讓茱爾絲喜歡，知道如何讓茱爾絲快樂、如何讓茱爾絲留下，她可以用人生的最後一年編織這個美好無比的夢，愛到忘我。

這個想望強烈到讓她發疼，但這不是茱爾絲，不是真的，這是她所認為的茱爾絲：一個片面、單方面的形象，永遠無法比擬真實的她，真正的茱爾絲很愛她，所以才會知道她最想要的是什麼，進而送出自己的這個影子陪她出發航行。桑提是對的，這是一份慷慨的禮物，但是還不夠，對於索菈想要成為的那個自我版本而言還不夠。

她搖搖頭：「我想不要了。」

茱爾絲看來很失望：「我想是我誤會了。」

「妳沒有，妳完全想對了。」

茱爾絲的笑聲中帶著煩惱，每次索菈的心情變得奇怪時她都這麼笑。「那妳為什麼不跟我去喝咖啡？」

因為妳只是我拋下的某個真人的影子，而影子也不能算是讓人活著。「我就是——不行，」她說，「現在不行。」

「好吧，」茱爾絲說，「那是說或許之後有機會嗎？」

之後，索菈可能沒有之後了，但話說回來，或許有，茱爾絲對她微笑的那個瞬間，兩種可能性同時存在：再次看見她的希望、永遠失去她的風險。

「不如——」她還沒說出自己的想法就先笑了，「不如我回到地球再去找妳。」

茱爾絲微笑著站了起來：「好啊，太空人，我會等妳。」

他們繼續嘗試。索菈會拖著桑提跟她一起到奧德賽探險博物館看著真正的他們，影像畫面的顆粒感很重，索菈仔細爬梳著影像想找出他們可能忽略的蛛絲馬跡；相對地，她會坐在他身邊，聽他跟佩瑞冠爭論，一直到文字失去了所有意義。一百次，一人會提出計畫；一百次，另一人會駁回。有一天，他們會發現存在於希望與絕望之間的可能性，成為最能夠抓住這個可能性的人。

而在那之前，索菈在城市裡過著不太正常的人生，在城市中卻又不屬於這裡，她以為如今自己應該已經見過所有時間的詭計：童年裡時長時短的夏天、時間在見到美麗女孩就會加速，以及事後回想時，多年時光也可以像是短短幾秒般快速掠過。但是她從來沒有經歷過這樣的事，現在的她能痛苦地覺察到時間流逝，幾天時間對他們沉睡中的自己來說只是幾分鐘。下午時，她從奧德賽探險博物館沿著河邊小徑走回家時，看著自己的影子拉長，想像著心臟跳動一下就要花上一百秒，有時她覺得自己能聽見心跳聲。

桑提繼續畫著壁畫，最後整座城市從多伊茨到埃倫費爾德都能見到他的畫。索菈會在晚上冒險偷溜出去，在壁畫上添加文字：對話的片段，她現在知道這些論點和反論點加起來就是一段漫長的爭論。最後她站在鐘樓下，面對破損的牆壁，一幅壁畫蓋過了層層塗鴉——那是他們認識的佩瑞冠，翻起的手掌上拿著與他同名的太空船，索菈從船艙窗戶拉出一個對話泡泡，救命，文字寫道，我們困在這隻鳥裡了。

桑提看到的時候大笑出聲：「完美。」他加了幾筆顏色，從來就沒有真正畫完、從來沒有真正滿意。索菈看著他忙碌，專心地皺起眉頭，然後他停下動作：「幹嘛？」

「沒什麼，」她說，「只是——如果我得暫時跟某個人困在壞掉的模擬程式裡，很高興那個人是你。」

他將她拉進懷裡親吻她的臉頰：「我也是。」

索菈跟著他的指引，試著注意這個地方的美麗。現在比較容易了，畢竟她可以看出這裡是創造出來的、是帶著愛而打造的，水面漣漪反射出的光線、人馬酒吧的背景中不斷重複的對話營造出輕柔的低鳴聲、長尾鸚鵡在樹梢間飛過去又飛回來；就連錯誤對他們來說也有一種甜美，就像自己摯愛的臉龐上那熟悉的瑕疵。她明白了，這是因為她確實喜愛這裡：一種疼痛而疲憊的愛，就像一個朋友讓你失望了，但是他已經成為你不可或缺的一部分，你無法想像自己失去這個朋友，就是這樣的愛。不過她所做的也就是這樣了——想像逃出的方法，以她和桑提每天提供給對方的小小領悟逐漸建構起的方法。

「我想到那個聲音是什麼了，」她坐在他公寓廚房的桌子前喝著茶說，「就是我們那天在影像上聽到的聲音。」

桑提揚起一邊眉毛：「妳形容為『鯨魚唱的爛歌』那個聲音嗎？」

她激動地點點頭。「我用手機錄下來快轉，」她放給他聽，看著他認真聆聽的臉，「你睡覺時會唱出來。」這是他還是嬰兒時她唱給他聽的歌，他以前在天文學實驗室常常哼的曲調。

他皺起眉：「是妳先唱的還是我？」

「我不記得了。」她喝完了茶就起身準備離開。

「喔，妳想問佩瑞冠的問題，」桑提說，「我終於得到答案了。」

索菈盯著他，心臟都快從嘴裡跳出來了：「是嗎？」

他偏過頭去咕噥著說：「妳是老大。」

「我就知道！」索菈得意地拍了桌子一下。

桑提搖搖頭：「我花了三小時才問出來，誰發號施令，是我還是索菈？這樣問沒用，他只是盯著我看，一臉我瘋了的樣子，不過我改成洛佩茲或利許科瓦，就沒問題了。」

索菈微笑著：「你說過我是艦長，以前你是我老師的時候。」看見桑提一臉疑惑的樣子，她說：「你不記得了嗎？我們去奧德賽探險博物館玩那個領航遊戲，我們要決定是繞遠路或者通過廢墟區域——」她的手蓋住自己的嘴。

「佩瑞冠讓我們玩那個遊戲，因為那不是遊戲，」桑提盯著她，「他必須做決定，而他需要在不喚醒我們的前提下讓我們輸入指令。」

「所以碰撞是我們的錯。」

桑提點點頭。

「幹。」索菈捶了桌子一拳，「一個決定，一次笨到該死的錯誤選擇。」她苦澀笑著：「我們有這麼多次機會可以重新經歷人生，用不同的方法做事，結果現在真正重要的那一件事卻是我們無法收回的。」

桑提迎上她的眼睛：「我想這樣我們就知道那是真實的。」

索菈舉起手。「好吧，沒有錯誤的選擇事情就是這樣發生，這位大師，」她頹然坐回椅子上，「你認為我們會做出不同的選擇嗎？」

她想她知道他會說什麼：永遠不會，我們就是我們。但是他聳聳肩。「或許在不同的宇宙會吧，」他朝她露出悲傷的微笑，「但我們在這個宇宙，我們必須接受，等下次我們要做選擇時盡量選擇最好的。」

最後一片葉子從樹上落下，城市換上了冬季的美景，鵝卵石上結成的冰霜閃耀著光芒，索菈慢慢走上通往桑提公寓的階梯，在樓梯井間呼出白氣，她等了好久才等到他來開門。

「抱歉，」他揉揉眼睛，「我一直睡著。」

「看看我們，」她說著，躺在他的沙發上時大笑出聲，「我八十歲那時得了癌症快死掉，身體都比現在好。」

「索菈，」他說，「我們怎麼辦？」

索菈覺得胃裡不停翻攪著，最後一次拒絕面對現實，但這樣也沒用，就像對著摧毀家園的颶風大喊著不要。「趁著我們還能出門，去奧德賽探險博物館，繼續嘗試，如果我們辦不到，至少我們能看到是怎麼結束的。」

他點點頭，眼裡有可怕的平靜。她懂他，他從來都不害怕面對的一樣東西就是死亡。

他走到門口時摸索著什麼，好像忘了什麼東西。他笑了：「我在做什麼？反正我們又帶不走什麼東西。」小費莉在他腿邊磨蹭，然後弓起身體對著某個不存在的東西嘶嘶叫著。

「我們不會帶妳這隻不完美的貓。」索菈猜到他在想什麼，於是說道。她看著他搔搔小費莉的耳朵，要她答應自己會乖乖的。

在奧德賽探險博物館，他們坐在影像前面抬頭看著他們自己做夢中的臉。索菈因飢餓而全身發抖。「所以我們現在在哪？」她問桑提，「希望還是絕望？」

「都是。」他說。

「都是。」她同意了，讓自己的頭靠在他肩膀上。

他們一邊看一邊等待著，等著結局、等著答案、等著頓悟。時間就像緩慢跳動的心臟，又是延展又是壓縮，索菈不確定他們是不是睡著了，只知道她發現某樣新的東西：從影像傳來的聲音，低到不可思議，就像火車在軌道上朝他們行駛而來的隆隆聲。

她把頭抬起來：「那是什麼？」

桑提也坐直身體。「妳——用妳那招，」他努力想著該怎麼說，「妳對我的歌做的，加速。」

索菈急忙掏出手機，控制面板在她遲鈍的手指下既像複雜的巴洛克藝術品又笨重無比，她試到第三次終於成功了，她按下播放鍵然後聽到一陣柔和而持續不斷的鐘聲。

「一定是警報聲，警告我們躲不過死去的命運，真是貼心。」

「我之前聽過，」桑提轉向她，在精疲力竭中綻放出光芒，「在沙灘上，還記得嗎？」

索菈閉起眼睛回溯著自己海市蜃樓般的人生，她曾經是個少女，蹲伏在劇烈搖晃的沙地上，在碰撞之後、佩瑞冠在她身邊倒下後，她聽見了，聲音像是從四面八方傳來又像是無中生有。「我可以聞到煙味，」她說，「可是沒有起火。」

「有的，」桑提說，「但不是在模擬程式裡，在太空船上。」

索菈懂了，明亮到無法在這個世界出現的火焰，從那時起便會不時在她眼角燃燒起來。煙味、警報聲，現實的片段慢慢滲透進來。

她睜開眼睛，桑提臉上的表情也是她的寫照：興奮、害怕，還有一絲奇怪的悔恨。

「我們開始醒了。」

「幹。」索菈說，然後又喊著，「佩瑞冠！」

「什麼事？」

他從一片虛無中突然現身，就站在他們後面，他們都嚇了一跳。

「老天，」索菈站了起來，靠著桑提穩住身體，「佩瑞冠，這件事很重要，還記得碰撞意外嗎？太空船上起火了，不管你是怎麼滅火的，你可以恢復這個動作嗎？」

佩瑞冠盯著她看，好像她說了什麼難解的語言。

桑提也站起來：「讓我跟他說，我已經練習七年了，記得嗎？」

索菈咬著指甲，看見桑提把佩瑞冠帶到旁邊，她看著他說話、他聆聽，從一台損壞的機器中誘導出片段的真實。佩瑞冠說話坑坑巴巴的，眨著眼睛說話，索菈一邊看著，發現桑提臉上有了變化。

「怎麼樣？」他回來時她問，「他說什麼？」

他迅速又僵硬地搖搖頭：「我們不能這麼做。」

「為什麼？」他不敢看她的眼睛。「桑提，我自己問，就算要用掉我們剩下的所有時間來問出答案也行，怎樣，會毀掉整艘船嗎？」

「不是船，」他顫抖著吸了一口氣，「是妳的隔艙，那場火已經開始融掉控制外流閥的管線，閥門開了一半就卡住，空氣不斷外洩。」

索菈吸進一口氣，每口氣都像是從她體內的一個洞流出去。她又回到奧德賽探險博物館，抬頭看著無人穿著的太空裝，從護目鏡裡看見自己七歲大的扭曲倒影，聽見洛佩茲老師令人安心的聲音：如果是個小洞，太空裝會慢慢減壓，你就只是會用光空氣後陷入沉睡。在沙灘上，鐘聲和煙味消散後，她覺得頭暈暈的，就像一直在憋氣一樣。「好吧，」她說，「但佩瑞冠顯然在之前修好了。」

桑提痛苦地看著她：「因為他滅掉了火，如果他讓那場火繼續燒，燒到喚醒我們——」

「閥門會開得更久，我們醒來之前我就會窒息。」索菈聽見自己聲音的回音，就像是從很遠的地方聽著這場對話，「我存活的機會有多大？」

「百分之六，」桑提說，「所以我們不能——」

她打斷他的話：「那你呢？你的存活機率有多大？」他咬著脣偏過頭去。「說吧，」索菈說，「如果很低你就會直接告訴我了。」

他勉強扯出一個難看的微笑：「百分之九十二。」

他們的生命就只剩下兩個數字，索菈低下頭，思考著創造出這整個世界的數字：樹木、長尾鸚鵡、桑提的壁畫，每次計算都是一次賭博，一行算式只有一個解答。

「你可以讓他去做嗎？」她知道他要說什麼，舉起手來阻止了他，「我現在不是在問你願不願意，而是問你可不可以。」

「如果我叫他做，他會去做，但是我們兩人——我們兩人都需要——」

「我們兩人都要同意，」索菈說，同時覺得既輕鬆又沉重，「當然。」那個瞬間她很生氣，生氣到想放火燒了全世界，然後她笑了，她自己嚇了一跳，桑提也嚇了一跳，他吃驚地看著她。「怎樣，你沒發現這件事有多好笑嗎？」她又笑了，仰頭看著滿是星星的天花板，「完全可以讓人相信這是上帝的計畫了。」

「我們不會這麼做。」桑提說。

索菈對他眨眨眼：「不好意思喔，你說誰才是指揮官？」

「那不代表什麼，妳不能命令我讓妳去死。」

索菈雙臂交叉在胸前：「那你說啊，你還有什麼辦法？」

桑提開口：「我們留下，我們——還有時間，找一個安全的方法讓我們兩人都可以出去。」

索菈笑了：「還有什麼時間？上一次我確認的時候，我們剩不到六個月了，而且我們認定如今已經什麼都做不了了，只能坐在這裡看著我們自己死掉。」

「我們錯了，只要再更努力一點，六個月可以做很多事情。」他氣沖沖走向她，「妳上次說的，兩人一起走，不然就都不走。」

「我錯了，你知道我錯了，如果我們其中一人可以出去就要冒險試試看，別再質疑了。」

桑提搖頭：「我們是一起合作才走到今天這一步的。」

她看著他笑了。「哪一步？哪一步，桑提？」她張開手臂用力揮舞著回答，「只在這裡，一直在這裡。」

他走開了，她看著他背對自己站著，影像牆的光芒照出他的輪廓。

「老實說，」她說，「如果我們的位置互換，你連一秒都不會猶豫，問都不問就會放棄自己的生命。」

他轉過身：「然後妳會很樂意讓我死嗎？」

「當然不會，但根本沒有差別，你還是會堅持，我也會。」

他咬緊牙根：「我不會讓妳這麼做。」

索菈凝視著他。「希望與絕望，桑提，我們發現自己得成為何者才能離開這裡？」她聳聳肩，「就是這個了，這就是值得冒的險，這就是我們必須自願放棄的一切。」

桑提坐下來雙手抱頭：「不應該是這樣的。」

索菈跟他一起坐在地板上：「你只是生氣自己沒有壯烈犧牲的機會，抱歉囉朋友，獅子這次要吃掉的是我。」她很訝異自己有什麼樣的感覺：歡欣到幾乎是狂喜的狀態，這種感覺傳遍她全身，彷彿她就是喜悅所做成的。在即將到來的某個時刻，這種興奮感就會消失，而她也必須面對自己同意做的事。不過現在，她對此無比篤定，就像駕著馬車行駛過天空的天神。長久以來她一直執著於要做出對的選擇，如今處在自己可能要死去的此刻，她卻不覺得自己在選擇，眼前只有一條路，而她滿懷欣喜走了上去。這樣的矛盾令她很是驚訝：這樣的限制、這樣的無可避免，感覺卻像是自己存在了這麼久以來不斷掙扎吶喊要爭取的自由。

桑提伸手耙了耙頭髮。「上帝知道要如何考驗我，每次都一樣，老是跟我準備好面對的不一樣。」他忍不住乾笑一聲，「還以為我現在應該老早準備好面對那個了。」

索菈滿心歡喜看著他：「你果然還是認為其中有上帝的意思，我還有什麼好驚訝的？連在咖啡杯裡你都能見到上帝。」他笑起來全身都抖動著，索菈移動一下坐到他對面，拉住他的手：「你會為了我這麼做，對吧？」

他看著她的雙眼：「完全不猶豫，我想不到還有什麼更好的理由交出我的生命。」

「那你為何不讓我為了你這麼做？」

他的嘴脣蠕動幾下，努力想說出什麼。「不公平，」他終於開口，「這樣比較不公平，拿我在這個情況下會怎麼做對比妳應該怎麼做，我的信仰——我——」

索菈揚起微笑：「喔，我懂了，你是說因為我是個不相信上帝、沒有信仰的人？你認為因為我的生與死反正沒有意義，所以冒險賠上我自己的命就比較難？」

「我不是這個意思——」

「我說過了，我創造自己的意義。沒錯，我不認為自己死後還會去哪裡，我不認為上帝在看著我們，我也不認為我的死亡是設計好了要完成什麼宇宙計畫。」她抬頭看著自己沉睡的臉。「老實說我很生氣，我很氣我可能永遠見不到茱爾絲，我是說真正的茱爾絲，我很氣外面有一個嶄新的世界，就在——就在那裡，」她伸出手，彷彿那顆星球就懸浮在黑暗的另一頭，「而我可能永遠也見不到了。」她看著桑提的眼睛，他的眼神既溫暖又明亮，還帶著為她擔憂的恐懼。「但如果這表示你能活下去，可以為了我們倆見到那一切——那樣的意義就足夠了。」

「不要，」他搖頭，「不要，我不願意，我不要讓妳走。」

索菈的心臟跳動得就像困在玻璃瓶中的蒼蠅，她仔細撫摸著桑提臉上的輪廓，擦去已經要落下的淚水。「你知道為什麼我在微笑嗎？」她問。

他哽咽著搖搖頭。

「因為我找到了一發中的的論點，可以打趴你。」她看著他的眼睛，「桑提，我們是誰？」

他懂了，他轉過頭去，用力想抽出自己的手，但她仍緊緊抓牢。「你知道我們是誰，我們兩人都是探險家，一直是，永遠都是。」她捏捏他的手，額頭靠著他的額頭，「我們為此放棄一切，包括我們所愛的人、我們的未來、整個人生，都是為了發現新世界的可能性。你要告訴我，我們其中一個現在就要停下腳步嗎？說不行，這樣太超過了，不值得，是嗎？」

他瞪著她，又凝視著這片只有他們的空間。這一刻起，各種版本的他們不斷旋轉展開，索菈終於明白了：他們全都存在著，無論接下來發生什麼，每一個版本都存在著。

「不要。」桑提說話的聲音抽抽搭搭。

她頂著他的額頭搖了搖。「這就是我們一直在追求的，碰觸未知或者為此而死，」她微笑說，「就算我永遠看不到了，也很高興自己能夠走到這一步。」

他們沿著夜光灑落的橋梁往回走，穿過舊城區寧靜的凌晨時分。

「我們不用現在就做，」桑提說，「我們還有幾個月，可以先好好活著。」

「你真的以為我可以過這樣的生活嗎？等著死亡降臨？」索菈看著他，「我知道，如果你是我的話會想怎麼做，你要對自己最愛的那些往日人事物來一趟告別之旅，跟愛洛伊絲和你的父母好好談心，還要畫一堆壁畫來總結自己存在的意義。」她偏過頭不去看他臉上同情的微笑：「但我可不會，我要好好看這城市最後一眼，然後我們就要行動。」最後一眼，索菈壓下自己真正害怕的念頭：如果她還有時間思考，可以慢下來好好面對她的決定，她可能就會改變心意。

他們慢慢爬上鐘樓，索菈告訴自己他們很謹慎，她知道他們真正的目的是要拖延必須道別的那一刻。

爬到鐘樓塔頂，他們肩並肩坐著俯瞰整座城市——教堂、河流、掛滿了美麗而傻氣愛情宣示的霍亨索倫橋，索菈閉上眼睛想像出一個畫面，清楚得就像一份禮物：桑提踏上了新世界的地面，塵土揚起歡迎他的雙腳。

「如果我沒撐過來，」她決定了，「把我葬在那裡。」

「哪裡？」

她睜開眼睛看著桑提這張摯愛而憔悴的臉：「新世界。」

他深吸一口氣才說話：「既然妳想這麼做，好吧。」

她聽出話裡的含義，皺起眉頭：「怎麼？你想要將自己的遺體運回地球嗎？我想我們記不得的訓練中應該包括關於貨物運送效率的簡報。」

他搖搖頭，帶著溫柔的微笑抬起頭：「不是，不是啦，我會想要葬在星空裡。」

她冷哼道：「你是說變成人體冰棒永遠飄浮在太空裡嗎？你開心就好。」

他揚起微笑後又開始哭泣，索菈覺得自己就像真空裡的錫罐一樣扭曲變形了，如果她現在不做就不會再有勇氣了。「佩瑞冠！」她大喊著，聲音洪亮。

什麼也沒發生，她遲疑地看著桑提。

「他可以上來這裡嗎？」他很好奇這件事。

「說真的，我原本還以為他可能會從雲端飄下來什麼的。」鐘樓裡傳來一陣攀爬聲，佩瑞冠從開口處爬了上來，拍拍外套上的灰塵：「什麼事？」

索菈清了清喉嚨：「我們決定好了。」

佩瑞冠猶豫地看著桑提：「兩人都是？」

桑提顫抖了一下，索菈瞬間感覺到一股參雜著慶幸的恐懼：他要拒絕了，放過她卻害死他們兩人。

「沒錯。」他說，就這樣說好了，決定了。

索菈這時才真正感覺到害怕而劇烈發起抖來，她扶著鐘樓的邊緣等著顫抖平息。

「佩瑞冠，」她說，「不知道你能不能幫我個忙。」

「請說。」

「我想要在這城市裡放一個我的副本，用我在這裡的一切打造，坐在人馬酒吧外面臭罵新來的組員，把布莉姬塔的紅酒喝光。」她不小心迎上了桑提的眼睛，吞嚥了一口口水，「可以嗎？你能做到嗎？」

佩瑞冠點頭。

索菈轉身面對桑提，握起他的手，她的心臟就像要爆炸的星星一樣狂跳，她想要這件事結束，又永遠不想讓這件事結束。「記得我，」她說，哽咽著笑了一聲又說，「全部的我。」

桑提搖搖頭：「我腦裡裝不下全部的妳，什麼模擬程式都不行，只有宇宙可以容納妳。」

「我一直很幸運，真的，大多數人都只有一次人生，我卻擁有自己數都數不清的人生。」她緊握他的手，「對了，他們騙了我們，你有沒有發現他們是怎麼做的？」

「沒有，」他心碎地說，「告訴我。」

她靠著他的頭，看著外面的河流。「我以前一直執著於要做出對的選擇，然後我發現發生在我們身上的是怎麼回事之後，我以為這證明了我們兩人在這裡的選擇都沒有什麼意義，可是我錯了，我們所做的每一個選擇都能讓我們更了解自己、更了解彼此。」她轉身面對他，拉著他的手移動來強調自己所說的話，「佩瑞冠試圖要告訴我們，但我沒聽懂。我現在懂了，那就是最重要的一點，讓我認識每一個你，也讓你認識每一個我。因為這裡只有我們兩個，我們必須是彼此的一切，而沒有人可以做到這件事，只有一次人生是不夠的。」她的聲音在發抖。「但是我們活過這麼多次人生，我認識你就像認識我自己，我知道每一個版本的我們都會選擇踏上旅程，不管要付出什麼代價。」

他凝視著她，淚水在他臉上肆意橫流。「聽好了，」她裝出一副困惑的樣子說，「這次我讓給你了，你怎麼在哭呢？」

他的啜泣聲中又加入了笑聲，索菈親吻他的額頭，這時一片陰影落在她身上，佩瑞冠站在她和星星之間。「準備好了嗎？」他問。

索菈深吸一口氣，她怎麼可能準備好死去？她需要重來一次，她的人生像跑馬燈掠過眼前，但是哪一次人生呢？她想要的人生是她沒有經歷過的：她永遠不會記得的真實人生，碎裂成片段散落在這座想像中的城市。好啊，太空人，茱爾絲的聲音在她腦中響起，我會等妳。

「還有一件事，」她看著桑提，全身充滿一種奇怪的冷靜，「我想要你幫我帶句話回去給茱爾絲，我不知道我們是不是現在或者以前曾在一起，又或者這只是我希望可能發生的情況，我猜我永遠無法醒來知道答案了，但是我希望你告訴她，如果她有她副本的一半這麼棒，我能認識她實在太幸運了。」

桑提點點頭：「我會告訴她。」他閉上眼睛，控制好自己。索菈只是看著他，他長長的睫毛、堅挺的鼻子，還有他努力不哭時嘴脣蠕動的樣子。就像童年時的家，曾經如此近距離、如此頻繁看見，結果就不再去注意那棟房子是什麼樣子，等到離開之後才分外想念而心痛。她還沒別過眼睛，他便睜開了眼。「妳可以改變心意。」他幾乎懇求著她說。

她微笑了：「你會嗎？」

他搖頭。

「那就是了。」一群長尾鸚鵡從噴泉處飛了起來，索菈看著鳥兒飛越河流上空前往城市邊緣，想像著自己能夠捕捉牠們消失的那一刻。她記得自己好幾段人生以前站在這座鐘樓塔頂上，像一簇火焰閃耀著，你不知道什麼時候可能需要放火燒東西。「我準備好了。」

桑提轉身面對佩瑞冠喃喃說了什麼，然後他伸手擁抱她。

她先是感覺到溫暖流向她冰冷的四肢，然後她看見了火焰，在她眼角發出不可思議的亮光，這是除了星星之外上面唯一發亮的東西。她的呼吸變得急促，桑提在她耳邊喘氣，而她緊緊抱著他，她不想死。不行，她絕望地想著，不行，我做不到，我得活下去。但若是她大聲說出來，桑提就會救她。她專心看著他，想著他在他們共同的夢中醒來，她鬆開手指，自願而開心地放手了。

警報聲即時響起，就像越來越濃的煙霧一樣尖銳。她感覺不到桑提了，眼睛裡看見的滿是幻象：鸚鵡從太空船牆壁暴衝出去、她和桑提的名字寫在星星上、橋梁因承受不住人類愛情的重量而崩塌。她看見從鐘樓頂端看見的景象，不可能存在的日光照耀著她身下延展出去的廣場。她瞇起眼睛，以為自己在人馬酒吧外的桌旁看見他：那是她認識的桑提，低著頭在記憶筆記本裡畫畫。

她動彈不得的身體擠出一個笑聲，用光了她最後一口氣。或許她死後就會是這個樣子，跟桑提亞哥．洛佩茲．羅梅洛無止盡地爭辯下去，在這一刻，她想這樣度過永恆還不算太糟。

眼前的景象變得模糊，一陣白光一邊嗡鳴著一邊擴展，吞噬了一切。索菈想要吸進最後一口氣，但是她什麼也不是、哪裡也去不了，淹沒在光芒之中。亮光，她遭到吞噬時想著，真沒創意。

* * *

光線刺痛了索菈的眼睛。

耳邊傳來一陣混亂不協調的聲音，漸漸可以區分出是響個不停的警報聲，還有朝聖者號排氣扇的延遲嗡鳴聲。索菈笨手笨腳地扯掉身上的靜脈注射管線和保暖墊，就像自己進入了一個未知的維度空間。她還在，還活著，她大口喘著氣摸索可以打開隔艙的按鈕，接著手扒著牆壁飄出這片無重力的虛妄空間，這時她的身體慢慢想起受過的訓練，心智卻還滯留在模擬程式中，在鐘樓塔頂緊抓著桑提。她用手掌撐著大火燒灼過的牆壁前進到他的隔艙，第一次相信會有奇蹟出現。*我們兩人一起，我們一起做到了。*

然後她透過玻璃看見他的身體。

她喘不過氣來。她活下來了，她辦到了，但現在她卻快要窒息，死死盯著他就這樣飄浮著，全身結冰而毫無反應。她不懂怎麼會這樣。「佩瑞冠！」她大喊，但這裡沒有人，只有一艘寧靜的太空船，而她是其中唯一活著的人。只剩下牆上的火燒痕跡、只剩下桑提隔艙旁邊受損的面板，還有熔化的管線燒出了一個通往星星的微小致命窗口。

索菈敲打著牆壁放聲尖叫。

一個小時後，她坐在登陸艇的駕駛座上，看著這顆星球在她腳下轉動，一片浩瀚的藍與灰，點綴著幾片看來陌生的雲朵：新世界。

船體嘎吱作響，這樣微小的調整對索菈的感官來說就像經歷一場大地震，實在太多了，自從她醒來後一切都是如此——真實得如此猛烈而令人疼痛，讓她回想起那座城市時，似乎就像一場籠罩著陰影的夢，*透過一片黯淡的玻璃觀看*，她想著，又好奇這樣的念頭從何而來。

她慢慢轉頭看著，仔細研究貼在牆上的回憶紀念。茱爾絲在一張照片中微笑著，這個她記憶中的現實比起她投射出的任何版本都更耀眼，因為她投射的版本中，自己的恐懼、不安全感混濁了濾鏡。她繼續轉動，視線飄過許多盟國的旗幟，包括西班牙、冰島、捷克共和國以及歐盟的藍底金星旗，還有一張孩童畫筆下的浩瀚宇宙，她從自己的窗戶看出去就是這幅景象。最後，她的視線落在了身邊的空椅子上。

原因已經無關緊要，但是她仍然像瘋子一樣探究著，彷彿找到原因就能讓她重新開始，讓她再有一次機會把事情做對。後來她找到了碰撞所造成的損壞處，佩瑞冠的拙劣修理把她和桑提的隔艙線路接錯了，她的隔艙也破了個洞，一直從內部拉扯著她。*他以為你是我，而我是你*，在那令人抓狂又哀痛欲絕的一瞬間，確實如此，她沒有失去桑提，而是失去了自己。她知道，即使在額頭貼著冰冷的金屬牆時，她也知道結果不會有什麼差別：他會和她一樣堅持這麼做，而她會答應他，因為他們就是這樣的人。

她讓他走了，如他所想要的，將他釋放到星星之間。現在她坐在登陸艇的座位上繫著安全帶，想著他就那樣永遠飄流著，睜著眼睛，終於能夠與他的上帝面對面了。她不知道自己為什麼能夠感覺身邊處處都有他，同時又如此空虛。這樣的悖論是物理學的把戲，她永遠也搞不懂。雖然不知道為什麼，她似乎理解了全部的他，卻又覺得他身上還有許多怎麼也發掘不完的東西。她想起所有等待著他的人，若是她成功活著回去就得告訴他們這個消息，包括跟他分分合合的女友愛洛伊絲，他們都知道總有一天她會嫁給他；還有傑米，索菈和桑提在科隆接受基礎訓練時，他曾過來探望，他們一整個晚上玩瘋了，跑遍了舊城區每一家酒吧；桑提的父母在他出發時便過來送行，自豪之情讓他父親容光煥發，而他母親則透露出一絲過早出現的哀傷，彷彿已經知道會發生什麼事；他的妹妹奧瑞麗雅和他們曾借來當女兒的外甥女愛絲特拉；最後是小費莉，她永遠不會明白為什麼他不會回家了。不知道為什麼，這點終於讓她崩潰了，她不停啜泣，最後整個身體都變成了她發洩滿溢哀痛的管道，她終於為了他哭泣，而他卻看不見了。

她必須控制自己，屏住呼吸等著自己停止啜泣。「振作一點。」她大聲說出來，就像把宇宙不斷對折收納進小盒子裡，硬是壓抑住自己的悲傷。她有任務要完成，而且必須獨自完成。

她設定好落地程序，盡量不去想起桑提，而是想著自己的航行路線、在她和生存之間存在著的幾千個變數、在新世界的地表上可能有什麼在等著她。但是她無法將他驅離出腦海，他從她身上的裂縫滲透出來：他的微笑、小心翼翼在記憶筆記本上畫畫時低下的頭、有時臉上的表情就像上帝彎下腰來親吻他的眉間，那是她最愛的表情。太遲了，雖然她的手仍在操縱著控制面板，腦裡卻只能想著自己有多愛他，而他卻永遠不會知道，因為雖然他就像一條河流般廣納一切而川流不息，她卻是閉塞不通，總是太過冷漠、防衛心太重，不願意告訴他他對自己的意義。現在她再也看不到他了。她趴伏下來，哀痛所造成的痙攣讓她弓起身體。「怎麼會發生這種事？」她喘著氣，她知道自己在問他，在自己追隨他而去的那一天之前都會一直問他，但是她已經知道答案了。是她做的，她對自身的消滅所提出的論述太好了，也不能收回了，最糟的是就算她可以收回，她也想不出有哪個版本的她會做出不同的選擇。

沒有什麼錯誤的選擇，桑提說，事情就只是這樣發生而已。

她喘著氣坐直身體，她記得他，既像份禮物也像是詛咒，許多個他像一股洪流般洗刷過她全身——桑提和她與莉莉在公園裡開懷大笑，丟麵包屑給長尾鸚鵡；桑提和把臉借給佩瑞冠的工程師朱斯特打桌球；桑提在鐘樓牆上畫壁畫，專心得眉頭皺在一起；桑提在太空漫步訓練的水池裡，在水下對她比了個大姆指。真實的他和虛擬的他碰撞在一起，結合成某個版本的他，不足以代表真實的他，卻已經超過了她所能容納的。她顫抖著吸了一口氣，專心想著一個畫面：桑提坐在人馬酒吧外面的桌旁，朝她舉杯。

我知道我對妳的意義了，她不知道他是不是真的會這樣說，他確實總有辦法讓她感到意外，但是她很肯定這背後的感受，現在去吧，為我們兩人去看一看。

「我會的。」她說完，啟動倒數計時。

謝詞

非常感謝以下這些人給予我的恩惠：

謝謝我聰明而堅定的經紀人布萊歐妮・伍茲（Bryony Woods），沒有她，這本書大概只能寫出兩名角色在尋找故事的經過。

謝謝娜塔莎・巴頓（Natasha Bardon）和茱莉亞・艾略特（Julia Elliott），她們的編輯才華以及對角色的深層了解讓這本書變成了更強大的版本。

謝謝傑克・瑞寧森（Jack Renninson）、維琪・里區・馬泰歐斯（Vicky Leech Mateos）、傑米・魏康（Jaime Witcomb）、愛比・梭特（Abbie Salter）、凱蒂・布拉特（Katy Blott），以及哈潑旅人出版社（Harper Voyager）的所有人，另外要謝謝伊萊莎・羅森貝瑞（Eliza Rosenberry）、安潔拉・克拉夫特（Angela Craft）以及威廉莫洛出版社（William Morrow）的所有人，因為有這些人的創意、注重細節以及對書籍的熱忱，幫助我度過這本書編輯及製作期間越來越不確定的日子。

謝謝安娜・伯奇（Anna Burkey）與芭芭拉・梅爾維爾（Barbara Melville）讓我擁

有成為作家的第一次職業機會。謝謝大衛・D・勒凡（David D. Levine）、大衛・J・舒瓦茲（David J. Schwartz）以及二〇一六與二〇一七年巫事大會（WisCon）作家工作坊的參與者，在關鍵時刻提供了助益良多的評論。更廣泛來說，許多人都對我的寫作提供了回饋意見，我實在非常感謝，包括克里斯托斯・克里斯托多羅普洛斯（Christos Christodoulopoulos）、蘿拉・蓋文（Laura Gavin）、基特・哈蘭德（Kit Holland）、彼得・肯德爾（Peter Kendell）、海柔・李（Hazel Lee）、卡菈・謝爾（Carla Sayer）與琳奈特・塔伯特（Lynette Talbot）。特別感謝漢娜・利托（Hannah Little）與亞芮安娜・歐森（Ariana Olsen），她們差不多把我寫過的每一本完整書稿都讀過了，從二〇一〇年起就一直以鼓勵和喜悅的光芒照耀著我，永遠是我最好的時光。

謝謝我的朋友，他們大概比我還要為我自己興奮（特別感謝愛蜜莉・史邁爾〔Emily Smale〕製作的超棒書封蛋糕）；還要謝謝我在蘇格蘭、美國和希臘的家人，謝謝他們的愛、鼓勵與支持。

最後我要對克里斯托斯獻上我全部的愛，你是我最愛的決定論者，你或許會在書頁中發現我們曾經辯論過的片段，我很高興我存在於我們相遇的這個宇宙。然後要謝謝愛莉絲特爾・歐菲亞斯（Alistair Orpheas），在我寫這段文字時大概只有幾個月大，但已經是我從來想像不到的驚喜與歡樂。

NEW BLACK 0023

無限的我們

Meet Me in Another Life

作　　者　卡翠歐娜・希爾維（Catriona Silvey）
譯　　者　徐立妍

堡壘文化有限公司
總 編 輯　簡欣彥
副總編輯　簡伯儒
責任編輯　郭彤恩
封面裝幀　Bianco Tsai
內頁排版　家思編輯排版工作室
行銷企劃　曾羽彤

出　　版　堡壘文化有限公司
發　　行　遠足文化事業股份有限公司（讀書共和國出版集團）
地　　址　231 新北市新店區民權路 108 之 3 號 8 樓
郵撥帳號　19504465 遠足文化事業股份有限公司
電　　話　(02) 2218-1417
信　　箱　service@bookrep.com.tw
法律顧問　華洋法律事務所 蘇文生律師
印　　製　呈靖彩藝有限公司
出版日期　2023 年 11 月初版一刷
定　　價　490 元
ISBN　978-626-7375-15-0
EISBN　9786267375198（EPUB）
EISBN　9786267375181（PDF）

國家圖書館出版品預行編目（CIP）資料

無限的我們 / 卡翠歐娜・希爾維（Catriona Silvey）作. -- 初版. -- 新北市：堡壘文化有限公司出版：遠足文化事業股份有限公司發行, 2023.11
面；　公分. --（New black ; 23）
譯自：Meet me in another life.
ISBN 978-626-7375-15-0（平裝）

873.57　　112015993